TENDRE PASSION

LES NUITS DU CAMPUS

REBECCA JENSHAK

RÉSUMÉ

Ma relation secrète avec la sœur du capitaine de l'équipe était une mauvaise idée.

Pour ma défense, la première fois que je l'ai vue, je ne savais pas qui elle était.

Gentille, magnifique, un peu naïve. Ginny a illuminé mon monde dès le premier jour.

Je savais que je n'étais pas celui qu'il lui fallait. Elle était tout juste en train de se remettre d'une rupture et j'avais la réputation de coucher avec une fille différente tous les week-ends.

J'ai essayé de faire le bon choix. Vraiment.

C'est moi qui ai insisté pour qu'on reste de simples amis.

Ça a duré aussi longtemps qu'on s'y attendait.

Mais Ginny ? C'est la meilleure... la meilleure amie, la meilleure dans tous les domaines.

Alors oui, une relation secrète avec la sœur du capitaine n'était pas une super idée.

Est-ce que je le referais ?

Sans l'ombre d'une hésitation.

UN

GINNY

— Qu'est-ce que tu fais là ? demandé-je à mon frère en entrouvrant la porte d'un pouce.

Il appuie sa grande carrure dessus, élargissant l'ouverture et m'empêchant de lui claquer la porte au nez.

— Je viens voir comment va ma sœur préférée.

— Je suis ta seule sœur.

Il pousse une large épaule sur le battant et j'abandonne l'idée d'essayer de l'empêcher d'entrer. Traversant la petite chambre universitaire en trois pas, je reprends ma place sur le lit.

— Tu es un peu sortie de la résidence, ce week-end ? Salut, Ava.

Il me suit et s'assied au bout du lit.

Ma camarade de chambre, Ava, est au téléphone avec son petit ami, Trent, mais elle salue de la main et rougit quand Adam la remarque.

— Je profite de mes derniers jours de vacances d'été, lui dis-je.

Je détache mes cheveux de mon chignon désordonné et tente de faire comme si je n'avais pas la même coupe de cheveux depuis trois jours. C'est la veille de la rentrée et les seuls événements proposés sur le campus sont les fêtes et les activités pour les nouveaux étudiants. Rien de tout ça ne m'a paru assez intéressant pour que je m'habille et que je quitte ma chambre.

Il s'empare du paquet de biscuits au fromage et au beurre de cacahuète que j'étais en train de dévorer avant qu'il frappe.

— Ça m'a l'air tout sauf amusant. Et tu n'es pas venue à ma soirée, hier.

— Une fête avec quelques-uns de tes colocs... Oui, non merci.

— Tu ne peux pas rester ici à broyer du noir pour toujours. Bryan t'a rendu service. Les relations à distance à la fac, ça craint. Presque personne n'y survit. En plus, le mec était un crétin, de toute façon. Ne laisse pas ça gâcher tes années de fac. L'université, c'est génial.

Mon cœur se brise un peu plus au rappel de mon ex, qui devrait être avec moi à Valley, où nous devions commencer notre première année ensemble, mais il a décidé à la dernière minute d'aller dans l'Idaho.

Ce n'était pas entièrement sa faute. Il a reçu cette proposition après qu'ils ont perdu leur quarterback remplaçant à la suite d'une blessure. Bryan est devenu leur nouveau remplaçant et j'ai été effacée du tableau par la même occasion.

Adam me donne un coup de coude dans le bras.

— Allez. Allons déjeuner, ou viens traîner à l'appart, rencontrer mes colocs. *Tu n'as pas besoin d'un homme. Tu as l'embarras du choix.* De quel genre d'encouragements as-tu envie ?

Je souris.

— Bien sûr que tu penses qu'il y a l'embarras du choix. Tu as une nouvelle copine chaque semestre.

— Exactement. Je parle par expérience.

Je ne pense pas que ce soit aussi facile pour moi. Mon frère est un joueur de hockey grand et musclé, et, j'imagine, d'un point de vue objectif, séduisant. Il n'a aucun problème à se trouver des petites copines, pour ainsi dire. Il a des cheveux parfaits, je veux bien lui accorder ça. J'ai envié sa chevelure toute ma vie. Alors que mes cheveux châtain clair n'arrivent pas à se décider entre être raides ou bouclés, les siens sont plus clairs, plus épais, et ses mèches plutôt longues pendent parfaitement dans sa nuque.

— Et si on allait manger ? propose-t-il.

C'est tentant, vraiment. Si quelqu'un sait me remonter le moral, c'est bien Adam, mais je ne suis pas sûre de vouloir aller mieux pour l'instant.

Être célibataire est merveilleux et libérateur. *Single and ready to mingle, I'm every woman, Put your hands up, Truth hurts*. Il existe tellement de chansons à ce sujet que je ne peux pas toutes les énumérer. Mais le truc avec l'hymne de la célibataire... c'est qu'il est généralement né de beaucoup de larmes du dernier chagrin d'amour.

Le *girl power* et la célébration du célibat viennent seulement après qu'on a pleuré toutes les larmes de son corps et brûlé toutes les affaires qui appartenaient au dernier homme qui nous a causé du tort.

Je me trouve encore entre les deux, mais je vois ce qu'Adam veut dire... il est probablement temps que je revienne dans le monde des vivants.

Je lâche un soupir purificateur.

— Demain. Petit déjeuner demain, promis. Je dois aider Ava à ranger notre chambre.

Je jette un œil aux cartons empilés sur mon bureau que je n'ai toujours pas déballés.

Adam n'a pas l'air convaincu.

— J'ai dit promis.

Il me tend son petit doigt et je lève les yeux au ciel, mais je le crochète au mien.

— Je passerai en me rendant à la cafèt'. Tu as cours à huit heures, c'est ça ?

Je hoche la tête et râle. Je ne suis pas très matinale.

— Oui, mais tu n'es pas obligé.

— Entraînement de présaison cette semaine et la prochaine à six heures. J'irai manger dans ces eaux-là de toute façon.

— Six heures du mat' ?

— Oui, six heures du mat'.

Le rire profond qui suit me fait sourire. Il se lève et ébouriffe mes cheveux déjà emmêlés.

— Arrête !

Je tape sa main. Il sait que je déteste quand il me traite comme si j'avais douze ans. Dans son esprit, un écart de trois ans le rend *tellement* plus sage.

— Sois prête à moins le quart, dit-il en se dirigeant vers la porte. Je détesterais devoir tambouriner à la porte et réveiller tout le bâtiment.

— Bordel, que t'es énervant !

Mais il est déjà parti.

Je me lève et me douche, espérant éliminer la tristesse persistante en plus des miettes de biscuits. De retour dans ma chambre, je la parcours des yeux avec un regard neuf et je grimace. Le côté d'Ava est organisé et décoré avec des couleurs vives, et puis il y a mon côté. Même moi, j'admets que c'est un peu déprimant. Bon, d'accord, très déprimant. Des murs en béton blancs, un cadre de lit gris et un bureau. La seule couleur provient de ma couette jaune pâle.

Une fois habillée, je déballe enfin les cartons. Je n'ai pas apporté beaucoup d'affaires personnelles parce qu'il y en avait tant parmi elles qui me rappelaient Bryan. Je remplis le placard d'habits et de chaussures, j'organise toutes mes fournitures scolaires sur le bureau et je colle quelques photos de ma famille et de mes amis du lycée sur le mur.

En reculant, j'évalue le résultat. C'est un bon début et je me sens un peu plus prête à affronter le monde demain. J'allume la petite lampe de chevet et rampe sous la couette pour dormir. Je prends mon téléphone par habitude. Rien de bon n'arrive quand on fouille Internet après minuit.

Tous mes amis du lycée postent des selfies et des vidéos de leur nouvelle résidence universitaire. Bryan, aussi beau que d'habitude, est en bleu et orange. Le campus de l'université est en arrière-plan et il est aligné avec un groupe de types costauds. J'imagine, d'après leur taille, que ce sont les autres joueurs de foot américain. Ils lèvent des bières et sourient en regardant la caméra. De toute évidence, il n'a aucun problème à apprécier la fac sans moi.

Ce même beau visage que j'ai connu toute ma vie. Nous étions voisins, amis d'enfance et ensuite, amoureux au lycée. Je ferme les yeux et la dernière conversation que j'ai eue avec lui se rejoue dans mon esprit.

— Je ne comprends pas. Qu'est-ce que tu entends par « je ne vais pas aller à Valley » ? On est censés partir dans trois jours.

Nous sommes allongés sur mon lit et je me remets encore de notre partie de jambes en l'air, c'est pourquoi il me faut quelques secondes pour prendre conscience du fait qu'il est sérieux.

Son poids lourd au-dessus de moi me rend tout à coup claustrophobe.

— J'ai reçu un appel du coach à Boise State. L'un de leurs étudiants de première année a eu un accident de voiture. Il sera absent toute l'année, voire plus.

— Mais on prévoit de partir ensemble à l'université depuis deux ans, et l'Idaho, c'est... ça fait loin de l'Arizona. Comment on va faire pour que ça fonctionne ?

Il hésite et se passe la main sur la mâchoire pendant qu'il m'observe d'un air gêné.

— Oh mon Dieu ! Tu n'es pas seulement en train de me dire que tu pars à Boise, tu mets aussi un terme à ça ?

Je nous désigne tour à tour.

— Je ne crois pas que ce ne serait juste pour aucun de nous deux de partir à la fac avec des attentes irréalistes. Tu l'as dit toi-même, l'Idaho est loin de l'Arizona. Quand on reviendra pour Noël ou les vacances d'été, on pourra reprendre où on en était restés. Tu seras toujours la fille parfaite à mes yeux, Ginny.

Son regard quitte mon visage pour se baisser sur ma poitrine et continuer une longue étude de mon corps nu. La moindre des choses qu'un mec puisse faire, c'est d'éviter de fixer tes seins pendant qu'il rompt avec toi. Ou qu'il retire sa verge.

— Mais je crois qu'on devrait se laisser la liberté d'explorer et de s'amuser pendant qu'on est séparés.

— Pourquoi rompre avec la fille parfaite ? Ça n'a aucun sens, murmuré-je silencieusement dans la chambre, essuyant une larme solitaire.

Je ne lui ai alors pas donné la satisfaction de me voir pleurer, et je ne vais pas le laisser gâcher mon premier jour de fac demain.

Je me force à sourire en imaginant à nouveau toutes les choses incroyables que l'université m'apportera sans Bryan. Pour commencer, je n'ai pas à faire quoi que ce soit que je ne veuille pas. Je peux être entièrement égoïste sur mon temps libre. Honnêtement, je ne sais plus à quoi ça ressemble, mais je suis prête à le découvrir.

Je mets mes écouteurs, appuie sur *play* et m'endors avec Beyoncé en mode *repeat*.

Le lendemain matin, Ava et moi nous préparons pour nos cours. Elle a allumé la télé et mis le premier épisode de la saison 1 de *Vampire Diaries*. Bon choix, curieusement. La première saison de tout ce qui commence aujourd'hui.

Notre chambre ressemble enfin à celle de deux étudiants de première année excitées. Le côté d'Ava est un peu plus personnalisé, des photos d'elle et de Trent, son petit ami, occupent presque tout le mur au-dessus de son lit.

Ma camarade de chambre vit une relation sérieuse avec son petit copain du lycée, qui étudie à l'université dans le nord de l'État. C'était un autre fait que nous avions évoqué la première fois que nous nous sommes rencontrées cet été, être sérieusement en couple. La distance ne semble pas les préoccuper, bien que ce ne soit pas aussi loin que l'Idaho.

Ava l'a appelé ou lui a envoyé des messages la majorité de la semaine dernière, depuis notre emménagement. Elle est sympa et je pense que nous serons de super colocs. Je suppose que, puisqu'elle est en couple, au moins, je n'aurai pas à craindre qu'elle ramène des inconnus dans la résidence. Comme je commence la fac en tant que célibataire et que je ne suis pas tout à fait emballée par le sexe opposé, ce sera cool de ne pas m'inquiéter de ça.

— Tu veux venir prendre le petit déjeuner avec nous ? proposé-je en me préparant à partir.

Elle secoue la tête, agitant ses courts cheveux noirs autour de son visage en forme de cœur.

— Non merci. Je vais passer un appel vidéo à Trent en allant à nos premiers cours.

Une petite pointe de jalousie me frappe, mais je la mets de côté et descends rejoindre Adam. Une énergie frénétique flotte dans l'air. Des bannières bleu et jaune sont accrochées sur la façade des résidences pour nous accueillir pour cette nouvelle année universitaire.

Les étudiants sont déjà dehors, attroupés, se dirigeant vers leurs cours, sac à dos aux épaules et café en main. Ils marchent principalement en groupes vers leurs destinations ; ceux qui sont seuls ont leurs écouteurs ou sont sur leur téléphone.

Le campus de Valley est vraiment magnifique. Quand nous avons déposé Adam avant sa première année et que j'ai jeté un œil à l'université pour la première fois, je savais que c'était là que je voulais étudier également. Les bâtiments sont majoritairement vieux et ont l'air historiques, l'herbe verte donne un peu moins l'impression d'être dans le désert et une énorme fontaine trône au centre du complexe universitaire.

— Ginny, m'appelle Adam, me prenant par surprise pendant que j'avais l'esprit perdu à observer les gens.

— Salut.

Je me tourne vers lui et vois que son ami et coéquipier Rhett est avec lui.

— Tu te souviens de Rauthruss ? demande Adam en passant une main dans ses cheveux encore humides.

Même mouillés, ils sont plus beaux que les miens.

Rhett sourit et s'avance, les mains dans les poches.

— Salut, Ginny. Ça me fait plaisir de te revoir. Bienvenue à Valley.

Rhett Rauthruss est un géant. Il est grand et costaud. Ses jambes sont des troncs d'arbre. Sérieusement, ses cuisses pourraient m'écraser la tête. Mais son visage de bébé et sa bouche boudeuse l'empêchent de paraître trop intimidant. Il possède également un accent vraiment prononcé du Minnesota que j'aime plus que tout.

Adam et lui sont coéquipiers et camarades de chambre depuis leur première année. Je l'ai donc vu plusieurs fois au fil des ans et il est venu un week-end chez nous le semestre dernier.

— Salut, Rhett, ravie de te revoir aussi.

Il sourit un peu timidement.

— On est prêts ? demande Adam. Je meurs de faim.

Ma résidence ne possède pas sa propre cafèt', alors nous traversons la rue pour manger au *Freddy Dorm*. Je suis Adam et Rhett à l'intérieur et nous tombons sur la longue queue de personnes entrant dans le réfectoire, scannant leur carte d'étudiant en passant.

L'odeur de tartines grillées imprègne l'air alors que nous entrons lentement dans la cafèt'. Rhett se dirige en trottinant vers la nourriture, mais Adam reste en arrière avec moi.

— Prends à manger et rejoins-nous ensuite à la grande table au fond à droite. Tu ne peux pas nous rater.

À ces mots, il file également.

Je fais un tour en évaluant les options. Cinq ou six différents stands sont dressés avec différents choix pour le petit déjeuner, en passant du yaourt à l'omelette et tout ce qui se trouve entre.

Je me décide pour des gaufres, me rends au bout de la file et prends un plateau. Le type devant moi tapote des doigts le dos de son plateau avec impatience. Ses doigts sont longs et paraissent puissants... simplement très attirants curieusement. Je laisse mon regard remonter sur ses avant-bras et les apprécie tout autant. Bronzés et toniques. Le t-shirt gris qu'il porte épouse son dos et les manches courtes sont bien ajustées contre ses biceps. Musclé, mais pas trop costaud.

Quand c'est enfin son tour, il pose le plateau et attrape une assiette. De profil, j'enregistre son nez droit et ses pommettes saillantes, ses cheveux sombres et emmêlés, dans lesquels, ridiculement, je brûle d'envie de passer mes doigts.

Je crois que j'ai peut-être passé trop de jours à pleurer dans ma chambre à cause de Bryan. Je suis complètement en train de le fixer bêtement à ce stade, mais faire le contraire est un peu difficile. Le gars est attirant sans même être de face. Il arbore cette allure qui donne l'impression qu'il ne s'est pas embêté à se regarder dans le miroir ce matin. En fait, maintenant que j'y pense, c'est un peu frustrant que j'aie passé vingt minutes à dompter mes cheveux alors que lui, en sortant du lit, il arrive à ressembler à ça.

Putain ! Bienvenue à Valley, Ginny.

Il met quatre gaufres dans son assiette. Celles-ci ne font pas la taille d'une petite gaufre surgelée qu'on met dans son grille-pain, elles sont énormes, des gaufres plus grosses que ma tête. Il attrape une deuxième assiette et la remplit avec du bacon et des œufs plus loin. Il regarde tour à tour ses assiettes et la nourriture restante sur les chauffe-plats plus loin comme s'il n'avait pas encore fini.

Je ris et il me jette un regard. Ma respiration se coupe quand ses yeux bleus croisent mes iris. Pas bleus, mille nuances de bleu. Il m'adresse un sourire penaud.

— Tu peux me passer une autre assiette ?

Sa voix profonde me submerge, faisant vibrer mes entrailles. Il y a beaucoup à reluquer, mais je m'exécute, incapable de m'en empêcher. Ses cheveux ne sont pas seulement brun foncé, il a également des mèches plus claires. C'est comme si aucune partie de son corps ne pouvait se décider sur une chose et qu'à la place, il était fait de nombreuses nuances et intensités.

Sa carrure est athlétique, grande, mais sans me surplomber comme Bryan. Mon ex mesurait un mètre quatre-vingts, ce qui était pratique pour voir par-dessus une marée de corps sur le terrain de football, mais pas tant que ça pour que je l'embrasse sans devoir me hisser sur mes orteils. Je me tiens là, me demandant si je pourrais embrasser ce type en gardant les pieds à plat.

Et il m'a posé une question.

— T'es sérieux ?

Il ne bronche pas, donc j'attrape une autre assiette et la lui tends.

— Merci.

Je me sers une gaufre, tel un humain raisonnable, et continue à faire la queue derrière lui. Il a ajouté quatre tartines et une poignée de paquets de confiture au raisin dans sa troisième assiette, et il reluque encore la nourriture devant nous.

— Tu nourris une famille d'ours ?

Un coin de sa bouche se retrousse.

— Juste un grand gaillard très affamé.

Nous atteignons le bout de la file et il ralentit comme s'il m'attendait. Il contemple mon plateau.

— À peine quatre cents calories dans cette assiette. Comment vas-tu survivre jusqu'au déjeuner ?

— D'une manière ou d'une autre, je pense que j'y arriverai.

Nous commençons à marcher, tous deux dans la même direction.

— Tu me suis ? demandé-je après que nous avons marché épaule contre épaule sur trois pas.

— Non, je crois que c'est toi qui me suis.

Nous arrivons à la table où Adam et Rhett sont assis avec un groupe de garçons.

— Yo, Heath ! l'appelle l'un des gars.

Il me faut quelques secondes pour que mon cerveau fasse le lien.

— Tu fais du hockey ?

Je fronce les sourcils en essayant de me souvenir de lui. Je n'ai rencontré que quelques coéquipiers d'Adam, mais j'ai vu de nombreux matchs, donc je suis surprise de ne pas le reconnaître.

Il fronce les sourcils, m'étudiant, essayant peut-être de m'identifier également.

— Pas fan de hockey ? Je crois que tu es à la mauvaise table, dans ce cas.

Adam se lève et pose un bras protecteur sur mes épaules.

— Elle n'est fan d'aucun homme en ce moment.

Qu'on me tue tout de suite !

Je baisse les yeux sur mes tennis blanches pendant qu'Adam me présente.

— Les gars, voici mon bébé de sœur, Ginny. C'est son premier jour.

Le groupe me salue et m'accueille en grognant. Ils ont tous plusieurs assiettes remplies devant eux, comme Heath, et les vident comme s'ils n'avaient pas mangé depuis des jours.

Je prends une chaise et Heath fait de même en face de moi.

— Tu es venue aux matchs l'année dernière ? demande-t-il en versant du sirop d'érable sur ses gaufres.

— Oui, quelquefois. Pourquoi ?

— Je ne me rappelle pas t'avoir vue.

Cela me fait rire. Parmi une foule de fans en délire, comment pourrait-il s'en souvenir ?

— Je ne me rappelle pas t'avoir vu non plus.

Il se penche sur la table avec un sourire prétentieux.

— J'étais celui qui marquait tous les points.

DEUX

GINNY

Je mange mon petit déjeuner, restant presque tout le temps silencieuse pendant que les gars discutent. Ils se plaignent de l'entraînement de ce matin et parlent plus fort de la saison. J'ai appris au fil des années à mettre en sourdine les discussions sur le hockey.

Je surprends Heath en train de me regarder un nombre de fois assez gênant. Gênant parce que je sais qu'il me fixe seulement parce que je le fixe aussi.

Oh ! Et il mange toutes ses gaufres géantes, plus le reste de son plateau.

— Où est ton premier cours ? demande Adam alors que nous terminons.

— Euh... au bâtiment de lettres, je crois.

Il hoche la tête et se recule à nouveau sur sa chaise.

— Tu sais où c'est ? Tu veux que je t'accompagne ?

Je résiste à l'envie de lever les yeux au ciel.

— Oui. Ça ira.

— Le bâtiment de lettres ? Je vais vers là-bas, déclare Heath.

En me levant, je prends mon sac à dos et m'empare ensuite de mon plateau.

— Ça ira, vraiment.

Je jette un œil à mon frère.

— À plus tard.

Puis je fais un petit geste de ma main libre au reste de la tablée.

Quand je pose mon plateau vide, Heath s'avance à côté de moi.

— La sœur d'Adam Scott... Je ne vois pas de ressemblance.

— Merci... je crois ?

Il continue à me suivre à la sortie.

— Ce n'est vraiment pas nécessaire. Je sais où je vais.

— D'accord. Il hausse une épaule. À plus, Ginny Scott.

La façon dont il prononce mon nom est moqueuse et joueuse, et mon ventre réagit bizarrement et semble surexcité.

— J'espère que non si je veux qu'il me reste à bouffer, dis-je avant qu'il puisse partir.

Je devrais m'éloigner maintenant, mais il règne une alchimie étrange entre nous et quelque chose chez lui qui me rend de bonne humeur pour la première fois depuis des jours. Nous nous tenons à un mètre l'un de l'autre, nous souriant et forçant les gens à nous contourner.

Il rompt le silence en premier.

— Tu ferais mieux d'arriver tôt pour le déjeuner, alors. C'est mon plus gros repas de la journée.

— Ton plus gros repas ?

Je ne peux pas m'empêcher de rire.

— Ça, ce n'était rien. J'ai brûlé ces calories avant que tu te réveilles ce matin.

— Un peu présomptueux, non ? Peut-être que je fais du footing ou que je joue au foot.

Son regard balaie lentement mon corps et je retiens mon souffle.

— C'est le cas ?

— N... non.

Il rit et fait un pas en arrière.

— Midi. C'est l'heure à laquelle je mange, au cas où tu voudrais arriver tôt ou te joindre à moi.

Il me tourne le dos avant que je trouve une réplique pleine d'esprit. Je ne saurais dire si c'était une plaisanterie pour me draguer ou s'il me proposait réellement de déjeuner avec lui. Mais je me dis qu'il vaut mieux ne pas trop analyser et se pointer à midi. Je suis peut-être prête à chanter tous les hymnes à la gloire des femmes célibataires, mais je ne suis pas prête à commencer à régler mon emploi du temps sur celui de types mignons. Peu importe à quel point ils sont très, *très* mignons. La seule réelle conclusion que j'ai tirée de ma rupture avec Bryan, c'est que j'ai besoin de découvrir qui je suis et ce que je veux, de me faire mes propres amis. Durant les deux ans où Bryan et moi sommes sortis ensemble, je me suis de plus en plus éloignée de mes autres potes. Au point que je n'ai pas réellement de vraies amies à appeler et sur qui je peux m'apitoyer.

C'est mon nouveau départ.

Je trouve le cours de littérature anglaise assez facile. C'est un cours important dans une grande classe avec de longues rangées de sièges, qui sont presque tous pris.

Je prends place au milieu, essayant de paraître ni trop impatiente ni trop tire-au-flanc. L'anglais ne me dérange pas, mais je n'aime pas non plus qu'on m'interroge en classe.

Après l'anglais, j'ai algèbre. Je ne suis pas aussi confiante pour trouver l'emplacement du bâtiment. Le campus de Valley est assez vaste et avec le nombre de gens qui déambulent, j'ai du mal à trouver mes repères. Je glisse les pouces sous les bretelles de mon sac à dos et me fonds dans la foule d'étudiants, espérant avoir l'air de m'intégrer et ne pas avoir « PREMIÈRE ANNÉE » inscrit sur mon front.

Je reviens sur mes pas pour chercher *Moreno Hall* quand

ma poche de devant vibre. Je sors mon téléphone et quitte le trottoir pour l'herbe afin de ne pas me faire piétiner.

ADAM

Déjà perdue ?

Je lève les yeux vers le bâtiment, qui n'est certainement pas *Moreno Hall*.

MOI

Bien sûr que non, disons juste que je cherchais Moreno Hall...

ADAM

Va vers la gauche juste après l'immeuble des ingénieurs, c'est à l'angle, un gros bâtiment chic, tu ne peux pas le rater.

Une minute plus tard, il me réécrit.

ADAM

Trouvé ?

MOI

J'aurais fini par le trouver toute seule.

ADAM

J'en suis sûr.

À la hâte, je range mon téléphone et me dirige vers *Moreno Hall*.

À la fin de la journée, je suis épuisée, mais encore plus enthousiaste pour ce semestre. Tous mes cours ont l'air d'aller, j'ai rencontré quelques filles dans notre bâtiment et Ava et moi avons passé la fin de l'après-midi à faire le tour du campus et à nous imprégner de toute l'excitation du premier jour.

Je ne pense même pas à Bryan, jusqu'à ce que nous retournions à notre chambre et que je sois allongée sur le lit, écoutant Ava et Trent se raconter leur premier jour. J'envisage de lui envoyer un message l'espace d'une milliseconde. Je ne le déteste pas. Peut-être que je devrais. Ce serait certainement plus facile de passer à autre chose de cette façon, mais malgré l'horrible manière dont il a rompu, je ne lui en veux pas vraiment de saisir une si grande opportunité. Et je tente de ne pas lui reprocher de ne pas vouloir essayer de faire en sorte que ça fonctionne. Bien sûr, je ne lui écris pas. Surtout parce que je ne pense pas pouvoir supporter d'entendre à quel point tout est génial de son côté. Pas quand le fait le plus marquant de ma journée a été d'observer une table de sportifs dévorer leur petit déjeuner comme s'ils n'avaient pas mangé depuis des mois.

Les jours suivants, je ne revois pas l'équipe de hockey. Peut-être parce qu'Ava et moi avons fait le plein de pâtes et que nous déjeunons dans notre chambre la plupart du temps. Et quand je pars manger à la cafèt', j'évite la table du fond. Les coéquipiers de mon frère ont tous semblé sympas, mais ça ne m'intéresse pas qu'on m'appelle continuellement le bébé de sœur d'Adam Scott.

Adam m'écrit tous les jours pour prendre des nouvelles et il m'invite à passer chez lui. Je finis par céder et accepte de dîner avec lui jeudi soir.

— Tu vas à la soirée de la résidence, ce soir ? demande Ava cet après-midi alors que nous traînons dans la chambre.

Je suis en train de regarder un tuto maquillage et elle me laisse m'entraîner sur elle. Je sais que beaucoup de gens aiment jouer les mannequins, mais je n'ai jamais été du genre à porter beaucoup de maquillage. En appliquer sur d'autres personnes me rend cependant extrêmement heureuse.

— Peux pas. Je dîne avec mon frère. Demain soir ? J'ai entendu dire que plusieurs fraternités organisaient des fêtes.

— Trent vient en ville ce week-end. Je voulais te demander si tu accepterais qu'il reste dormir ici. Si ça te gêne, on ira à l'hôtel.

— Il vient déjà te voir ?

Elle sourit jusqu'aux oreilles et le rouge framboise que j'ai appliqué sur ses lèvres a l'air fabuleux.

— Oui, on a fait en sorte de pouvoir se voir presque tous les week-ends, ce semestre.

Je n'ai pas trop réfléchi à ce que nous ferions quand il serait là. J'attrape un gloss et elle entrouvre la bouche pour me laisser en appliquer un peu.

— Il pourra rester dormir ici, bien sûr.

— Cool. Merci. Trent stressait à l'idée de ne pas arriver à trouver de l'argent pour aller à l'hôtel. Le seul en ville qui pratique des prix raisonnables semble aussi louer les chambres à l'heure.

Elle retrousse les lèvres vers le bas, grimaçant.

— Mais ce sera amusant. Tu l'apprécieras.

— J'ai hâte de le rencontrer. Vous allez faire quoi ?

— Je ne sais pas trop. Peut-être aller voir un match de foot, peut-être ne pas y aller pour se peloter.

Elle rougit.

Je hoche la tête, imaginant tout à coup un week-end à essayer d'ignorer les bruits sexuels de l'autre côté de la chambre.

Adam vient me chercher après ses cours de la journée. Je souris quand j'aperçois la Jeep familière. Il s'arrête sur le trottoir devant ma résidence et je monte dedans.

— Comment était ta première semaine ? demande-t-il en roulant en direction de son appartement.

— Bien. Je crois que je commence enfin à m'habituer au campus. Ce n'est pas très clair... tous les vieux bâtiments se ressemblent. Et c'est quoi, le souci, avec le numéro des étages à *Emerson* ?

Il rit doucement.

— Combien de temps ça t'a pris pour comprendre qu'il y a deux premiers étages ?

— Suffisamment longtemps pour être en retard en cours.

— Tu retiendras tout en un rien de temps et ensuite, tu te moqueras des nouveaux qui se perdent.

— Vous vous moquez de nous ?

— Évidemment !

Il me fait un clin d'œil.

— Je crois que je devrais peut-être m'inscrire dans un groupe ou rejoindre quelque chose.

Je ne faisais pas beaucoup d'activités extrascolaires au lycée. Je traînais avec des amis, je participais aux événements sportifs et nous étions toujours ravis d'encourager l'équipe de l'école. Cependant, rien ne m'intéressait suffisamment pour que j'y consacre des heures avant et après les cours.

— Pourquoi ? demande Adam en se garant sur le parking du lotissement.

— Tout le monde ici semble se consacrer à quelque chose sauf moi. Les filles de ma résidence sont super et j'ai rencontré quelques personnes en cours, mais ils font tous partie d'un groupe qui se passionne pour les mêmes choses. Les membres des sororités, les sportifs, les geeks... Je te jure que c'est pire qu'au lycée.

Il hoche la tête.

— Je suppose que c'est vrai. Je n'y ai jamais pensé avant.

— Parce que tu es arrivé à la fac en faisant déjà partie de l'une de ces cliques et avec tout de suite un groupe d'amis.

— Et ta coloc ?

— Ava est super, mais elle a un copain dans une autre fac. J'ai l'impression qu'elle ira le voir souvent le week-end ou que ce sera lui qui viendra.

Je me gratte le nez.

— Il reste dormir dans notre chambre, ce week-end.

— Tu as trouvé un endroit où pioncer ?

— Non. Pourquoi ? C'est aussi ma chambre.

— Ginny, crois-moi, tu dois trouver quelqu'un de ton étage qui te laissera dormir dans sa chambre ce week-end. La tienne est petite et ils vont être nus et y aller... Ça a l'air hyper gênant pour tout le monde. À moins que ce soit ton truc.

Maintenant, c'est lui qui se gratte le visage.

— Ne me le dis pas si c'est le cas. J'aime continuer à croire que mon bébé de sœur est asexuelle.

Je pouffe, mais alors, tout ce qu'il m'a dit me frappe.

— Tu as raison. Je ne peux pas rester là-bas.

Il hoche la tête.

— Il y a toujours quelqu'un qui part le week-end. Demande autour de toi et vois qui quitte la ville et te laissera pioncer dans sa chambre.

— Ça se fait ? Sérieusement ?

— Je vivais dans une suite, donc ce n'était pas vraiment gênant. Je me contentais de dormir sur le canapé du salon.

— Beurk ! J'aurais dû faire du sport. J'aurais alors un groupe de potes déjà tout prêt et je ne me ferais pas jeter de ma propre chambre.

— Tu es la bienvenue si tu veux crécher chez moi.

— Je trouverai une solution.

Je l'aime bien, mais il doit y avoir une autre solution.

L'appartement d'Adam n'est pas loin du campus, et d'après le nombre de véhicules avec des stickers et des supports de plaque d'immatriculation « Université de Valley », je dirais que de nombreux étudiants vivent ici.

Il me fait monter l'escalier jusqu'au premier étage.

— Où sont les autres ? demandé-je en entrant dans le salon silencieux.

— Sur le campus ou à la salle de sport.

Il pose son sac à dos sur le canapé.

— On s'entraîne deux fois par jour pour la présaison, cette semaine. Je vais vite me changer.

Il se dirige vers l'une des chambres qui donnent sur le salon.

— Tu veux manger où ? lance-t-il par la porte ouverte.

— Je m'en fiche. Où tu veux.

Je fais le tour de l'appartement, étudiant les conditions de vie de mon frère. Il contient trois chambres, celle d'Adam, puis deux autres de l'autre côté. Au milieu se trouve une zone ouverte qui fait cuisine, salle à manger et salon.

L'endroit n'est pas si grand, mais il est bien agencé et a l'air énorme par rapport à ma petite chambre universitaire.

Dans le salon se trouvent un canapé et un fauteuil assortis en cuir marron clair. Une table basse, faite avec de vieilles crosses de hockey, est placée devant le canapé. Les seules œuvres d'art sur les murs sont quelques maillots et un poster des Bruins de Boston, l'équipe préférée d'Adam.

L'appartement entier est plus propre que je m'y attendais. Deux-trois bouteilles vides de Gatorade sont sur le plan de travail. Un ballon de foot et une crosse de hockey – un ensemble d'accessoires de sport que je ne peux pas m'empêcher de trouver incohérent – traînent par terre, au milieu du salon. Et une poignée de vêtements égarés sont accrochés aux dossiers des chaises de la table de la salle à manger.

Adam réapparaît alors que je regarde à l'intérieur de leur frigo vide.

— Où est toute votre bouffe ?

— On n'a pas encore fait les courses.

— Qu'est-ce que vous mangez ?

Il remplit un verre au robinet et l'engloutit avant de répondre.

— On mange principalement sur le campus ou on sort. On a aussi une petite cuisine dans les vestiaires qui est réapprovisionnée tous les deux-trois jours.

— Je peux utiliser tes toilettes avant de partir ?

Je me dirige vers la salle de bain qui se situe près de sa chambre.

— Utilise les autres.

Il pointe la salle de bain de l'autre côté de l'appartement.

— La lumière ne marche plus dans la mienne. Je dois acheter de nouvelles ampoules.

— Comment tu fais pour te doucher ou pisser ?

— Je laisse la porte ouverte.

Les garçons sont bizarres.

***

Au lieu d'aller au restaurant, Adam et moi faisons un drive et mangeons dans sa Jeep pendant qu'il me fait faire le tour de Valley et me montre la rue des fraternités et certains bars et restaurants populaires de l'université.

— Tu as eu des nouvelles de maman et papa ? demande-t-il. Ils sont revenus de leur voyage ?

— Ils reviennent demain, je crois.

Nos parents sont partis faire un séjour romantique de luxe au Mexique. Au début, j'ai été déçue qu'ils ne puissent pas me déposer à la fac, mais je suis soulagée qu'ils ne m'aient pas vue toute triste et larmoyante. Le jour où Adam et moi sommes arrivés sur le campus, j'ai posé mes affaires dans ma chambre, puis je me suis affalée sur mon nouveau lit et j'ai pleuré. La pauvre Ava a dû croire que j'étais cinglée.

— Je suis vraiment contente que tu sois là, avoué-je.

Il sourit.

— Moi aussi. Je vais pouvoir passer ma dernière année de fac avec mon bébé de sœur.

— Il faut que tu arrêtes de m'appeler comme ça. Je ne suis pas un bébé.

Son sourire s'élargit.

— Viens ce week-end et dors chez moi. Ça t'évitera d'entendre les gémissements de ta coloc et je te présenterai à tout le monde. Les gens vont et viennent tout le temps dans notre appartement. Ça te fera du bien de connaître plus de monde ici. Bordel, peut-être bien que j'organiserai une fête !

— Tu ne m'as jamais laissé venir à tes fêtes au lycée et maintenant, tu me supplies presque. Je trouve que tu te rattrapes un peu, même si je n'ai en fait pas envie d'y aller. À l'époque, j'aurais tué pour traîner avec tes amis et toi.

— Le lycée, c'est différent. Personne ici ne se soucie que tu sois en première ou dernière année, ou même si tu vas à la fac. En plus, je veux te voir bien installée. Je sais que toute cette merde avec Bryan a été dure.

Je râle et Adam rit.

— À une seule condition. Promets-moi que tu ne te saouleras pas et que tu ne te taperas pas la honte devant mes coéquipiers. C'est moi le capitaine, cette année, et j'ai besoin qu'ils me respectent.

— Promis, dis-je en levant les yeux au ciel et en lui jetant une frite.

TROIS
HEATH

— Porte-moi. Mes jambes sont HS.

Maverick appuie son corps corpulent et transpirant contre moi.

— Dégage de là. Je tiens à peine debout.

Je chancelle et m'installe dans ma cabine.

La première semaine de l'entraînement de l'enfer est terminée et nous avons survécu... de justesse. Le coach Meyers aime démarrer l'année avec une tonne de conditionnement et de musculation. Nous n'aurons même pas le droit d'aller sur la glace avant deux autres semaines.

Mon pote s'écroule sur le siège à côté de moi et se met un t-shirt sur la tête.

— Tu veux aller boire un coup à *La figue de Barbarie* ?

— J'peux pas. Scott organise une réunion chez nous, dis-je, irrité et suffisamment fort pour qu'Adam m'entende.

— Quatre heures et demie. Ne sois pas en retard ! dit sévèrement celui-ci.

Les autres ont peur de lui, vu qu'il est le capitaine de l'équipe et tout, mais j'ai plus de jugeote. Ce ne sont que des menaces. Je le pousse dans ses retranchements régulièrement et je suis toujours debout, bien qu'il fasse huit centimètres et sept kilos de plus que moi.

Maverick et moi nous arrêtons faire le plein d'alcool pour le week-end. En rentrant à l'appartement, nous nous installons sur le canapé pour la réunion.

Ça ne fait qu'un mois que je vis ici et c'est la deuxième réunion qu'Adam organise. On dirait que l'année va être longue. Au moins, j'ai Mav pour me divertir. Il vit seul à l'étage du dessous dans un studio, mais il passe plus de temps ici que chez lui.

Son bouledogue français, Charli, repose à ses pieds, le regardant avec des yeux aimants. Charli est un peu la seule qui regarde Maverick ainsi. C'est un vrai farceur et un grand sentimental, mais sa taille et ses tatouages intimident la plupart des gens.

Adam et Rauthruss sortent à la traîne de leurs chambres respectives. Rauthruss attrape une chaise en bois de la table de la salle à manger et Adam s'installe dans notre fauteuil relax en cuir. Il aperçoit la bouteille dans la main de Maverick.

— Mec, sérieux ?

— Ah, ah, ah ! siffle Mav. Tu ne peux pas parler tant que t'as pas la bouteille. Nouvelle règle de la maison.

Il la tend à Adam avec un sourire narquois.

— Bois un coup, capitaine, mon capitaine.

— Tu ne vis même pas ici.

Adam boit tout de même une longue gorgée du vin muté et fait la grimace.

— Ce truc est dégueulasse. Je n'ai pas bu de Mad Dog[1] depuis le lycée.

— Ironiquement, c'est aussi la dernière fois qu'on m'a convoqué à une réunion de famille, souligne Mav en reprenant la bouteille.

— Oui, eh bien, n'hésite pas à partir, vu que, encore une fois, tu ne vis pas ici, mais ça ne prendra pas longtemps. Trois choses.

Il lève les doigts comme s'il parlait à des enfants. Je jette un coup d'œil à Mav tandis qu'il passe une main sur son torse tatoué, où il a renversé un filet d'alcool qui coule sur son short. D'accord, nous sommes peut-être plus des gamins que des hommes responsables. Maverick et moi aimons nous amuser, et alors ? On se pointe sur la glace là où ça importe.

— Petit un, commence tout de suite Adam, on était pourris, cette semaine.

Mav lève un doigt, boit une gorgée et prend ensuite la parole.

— On n'est même pas encore sur la glace. Laisse faire le temps.

Adam commence à répondre, mais pas avant que Mav lui tende la bouteille et qu'il prenne de mauvaise grâce une autre gorgée.

— Non, c'est ma dernière année et je refuse de prendre le risque d'attendre qu'on soit à la patinoire. Je crois qu'on devrait inviter les gars.

— Une fête. Bon choix, dis-je, et on enfonce la bouteille dans mon flanc.

Alors que je bois, Adam secoue la tête.

— Non, pas une fête. Bon, d'accord, une fête, mais pas de filles. Juste l'équipe.

— Tu veux aussi qu'on passe nos soirées avec des types en sueur, maintenant ?

Nous passons déjà de longues journées ensemble quand nous nous préparons physiquement. La seule chose qui m'ait fait surmonter cette semaine, c'était la promesse d'un week-end festif.

— Je ne suis pas sûr que passer plus de temps ensemble soit la solution.

— Des filles, déclare Mav. La réponse est toujours les filles. Faisons en sorte que les première-année s'envoient en l'air.

— En fait, ce n'est pas une si mauvaise idée.

Rauthruss prend la parole pour la première fois. On lui donne la bouteille et il triture l'étiquette en achevant :

— Peut-être qu'ils ont juste besoin de se défouler un peu.

Adam fronce les sourcils et la veine sur son front devient visible... ce n'est jamais bon signe.

— On fait la fête tout le temps. Les mecs n'ont pas besoin d'aide pour se trouver des nanas. C'est une occasion de réunir l'équipe.

— Tu vas passer tout le week-end sans ta dernière copine ? demande Mav à Adam de manière appuyée.

Adam a toujours une petite copine. Je ne me souviens plus du prénom de la dernière. Hannah ? Holly ? Je ne comprends pas pourquoi il ne reste pas célibataire. Ce n'est pas comme si lui, ou nous tous, d'ailleurs, avions besoin d'être en couple pour tirer un coup. Mais non, Adam Scott sort tout l'attirail du petit ami. Il ne fait pas que brancher ou aller en rencard. Il gâche des mois pour ces filles, les emmenant en rendez-vous et passant la nuit avec elles... mais pas plus de six mois par fille. Il est bizarre.

Rauthruss aussi. Il sort avec la même fille depuis le lycée et elle vit dans le Nebraska, bordel ! Pourquoi avoir une petite amie qu'on ne voit jamais ? Le seul avantage au fait d'avoir une copine, c'est de baiser régulièrement, non ? C'est vraiment une question ; je n'en ai aucune idée.

— Maria et moi avons rompu ! dit-il en haussant les épaules. Et c'est juste pour ce soir.

Maria. Waouh, je n'y étais pas du tout !

— Qu'est-ce qui est arrivé à Heather ? demande Mav.

Ah, oui, Heather ! Ma mémoire ne me fait pas encore trop défaut.

— Ils ont rompu en mai. Mets-toi à la page.

Rauthruss cherche à reprendre le Mad Dog, mais Maverick le lève et secoue la bouteille vide. Putain, nous l'avons bue si vite !

— D'accord. Fête ce soir. Pas de filles, déclare Mav avant de me regarder.

Je suis le dernier à faire obstacle.

— Ce n'est qu'un soir, mec.

— Quels sont les deux autres trucs dont tu veux parler ? On refera un tour de table, dis-je avec un sourire, et Mav rit.

— Cool. Un tour de table. Je crois que mon père a utilisé cette excuse la dernière fois qu'on a discuté.

Son père est un cadre important, en costume-cravate, le téléphone toujours à l'oreille. Riche comme ce n'est pas permis, mais plutôt con, donc on s'amuse bien à ses dépens avec notre façon de parler, ou notre jargon si vous voulez.

Adam interrompt notre blague, qui, pour être honnête, est probablement la seule façon de nous faire revenir au sujet qui nous occupe.

— Petit deux. Heath, tu dois accompagner tes rencards jusqu'à la porte. Genre, voir de tes propres yeux qu'elles sortent.

Il se tourne vers Rhett, dont le visage prend une jolie teinte rouge.

Mav pousse un cri théâtral, une main sur la poitrine. Charli à ses pieds lève la tête pour vérifier comment va son maître.

— Heath ne ferait jamais ça. C'est un vrai gentleman.

— Ce n'est arrivé qu'une seule fois et je l'ai raccompagnée dehors.

Je jette un coup d'œil à mon coloc, qui rougit. Le souvenir de lui à moitié endormi et en caleçon en train de virer une Kimberly à moitié nue me fait encore sourire.

— Je n'ai pas verrouillé la porte derrière elle, c'est tout. Comment j'étais censé savoir qu'elle allait revenir et essayer de faire la tournée de l'appart ?

Je veux dire, sérieusement... est-ce ma faute si elle est entrée chez nous et s'est glissée dans le lit du gars ? Apparemment, rien n'est plus sexy ou plus stimulant pour une fille qu'un mec en couple. Et Rauthruss est aussi loyal que possible, même s'il voit à peine sa nana. Ça les rend toutes folles. Sérieusement, il pourrait avoir toutes les nanas qu'il veut. Il doit cacher quelque chose, non pas que je prévoie d'essayer sa méthode. La mienne fonctionne très bien.

Maverick pose la bouteille vide sur la table basse et lâche un soupir.

— Il y a quelque chose sur ta liste qui ne tourne pas autour de nos sexes ?

Personne ne parle. Adam lève les sourcils et garde son regard braqué sur moi.

— D'accord. Je les raccompagnerai.

Je suis presque certain que je peux me souvenir de faire ça. Je peux assurément le faire ce soir puisque je le passerai avec ma main, apparemment.

— Prochain sujet sur la liste, souffle Mav.

Adam paraît un peu nerveux, faisant une pause avant de parler. Ça sent mauvais.

— Ma sœur dormira là ce week-end, alors, bonne attitude.

Il se lève.

— Quoi ? Et l'interdiction d'inviter des meufs, alors ? demandé-je.

— C'est ma sœur, ce n'est pas pareil.

— Ça dépend. Elle est bonne ? questionne Mav, tout à fait sérieux, ce qui fait ressortir la veine sur le front d'Adam.

Oui, elle l'est. Je garde ça pour moi. Je n'ai pas peur de Scott, mais je ne suis pas idiot. S'il savait mes pensées sans filtre sur sa petite sœur, je serais castré dans mon sommeil. Non, en fait, il le ferait sûrement pendant que je suis bien réveillé. Je ne peux pas vraiment lui en vouloir. Ginny Scott est une bombe et toutes mes pensées la concernant sont cochonnes.

De longs cheveux blonds, des yeux marron clair et des jambes... ses longues jambes sont un fantasme.

— Bonne attitude.

Adam sort son téléphone et se dirige vers sa chambre.

— Réunion ajournée, alors, hein ? dit Mav avant de me regarder. Je vais avoir besoin d'une copie du compte rendu sur mon bureau à la fin de la journée.

— Je me penche là-dessus, monsieur, dis-je en lui faisant un doigt d'honneur.

— On va faire quoi, ce soir ?

Mav a l'air sérieusement démoralisé alors qu'il se passe une main dans ses cheveux sombres.

— *Halo* ?

Rauthruss lève une manette Xbox.

— Pourquoi pas.

Il caresse Charli et attrape la manette avec l'autre main.

Je me lève et fais un pas vers ma chambre.

— Je vais aller me doucher et serrer la main du président.

Mav glousse.

— Pas aussi bien que le tour de table, mais pas mal. Mariah ou Ariana pour te donner de l'inspiration ?

— C'est le genre de journée qui a bien besoin d'une Mariah, décidé-je.

Mav acquiesce alors que je m'éloigne.

— *Santa Baby* ou *Heartbreaker* ?

Je secoue la tête.

— *Fantasy*. Toujours *Fantasy*.

Plus tard, je ferme la porte afin de mieux entendre Nathan au téléphone, par-dessus le bruit dans le salon. Quelques gars sont déjà arrivés. J'espère que Scott a raison et que c'est ce dont on a besoin. Il a beau être chiant, il n'a pas tort sur le fait qu'on a besoin d'être en harmonie pour jouer ensemble. C'est sa dernière année, alors, je comprends la pression en plus pour faire du mieux possible avant la fin.

Ça ne l'intéresse pas de passer pro, donc c'est vraiment la fin pour lui.

— Qu'est-ce que ça fait d'être de retour ?

— Pas aussi cool que si je m'entraînais avec les Coyotes d'Arizona, dis-je en m'installant à mon bureau.

Il ricane.

— Bientôt.

Je grogne. Je n'ai jamais été trop du genre à me projeter dans l'avenir. Même maintenant qu'il est tout tracé. J'ai signé avec l'équipe professionnelle d'Arizona cet été. Encore trois ans à Valley et ensuite, je serai payé pour jouer au hockey. Je ne me suis pas encore trop fait à cette idée.

— Comment ça va, en Floride ?

— Bien. Occupé. Entre l'équipe et tous les préparatifs pour le mariage, ça devient fou. Tu as reçu l'invitation ?

— Oui.

Je m'empare du papier épais du faire-part sur mon bureau.

— Juin, hein ? Tu crois vraiment que tu ne vas pas merder pendant dix mois encore ?

— Bon Dieu, j'espère bien ! Je ne sais pas ce que je ferai si elle ouvre les yeux avant, dit-il en plaisantant.

J'entends sa fiancée Chloé en fond qui le raille, mais je ne comprends pas ce qu'elle dit.

— Passe-lui le bonjour et dis-lui merci pour le colis géant d'affaires. Il crie Chloé. Une carte cadeau pour *Le jardin des oliviers* ?

Nathan parle loin du téléphone.

— Grillée. Je t'avais dit de ne pas mettre la carte cadeau pour *Le jardin des oliviers* !

— Emmène une jolie fille dîner ! crie Chloé.

— Tu entends ça ? demande mon frère.

— Oui, pigé.

Ils m'envoient des colis tous les mois depuis ma première année. Ils sont tous différents et contiennent des trucs comme des rasoirs, du gel douche, des cookies maison au raisin et aux flocons d'avoine (mes préférés), et même de nouveaux vêtements et du parfum. Et puis, il y a les cartes cadeaux. Chaque mois, une centaine de dollars ou plus dans des boutiques aléatoires.

Vu que je refuse d'accepter directement de l'argent venant de Nathan, ils trouvent des manières créatives d'être généreux. Je n'en ai pas vraiment besoin. J'ai une énorme bourse pour jouer au hockey et un boulot à mi-temps qui m'aide pour le reste. Mais c'est Nathan, il essaie toujours de s'occuper de moi.

— D'accord, bon, je ne te retiens pas. Chloé et moi allons à la plage. Reste à l'écart des ennuis.

Je râle et penche la tête en arrière.

Avec un rire, Nathan dit :

— Je suis fier de toi, mais quel genre de grand frère serais-je si je ne te rappelais pas de ne pas tout faire foirer ? Tu risques plus que jamais de le faire.

— Oh, je ne sais pas ! Le genre de frère cool, peut-être ?

— Éclate-toi. Je t'appelle la semaine prochaine. Préviens-moi si tu as besoin de quoi que ce soit. Oh ! et appelle maman. Elle a dit qu'elle n'avait pas eu de nouvelles de toi depuis deux semaines.

— J'ai été occupé.

— Mmh, pourrie, comme excuse. À plus, Heath.

— Salut, Heath, dit Chloé dans le fond.

— Salut, vous deux, à plus.

QUATRE

GINNY

TRENT DÉBARQUE le vendredi en fin d'après-midi et Ava
déborde d'excitation. Elle me présente et récapitule ensuite une
liste de faits à son sujet. Des faits dont elle m'a déjà parlé
plusieurs fois. J'ai l'impression de le connaître mieux que je
connais Ava à ce stade ; elle m'a parlé de lui *à ce point*. Voire un
peu trop.

— Je vais lui faire visiter le campus et après, on va aller voir
un match de foot. Tu veux venir avec nous ?

Elle rayonne presque de bonheur et je ressens une pointe de
tristesse en pensant que cela pourrait être Bryan et moi s'il
n'était pas dans ce fichu Idaho.

Elle s'appuie contre lui et Trent enroule un bras autour de
sa taille. Ses doigts se glissent sous le revers de son t-shirt et il
l'embrasse sur le front.

C'est évident de voir à quel point ils se sont manqué, à en
juger par toutes les caresses tactiles devant moi. Je commence à
comprendre à quel point il est impératif que je m'en aille d'ici.
Je n'ai même pas été capable de me résoudre à regarder du
porno depuis ma rupture avec Bryan. Je ne peux certainement

pas supporter toute cette démonstration de romantisme, accompagné d'orgasmes.

— Non merci. Profitez, tous les deux. Mon frère a invité des gens chez lui, donc je vais aller traîner avec eux. Vous aurez la chambre pour vous tout seuls, ce soir. J'étais ravie de te rencontrer, Trent.

Je me douche et me prépare, hésitant à aller chez Adam avant le début de la fête. J'apprécie qu'il veille tout le temps sur moi, mais je veux aussi me faire mes propres amis à Valley. Et si je vais chez lui chaque fois que je dois m'échapper, je vais passer l'année à être la petite sœur d'Adam Scott et non Ginny Scott. Donc ce soir, je dois me faire des amis.

J'envoie un message à Adam pour m'assurer qu'il est chez lui avant d'y aller.

ADAM

Oui. Je traîne juste à la maison. Tu viens ? J'ai prévenu les gars de bien se comporter.

MOI

Oui, mais s'il te plaît, ne rends pas les choses gênantes. Je sais que tes amis et toi êtes dégoûtants. Tu n'as pas besoin de les avertir comme si j'étais une fleur fragile.

J'ignore ses autres messages qui apparaissent, me disant qu'il veille seulement sur moi et voilà. Avoir un grand frère autoritaire est vraiment un enfer, parfois.

L'appartement est assez facile à trouver, je monte au premier étage avec mon sac à dos contenant des vêtements de rechange et une brosse à dents et je frappe.

— Tu dois être la petite Scott.

Un mec avec une tonne de tatouages étalés sur son torse nu m'accueille avec un sourire niais.

— Moi, c'est Johnny Maverick.

— Ginny.

Il ouvre la porte en grand et j'entre. Quelques gars que je ne reconnais pas sont éparpillés dans l'appartement. Pour de bon, on dirait que je viens d'entrer dans les vestiaires des hommes, vu la façon dont ils arrêtent tous ce qu'ils faisaient pour me fixer.

La tête d'Adam sort de la cuisine et il se rue vers moi.

— Tu as trouvé facilement ?

— Oui. J'ai ce truc connecté, le GPS, sur mon téléphone.

J'aperçois Rhett dans le salon et il lève une manette pour me saluer.

— Salut, Ginny. Cool de te revoir.

Je le salue maladroitement. Ils sont toujours en train de me fixer.

Adam ferme la porte et je le suis dans le salon. Il pointe le type qui m'a ouvert la porte.

— Tu as fait la connaissance de Maverick. Ignore tout ce qu'il te dit.

Il se moque.

— Je suis hilarant et génial.

— Voici Liam, Jordan et Tiny.

— Salut, disent-ils en même temps.

— Tu veux boire ou manger quelque chose ? propose mon frère en retournant dans la cuisine.

— Ça va pour l'instant.

Il y a une place libre à côté de Maverick, je m'y dirige alors et m'assieds.

— Où est Payne ? demande l'un des garçons.

— Encore sous la douche à se branler sur Mariah, sûrement.

Maverick se fige, me regarde et se racle la gorge.

— Merde ! Désolé !

Je ris et agite la main.

— Tant mieux pour lui. Et Mariah.

— Je t'aime bien.

Maverick passe son bras autour de moi sur le dossier du canapé, mais d'une façon amicale qui ne me donne pas l'impression qu'il me drague.

— Bas les pattes ! beugle la voix rauque d'Adam depuis la cuisine.

Maverick lève les yeux au ciel et je suis contente qu'il ne soit pas aussi facilement intimidé par mon frère. C'était un vrai problème au lycée avant qu'Adam ait son bac. Il regardait les mecs de travers pour m'avoir parlé et eux prenaient la poudre d'escampette, trop effrayés par lui.

Maverick se lève et baisse la tête vers moi.

— Tu veux un verre ? Une clope ?

— Oui, je crois que je vais avoir besoin d'un verre, après tout.

La fête, ou ce qu'elle est devenue, se déplace sur la terrasse de la cuisine. Il fait beau, dehors. Encore chaud, car les soirées d'août en Arizona le sont toujours, mais une brise agréable et la boisson fraîche dans ma main aident. Même Adam semble se détendre tandis que les garçons décompressent avec leurs bières. Il n'y a encore que les types de l'équipe, mais il est tôt.

— Je vais aller me chercher un autre verre.

Je me rends dans la salle de bain et dois utiliser la torche de mon téléphone pour y voir. Pourquoi mon frère n'a pas changé l'ampoule ? Ça me dépasse.

Je ne vois pas grand-chose dans le miroir, suffisamment pour m'apercevoir que ma tresse africaine est presque intacte. Dans la cuisine, je fouille le réfrigérateur à la recherche de quelque chose d'autre que de la bière, mais c'est soit ça, soit du whisky. Hors de question !

En me tournant, j'aperçois du mouvement du coin de l'œil et je sursaute de surprise.

— Tu m'as fait peur.

Il sourit, la main dans ses cheveux mouillés se dressant sur sa tête, comme s'il les avait séchés avec une serviette et s'était dit que ça suffisait. Il m'observe attentivement. Je suis figée, ma langue pèse lourd, ou est trop large pour ma bouche, ou je ne sais pas.

— Salut, Ginny.

— Salut.

Je balaie la pièce du regard, abasourdie. Je m'étais attendue à tomber sur lui, mais pas à moitié nu.

— Tu vis ici ?

— Ben, je n'ai pas l'habitude de me promener en caleçon chez les autres gars.

Il contemple le plafond et un sourire narquois s'étire sur ses lèvres.

— Enfin, c'est rare.

Je fais tout mon possible pour éviter le mur de nudité qui se dresse devant moi, mais maintenant qu'il l'a reconnu, je ne peux pas détourner les yeux.

Le seul vêtement qu'il porte est un caleçon gris cramponné à ses énormes cuisses et... oh mon Dieu, Ginny, ne regarde pas son entrejambe. Merde, trop tard ! Je détourne les yeux de la bosse et remonte sur ses abdominaux. Oubliez les six abdos ennuyeux, le corps de Heath est fait de bosses et d'arêtes autour de son abdomen. Je suis la ligne de son torse à ses biceps. Ça devrait être interdit d'être si beau nu.

Et, oh, mon Dieu, arrête de le reluquer !

Adam passe la porte avant que je puisse dire un mot.

— Payne, enfin, putain ! On pensait que tu t'étais noyé là-dedans.

Adam jette sa bière vide dans la poubelle et en attrape une autre, son visage se durcissant en le regardant bien.

— Mec, c'est quoi, ça ? Mets des vêtements quand il y a ma sœur.

— Relax, je ne savais pas qu'elle était déjà là.

Le ton de Heath est brusque, pas étonnant.

— Pantalon, mec. Tout de suite !

— Adam ! le réprimandé-je.

— Et on ne drague pas mon bébé de sœur.

Il se calme un peu et frappe Heath dans le bras d'un air taquin, même si ça semble plus fort que nécessaire.

— Tu retournes dehors ? me demande Adam en s'arrêtant à la porte de la terrasse.

— J'arrive tout de suite, lui assuré-je.

Heath m'effleure, la chaleur de son corps enflammant mon bras. Il prend deux bières dans le frigo et m'en tend une.

— Alors, j'ai entendu dire que tu dormais chez moi, ce week-end ?

— Euh... quoi ?

— J'ai entendu dire que tu dormais chez nous, ce week-end.

Il appuie une hanche contre le plan de travail et décapsule la bière.

— Exact. Oui. Le copain de ma coloc est en ville ce week-end.

— Quelle chance pour nous !

— Je doute que vous remarquiez que je suis là.

— Une nana au milieu de vingt-sept mecs ? En plus, c'est toi. Dur de ne pas te remarquer.

Ses yeux tombent sur ma bouche.

— Une nana ? Je t'en prie. En fait, je suis surprise qu'il n'y ait pas déjà d'autres filles. Tu caches une orgie dans ta chambre ?

Il rit. C'est un rire profond et espiègle qui réveille mes entrailles.

— J'aimerais bien.

Il s'écarte du plan de travail.

— Ton frère a banni les filles de notre appartement, ce soir.

— Quoi ? Pourquoi ?

Ça ne ressemble pas à Adam.

— Renforcement de l'esprit d'équipe ou une autre merde. Juste l'équipe et toi, Ginny Scott.

— Non. Hors de question ! Adam a dit qu'il allait me présenter à des gens, pas traîner avec ses potes.

Avec un petit rire, il lève sa bière et boit une gorgée, me faisant prendre conscience que je n'ai pas touché à la mienne.

— Je vais le tuer.

— Eh bien, j'aimerais bien voir ça ! Je ferais mieux de m'habiller.

Il me fait un clin d'œil et traverse le couloir jusqu'à l'autre bout de l'appartement, à l'opposé de la chambre d'Adam. Je peux enfin respirer. Putain de bonsoir, ça fait beaucoup à encaisser !

Je sors et m'assieds à côté d'Adam.

— Pas de filles ? Bordel, je croyais que tu voulais me présenter du monde !

Il a l'air de ne pas trop savoir quoi répondre.

— Je le ferai. Je suis en train.

Il désigne la fête.

— Des gens autres que tes coéquipiers, Adam !

J'agite les mains dans tous les sens.

— Des filles.

— Oui, ramenons des filles, dit quelqu'un.

Adam jette un regard noir par-dessus ma tête et baisse ensuite les yeux vers moi.

— S'il te plaît, imploré-je plus doucement. Je suis sûre que tes coéquipiers sont super, mais je ne veux pas traîner avec un groupe de gars tout le week-end.

— Merde ! Ginny, je n'ai même pas pensé à Bryan et à ce que ça pourrait te faire d'être entourée de mecs...

Il se frotte la nuque.

— D'accord, oui, organisons une vraie fête.

Ce n'était pas exactement ce que je voulais dire en ne souhaitant pas traîner avec un groupe de garçons, mais, si ça permet de rameuter des filles, je vais fermer ma bouche et le laisser penser que c'est mon triste cœur brisé haïssant les hommes qui parle.

— Je m'en occupe, déclare Maverick en sortant son téléphone.

CINQ
HEATH

Un coup à la porte attire mon attention et la tête de Scott apparaît dans l'embrasure.

— Je cours au magasin prendre plus d'alcool. Tu as besoin d'un truc ?

— Tu es sûr que j'ai le droit de sortir de ma chambre ?

Je ne me suis pas encore embêté à m'habiller. Je me suis assis au bureau pour faire le point sur mon travail et j'ai été distrait.

— Désolé, mec, je suis un peu protecteur avec elle. Elle a morflé.

Je hoche la tête et ouvre le tiroir du haut de mon bureau. J'en sors une pile de cartes cadeaux.

— Où tu vas ?

— Mec, c'est quoi, tout ça ?

Il rit et s'approche.

— Des cartes cadeaux dans pratiquement tous les endroits que tu puisses imaginer.

Ses yeux s'écarquillent.

— Viens avec moi. Apporte ton stock.

Je ne sais pas ce que sa sœur lui a dit, mais en une heure,

notre appartement s'est rempli de garçons *et de filles. Beau travail, Ginny !*

Adam et moi sortons et faisons plusieurs arrêts pour acheter à boire et à manger. Sur le chemin du retour, je décide enfin d'aborder le sujet qui trotte dans ma tête.

— Boooon... ta sœur est hyper sexy.

Je le taquine, en quelque sorte. Elle est super sexy, mais je fais part de cette information seulement pour l'énerver. Comme prévu, il me jette un regard dur. Je le soutiens et souris, lui faisant savoir que je ne suis pas intimidé.

— Zone interdite, Payne.

— Détends-toi, je te fais marcher. Je ne fais pas dans les petites amies comme toi. On a juste parlé deux-trois fois. Elle est sympa.

— Oui. Je m'inquiète pour elle. Elle ne connaît pas encore grand monde à Valley et je veux la présenter à tout le monde, mais pas touche à ma sœur. Amitié seulement, mon pote. Je sais comment tu es.

Aïe ! Je suis un parfait gentleman, merci bien. Ce n'est pas parce que je ne sors pas avec la même fille plusieurs mois d'affilée que je les traite mal.

— Y a-t-il une sorte de gène de grand frère qui fait de vous tous de méga connards protecteurs ?

— Je suis sérieux. Elle vient de se séparer et elle n'a pas besoin qu'un autre type l'entube.

Nous nous arrêtons devant l'appartement et prenons les sacs pour les apporter chez nous. Avant d'entrer, Adam s'arrête et me regarde avec sérieux.

— Tu m'aideras à garder un œil sur elle ? À m'assurer que les autres gars ne l'embêtent pas ?

— Elle n'a pas besoin d'un baby-sitter, mec, et je ne suis pas une nounou.

Il pince les lèvres et je cède, une part de moi comprend son inquiétude. Je ne peux m'imaginer avoir une petite sœur qui traîne avec mes coéquipiers et amis.

— Je garderai un œil sur elle, mais je ne vais pas la surveiller comme si j'étais son ange gardien. Normal, amical, vigilant, pas comme tu fais là.

Je lève un bras, soulevant le sac de courses en même temps, et le désigne lui et sa mauvaise humeur.

— C'est bien assez, je suppose.

Je mets à peine la bière dans le frigo que les gens en prennent. J'en attrape deux et aperçois l'objet de notre conversation avec Adam, assis sur le canapé en train d'observer Maverick et Rauthruss qui jouent à *Halo*.

— Salut, dis-je en m'asseyant à côté d'elle et en lui tendant une bière.

Ses cheveux sont noués en une tresse complexe, la pointe pendant sur une épaule.

Elle prend la cannette en hésitant.

— Merci.

— Où est la mienne ? plaisante Maverick.

— Dans le frigo.

Il porte une main à sa poitrine et prétend être horrifié.

— Quand tu seras aussi sexy que Ginny, je me mettrai aussi à t'apporter des bières.

Elle lève les yeux au ciel en ouvrant sa bouteille, mais elle rougit légèrement.

— Geneviève, lance Adam depuis la cuisine.

Il montre une bière en guise de proposition silencieuse. Elle lève celle que je lui ai donnée afin qu'il voie qu'elle en déjà une.

— Geneviève ? répète Mav. Je croyais que tu t'appelais Ginny ?

— Ginny est le diminutif de Geneviève.

— Ça déchire ! Pourquoi te faire appeler autrement ? Geneviève, dit-il encore, lentement.

— Adam n'arrivait pas à le dire à ma naissance.

Mav et Rauthruss éclatent de rire.

— Il avait trois ans, ajoute-t-elle pour sa défense.

Rauthruss remporte la partie, comme toujours, et Mav me regarde.

— J'en ai marre de me faire botter le cul. Tu veux jouer ?

En hochant la tête, je lève la main et il me jette la manette. Je donne un coup de coude à Ginny.

— Ça te dit ?

Rauthruss lui tend la sienne et elle s'en empare.

— Tu as déjà joué ?

— J'ai grandi avec Adam. Tu crois quoi ?

Elle s'assied au bord, pose sa bière sur la table basse et redresse les épaules. Elle prend ça au sérieux avec son air déterminé et sexy comme jamais.

Je commence avec l'idée de la ménager, mais Ginny n'en a pas besoin. Deux-trois gars de l'équipe s'attroupent autour de nous pour l'encourager et exprimer leur souhait que je me fasse battre à plate couture. Je gagne de justesse, et tout le monde hue.

— Merci beaucoup, les gars. Quel esprit d'équipe...

— La revanche ! réclame-t-elle.

Je ne suis pas convaincu de pouvoir gagner deux fois, donc j'hésite. Nous nous penchons et attrapons nos bières en même temps. Je prends une longue gorgée pendant qu'elle sirote et fait ensuite la grimace.

— C'est quoi, cette tête ?

Je fixe sa jolie petite bouche et ses lèvres roses humides de bière.

— Tu aimes vraiment le goût de la bière ? demande-t-elle.

— Je n'en boirais pas, autrement. Pourquoi tu n'as rien dit ?

— J'essaie d'apprendre à aimer. On dirait que c'est ce que tout le monde boit, ici.

Elle prend une plus grande gorgée comme pour prouver son argument.

— Je reviens.

Je trouve Jordan et lui échange une carte cadeau de vingt dollars contre un pack de douze *hard seltzers,* de l'eau pétillante alcoolisée. Deux autres personnes nous ont succédé au jeu, je fais alors signe à Ginny de me suivre et la conduis sur la terrasse.

— Essaie ça.

— Merci.

Elle prend une seltzer et s'appuie contre la rambarde. Il y a beaucoup de gens dehors, mais personne ne nous prête attention, à l'exception de son frère. Le radar du grand frère, je suppose. Ce mec devrait se détendre.

Je me tourne afin de ne pas avoir son regard noir de crâneur dans ma vision périphérique. Impossible de satisfaire ce type. Il voulait que je veille sur elle. C'est ce que je suis en train de faire et pourtant, il a toujours l'air mécontent.

— Je ne me rappelle pas t'avoir vue, l'année dernière. Tu venais vraiment aux matchs ?

— À quelques-uns.

Cette fois-ci, quand elle boit, elle sourit.

— Bien meilleur.

Elle joue avec le bout de sa tresse.

— J'étais à celui du Colorado contre l'Arizona et à celui où vous avez joué pour la fête des parents.

Je repense à ce match un instant.

— Contre Michigan ouest.

— C'est ça.

Son sourire s'agrandit.

— Je n'arrive pas à croire que je ne t'ai pas vue.

Son téléphone est rangé dans la poche avant de son jean et je le montre du menton.

— Donne-moi ton portable.

Elle me le tend sans poser de questions, j'enregistre mon numéro dessus et m'envoie un message pour avoir le sien.

— Beaucoup de gens viennent aux matchs. En plus, ce n'est pas comme si j'étais assise sur le banc avec l'équipe. Vous remarquez des gens dans la foule ?

— Les jolies filles.

Maverick entre dans la conversation et pose un bras autour de ses épaules.

— Tu es jolie, petite Scott.

Elle rougit et je lui rends son téléphone.

Mav s'accroche à elle et s'éloigne d'un pas.

— Je te la vole. Ginny, ici présente, a plein de gens qui meurent d'envie de la rencontrer et tu l'accapares, Payne.

— C'est vrai ? demandé-je à Ginny avec un peu d'espoir.

Mav acquiesce.

— Oh oui ! Viens. Tu as besoin d'un guide.

— D'accord, oui, ce serait super.

Elle me jette un coup d'œil.

— Tu as sûrement envie de rester avec tes amis, de toute façon.

Elle lève sa seltzer.

— Merci pour ça.

— Quand tu veux, Geneviève.

Je lui fais un clin d'œil et tire sur sa tresse.

Elle suit Mav et je rentre. J'attrape une autre bière et retourne m'asseoir sur le canapé, à côté de la silhouette de géant de Rauthruss.

— J'ai gagné.

SIX

GINNY

Fidèle à sa promesse, Maverick me présente à tout le monde. Il a enfilé un t-shirt, à présent, mais les tatouages qui recouvrent ses deux bras, jusqu'à ses doigts, restent visibles. J'aperçois un soupçon d'encre sur son torse au-dessus du col de son t-shirt.

Il me conduit vers Liam et Jordan. Liam et Maverick ont l'air totalement opposés. Alors que Johnny Maverick a les cheveux sombres et le corps recouvert de tatouages, Liam est blond et propre sur lui. Il porte même un polo. Même si je l'ai rencontré tout à l'heure, cette fois-ci, quand Maverick me présente, il me tend la main pour que je la serre.

— Ginny, très heureux de te rencontrer.

— Pareil.

Sa politesse me prend par surprise, mais je glisse ma main dans sa grande paume et serre.

— Un Roadrunner ? propose Jordan en me tendant un shot bleu.

Je m'en empare et le sens.

— C'est quoi, un Roadrunner ?

— C'est comme un Blue Kamikaze, répond-il en continuant à distribuer des shots.

Je ne m'embête pas à demander ce qu'est un Blue Kamikaze. Mon expérience en alcool est assez limitée. Ma meilleure amie au lycée prenait toujours une bouteille de vin blanc dans la cave de ses parents et nous buvions ça aux fêtes et à nos soirées pyjama. Je n'ai jamais beaucoup prêté attention à l'étiquette... aucun des vins n'était très bon, mais c'était meilleur que la bière.

Jordan lève son shot et nous l'imitons. J'observe les autres boire en premier. Personne ne grimace, alors je prends une gorgée. C'est bon, sucré. Je souris et vide ensuite le reste du verre.

— On va voir d'autres gens, leur dit Mav en me tirant.

Il s'arrête tous les deux pas pour faire les présentations et partager la bouteille de Mad Dog qu'il tient. Il est drôle et un peu ridicule, disant ce qui lui passe par la tête. Ou peut-être pas, mais s'il se retient de dire quoi que ce soit, alors, je ne veux pas connaître ses pensées non divulguées.

— Un vrai con, dit-il après que nous avons fini de discuter avec un type qui, je crois l'avoir entendu dire, est son voisin.

Je ris.

— Alors, pourquoi tu me l'as présenté ?

— Tu dois savoir qui tu dois éviter.

Il s'arrête ensuite devant une fille seule, le visage caché derrière son téléphone.

— Dakota, bébé, tu m'as manqué tout l'été !

— Ça t'a manqué de n'avoir personne à qui prendre de la lessive et de la bouffe ?

Elle lève la tête de son portable pour regarder Maverick. Elle est jolie, elle a des yeux bleu métallique et une chevelure blond vénitien dont les ondulations retombent sur ses épaules. Elle a l'air gentille, mais les faux regards noirs qu'elle lance à

Maverick me font croire qu'elle pourrait tuer seulement avec des mots. Ses yeux dérivent sur moi et s'adoucissent.

— Salut.

— Dakota vit dans l'appart d'à côté. Je suis son voisin préféré.

Il incline la tête vers moi.

— Je te présente la petite sœur de Scott, Ginny.

— Salut.

Je lève trois doigts de ma boisson.

— Où est Reagan ? questionne Maverick avant de m'expliquer. C'est sa coloc. La plus gentille des deux.

Dakota lui fait un doigt d'honneur.

— Elle arrive. Elle était encore en train de se préparer. Ginny, tu es en première année ?

— C'est la seltzer qui m'a trahie ?

Elle lève son verre.

— On a une plus grande variété d'alcool chez nous si tu veux autre chose. Ces gars ne connaissent que la bière pas chère et l'alcool fort.

— Merci. C'est vraiment gentil.

— Pas de problème.

Le téléphone de Dakota bipe et elle sourit devant son écran.

— Urgence garde-robe. Je devrais aller m'assurer que Reagan n'est pas enterrée sous une pile de robes. Tu veux venir avec moi jeter un œil à nos boissons ?

Maverick hoche la tête d'un air approbateur et sourit, tel un parent fier qui a réussi à faire inviter son enfant à un goûter.

— Amusez-vous bien, toutes les deux. Ne raconte aucun mensonge sur nous, Dakota.

— Les mensonges seraient moins compromettants.

Dakota traverse la passerelle de garçons pour nous conduire à son appartement.

— À l'aide ! lance une voix étouffée depuis l'une des chambres.

Une fille aux cheveux couleur de miel empapillotés dans des bigoudis apparaît tout à coup, vêtue d'un peignoir en soie.

— Je ne sais pas quoi mettre.

Dakota rit.

— Voici Ginny. Ginny, je te présente ma coloc névrosée, mais adorable, Reagan.

— Salut, dit-elle, le souffle coupé et les joues roses.

— Le vert te va bien, lui dis-je en désignant son peignoir émeraude.

— Elle a raison. Mets cette robe verte avec le dos quadrillé.

Reagan sourit, affichant des fossettes marquées.

— Ah oui ! Je l'avais oubliée, celle-ci.

Elle disparaît à nouveau dans la chambre.

Dakota se dirige dans la cuisine et je traîne dans le salon, étudiant les lieux.

— J'aime bien votre appart.

Celui-ci est décoré avec beaucoup de noir et de blanc et des touches de rose foncé. Des affiches de vieux films hollywoodiens et de jolis meubles. C'est une version plus petite que celui de mon frère, mais avec le même agencement classique : des chambres de chaque côté du séjour.

— Merci, dit-elle et je la rejoins dans la cuisine. Choisis ton poison.

Une large sélection d'alcool est étalée sur le comptoir de la cuisine. Du vin, du rouge et du blanc, de la hard seltzer, de la vodka, du Captain Morgan et quelques diluants. J'opte pour un demi-verre de vin blanc. Après tous ces mélanges, je suis un peu inquiète de trop boire.

— Alors, tu es la petite sœur d'Adam Scott ? demande-t-elle avec un sourire narquois une fois que nous nous sommes toutes les deux servi un verre.

— Oui. Oui. Tu le connais ?

— Tout le monde le connaît. C'est Adam Scott.

Reagan réapparaît en vert et les cheveux lâches, semblant sortir d'un salon de coiffure. Si je pouvais me transformer ainsi en cinq minutes, je me pomponnerais sûrement plus souvent.

— On a une gagnante ? demande Dakota.

Reagan lève les bras sur les côtés.

— Je crois bien.

— Tu es super.

Je baisse les yeux sur mon jean et mon débardeur. Je ne suis pas assez bien habillée, en comparaison. Dakota porte une jupe et un t-shirt avec des tennis, mais son maquillage et ses bijoux lui donnent une apparence bien plus apprêtée que ma tenue décontractée.

— Vous vous mettez toujours sur votre trente-et-un quand vous faites des soirées ?

Dakota répond la première.

— C'est ma tenue basique, mais celle-ci...

Elle désigne du menton sa colocataire.

— ... elle craque pour un garçon.

Reagan lui fait une grimace, mais sourit.

— Oooooh ! Quelqu'un de la fête ? L'un des joueurs de hockey ?

— Oui.

Elle s'assied à côté de moi.

— Elle ne dira pas qui. J'ai parié sur Liam. Il a cet air de mec bien, mais quelque chose chez lui semble dire qu'il n'a sûrement pas peur d'être coquin sous la couette.

Dakota verse du vin dans un verre et le tend à Reagan.

— Liam ? Sérieux ? s'exclame Reagan en secouant la tête. Ce n'est pas mon genre. Et je ne dis pas ça parce que je ne veux pas me porter la poisse.

— Eh bien, il serait idiot de te mettre un râteau ! lui dis-je honnêtement.

Reagan possède ce genre de beauté dont on aimerait qu'elle existe seulement dans les magazines ou à la télévision.

Elle prend le verre et soupire.

— Je suis stressée, c'est ridicule, non ? Qui est stressé de se rendre à une fête où se trouve son coup de cœur ? C'est comme au collège, mais sans les boutons et les bagues. Dieu merci ! J'essaie de parler à ce gars depuis... longtemps. Je deviens toute bizarre et timide quand il est là. Enfin, plus timide que d'habitude.

— Il va tomber à la renverse. Crois-moi, dit Dakota. Et sinon tu rentreras avec moi.

— Ça fait longtemps que vous êtes colocs ?

C'est facile de voir à quel point elles sont proches. Elles se taquinent, mais en souriant, pas de faux compliments vaches que certaines filles se font.

— Depuis notre première année en chambre universitaire, répond Reagan. Dakota parlait beaucoup et était terre à terre, je crois que j'ai passé la moitié du premier semestre à avoir complètement peur d'elle.

Dakota rit.

— C'est vrai. C'est à peine si elle m'a adressé trois phrases complètes, jusqu'à ce qu'elle me voie pleurer devant *N'oublie jamais*.

— Elle sanglotait, précise Reagan.

— Ça me fait le coup chaque fois avec ces vieux.

Elles s'adressent un sourire, puis Reagan ajoute :

— On a déménagé dès qu'on a pu l'année dernière.

Même si Reagan et Dakota ont deux ans de plus que moi, nous devenons rapidement copines. Elles m'en disent plus sur leur époque en chambre universitaire et me posent des questions sur Ava et la façon dont s'est passée ma première semaine.

Quand nous nous taisons enfin, mes joues me font mal à force de sourire.

— Je le vois, dit Dakota en m'étudiant attentivement. Tu as les mêmes yeux et le même sourire.

Reagan nous regarde alors tour à tour, et quand ses yeux bruns se posent sur moi, ils se plissent pour m'étudier.

— Les mêmes yeux et le même sourire que qui ?

— Ginny est la sœur d'Adam.

— Adam Scott ? demande-t-elle, les yeux s'écarquillant sous ses épais cils noirs.

Putain, ça me fait vraiment mal aux fesses que même une fille aussi belle que Reagan ait cette réaction pour mon frère ! Au moins, mes amies du lycée cachaient mieux leur fascination pour lui.

— Celui-là, oui.

Mon téléphone vibre dans ma poche de devant et je le sors.

— C'est lui, il vérifie si ça va. Il est vraiment chiant !

Je tape une réponse, lui faisant savoir que je suis dans l'appartement d'à côté.

— Tout le monde est prêt ? questionne Dakota.

Reagan et moi hochons la tête.

Dakota montre le chemin.

— Allons-y.

Rester avec Dakota et Reagan est amusant. Elles connaissent tout le monde et, après le premier choc en apprenant que je suis la petite sœur d'Adam, elles ne m'ont pas fait sentir comme l'autre Scott.

En parlant du célèbre Scott, quand je l'aperçois enfin, il se trouve dans un coin, un bras autour d'une fille que je ne connais pas. Il se penche vers le bas et murmure à son oreille. Elle glousse et relève la bouche pour le laisser l'embrasser. Beurk ! Voir mon frère en pleine action... ce n'est vraiment pas cool.

— Qu'est-ce que les filles lui trouvent ? soufflé-je. Je veux dire, sérieux ?

Je me tourne vers Reagan et Dakota.

— Meuf, ton frère est canon, dit Dakota en haussant les épaules. Désolée.

Je me gratte le visage et me dirige vers lui. Il reprend son souffle quand j'éclaircis ma gorge.

— Ginny.

Il approche davantage la fille de lui et salue ensuite de la tête Dakota et Reagan.

— Je vois que vous avez fait la connaissance de ma sœur, vous deux.

— Oui, elle est bien plus cool que toi. Qu'est-ce qui s'est passé ? demande Dakota, pince-sans-rire.

— Ça s'est bondé.

Adam incline la tête vers la fille toujours accrochée à lui.

— Les filles, je vous présente Taryn.

Les lèvres rouges de celle-ci se retroussent en un grand sourire.

— Salut. Ton frère m'a tellement parlé de toi !

— Oh, vraiment ?

Je suis surprise, vu qu'il ne m'a jamais parlé d'elle, mais je souris parce que je ne suis pas une connasse et que ce n'est pas sa faute si mon frère passe de fille en fille.

— Eh bien, ravie de te rencontrer !

Je lance un regard aux filles pour qu'elles viennent à ma rescousse, elles comprennent rapidement et nous trouvent des excuses.

— Comment ça se fait qu'il ait déjà une nouvelle copine ?

Aucune des deux ne répond, non pas que je me sois attendue à ce qu'elles le fassent.

— C'est parce qu'il est canon et qu'il joue au hockey, explique Dakota.

— On devrait passer la journée ensemble, demain, propose Reagan.

— Tu viens à la pool party ? demande Dakota.

— Quelle pool party ?

— Oh oui, tu devrais vraiment venir !

Reagan sourit. J'adore ses fossettes.

— C'est à la *Maison Blanche*. C'est une grosse fête pour la rentrée qu'ils organisent chaque année. Tout le monde sera là.

— Je suis partante !

Et juste comme ça, je suis pratiquement sûre de m'être fait deux nouvelles amies ici.

SEPT

GINNY

Le lendemain matin, je suis assise sur la terrasse, appelant en visio Reagan et Dakota pour faire un récapitulatif d'hier soir. Je me suis tellement amusée et j'ai hâte de passer à nouveau du temps avec elles aujourd'hui.

Adam sort, torse nu, les cheveux plaqués au réveil et une énorme bouteille de Gatorade à la main.

— Bonjour.

— Salut.

Il s'assied à côté de moi en poussant un gros soupir fatigué et regarde le portable dans ma main avec un sourire. Ce qui me fait me rappeler...

— Reagan, qu'est-ce qui s'est passé avec le type, hier soir ?

— Oh, rien !

Elle se mord le bord de la lèvre, faisant apparaître une fossette sur une joue.

— C'était stupide. Il sort avec quelqu'un d'autre. Je ne m'en étais pas rendu compte avant-hier soir. Tant pis.

— Comment c'est possible ? Tu es magnifique. Tu lui as dit que tu craquais pour lui ?

Elle secoue la tête.

J'oriente le téléphone afin qu'elle puisse voir Adam.

— Tu veux bien le lui faire savoir qu'elle doit le dire à ce gars pour qu'il rompe avec sa copine et sorte avec elle ?

Il rit et les yeux de Reagan s'agrandisse.

— Oh mon Dieu, Ginny ! Adam, tu n'as absolument pas besoin de...

— Elle a raison.

Il hoche la tête et sourit à ma nouvelle amie.

— Le type doit être fou.

— Tu vois ? Je te l'avais dit !

Elle cache son visage dans ses mains, l'air gênée.

— Je vais rester un peu avec Adam.

— Dépêche-toi de venir, dit Dakota en montrant sa tête à l'écran une seconde.

— J'arrive bientôt, promets-je.

— On dirait que tu t'es fait des amies, dit Adam quand je raccroche.

— Oui. Merci de m'avoir laissé dormir dans ta chambre, hier soir.

— Pas de problème. Le canapé n'était pas si mal.

— Ça a sûrement quelque chose à voir avec la fille qui y était avec toi.

— Probablement. Ça vous dit, les filles et toi, qu'on aille à la fête ensemble ?

— Bien sûr, bonne idée.

Je me lève et m'étire.

— À tout à l'heure.

Je frappe chez Dakota et Reagan et ouvre ensuite la porte.

— Y'a quelqu'un ?

— Dans ma chambre ! répond Reagan.

Dakota est assise sur le lit et Reagan jette deux énormes poignées de maillots de bain sur la couette.

— J'ai sorti tous mes maillots pour que tu choisisses, déclare Reagan.

Je n'ai pas pris de maillot de bain, donc je suis reconnaissante qu'elle me laisse en emprunter un, mais putain !

— Y'en a une tonne !

Elle hoche la tête d'un air joyeux.

Je me douche et me tresse les cheveux. J'opte pour un une-pièce décolleté rose, mon short en jean et mes sandales.

J'attends sur le canapé que Dakota et Reagan finissent de se préparer quand je reçois un message.

BEAU GOSSE DU CAMPUS

T'es partie sans dire au revoir ? <Émoji triste>

MOI

C'est qui ? Comment t'as eu mon numéro ?

BEAU GOSSE DU CAMPUS

Le nom se passe d'explications.

C'est évident, malheureusement. J'ai rencontré des douzaines de personnes hier soir, mais Heath est le seul que je me rappelle en détail. Il possède cette beauté virile qui va au-delà des genres et qui est plus une vérité générale.

BEAU GOSSE DU CAMPUS

De retour à la cité U ?

MOI

Non, en fait, je suis à côté, j'attends Dakota et Reagan pour partir à la pool party. Tu y vas ?

BEAU GOSSE DU CAMPUS

Ça dépend. Tu seras en bikini ?

Je baisse les yeux sur mon ventre très couvert.

Je suppose qu'il te faudra venir pour le découvrir.

Malgré les messages de Heath qui semble impatient de me voir, il n'est pas là quand Dakota, Reagan et moi retrouvons Adam et Rhett sur le parking pour aller à la fête ensemble.

Nous nous entassons dans la Jeep d'Adam et parcourons les quelques kilomètres jusqu'à la pool party. Mon frère se gare le long de la rue et montre un endroit du doigt.

— C'est *Ray Fieldhouse*. La salle de sport pour étudiants s'y trouve, de nombreuses équipes ont aussi des salles de muscu privées là-bas.

— Où se trouve la patinoire, d'ici ? demandé-je en essayant de me situer.

Le campus de Valley est grand et je ne sais pas trop encore où tout se trouve.

— À quelques pâtés de maisons à l'ouest, répond Rhett.

Je jette mon sac de plage sur mon épaule et suis les autres sur le trottoir.

— À qui appartient cette maison ? demandé-je une fois que nous arrivons à destination.

Je m'attendais à un appartement avec une piscine commune ou une vieille bicoque avec un jardin minuscule et une piscine. Ce n'est rien de tout ça.

— C'est la *Maison Blanche*, réplique Adam. Des gars de l'équipe de basket vivent ici.

Nous contournons l'énorme maison blanche, qui porte bien son nom, et arrivons à la pool party, qui a lieu dehors. La piscine à elle seule occupe la moitié du grand jardin et de l'autre côté se trouve de l'herbe où est installé un filet de volley. Il y a des gens partout. *Partout.* La scène semble sortir tout droit d'une vidéo de Spring Break. La musique est à fond, des filles se prélassent sur des matelas gonflables, des garçons discutent, une bière à la main, et une partie de volley mixte se joue.

Même avec mon petit short et mon push-up décolleté qui remonte mes seins jusqu'à mes oreilles, je suis bien trop couverte. Et où ranger mon sac dans un tel endroit ? Quelque chose me dit que je ne vais avoir besoin d'aucune des choses que j'ai prises : crème solaire, serviettes, bouteille d'eau, trois paires de lunettes de soleil.

Le côté positif, c'est qu'il y a vraiment trop de gens dans le jardin de la *Maison Blanche* pour que je me sente mal à l'aise ou gênée de mon énorme sac. J'oublie cela très rapidement.

Nous nous frayons un chemin derrière les imposantes silhouettes d'Adam et Rhett jusqu'au fût de bière. On me présente d'autres gars de l'équipe de hockey, j'en reconnais certains d'hier soir.

— Tiny ? Tu t'appelles Tiny ?

Je ne peux pas m'empêcher de le demander, le mec est tout sauf « *tiny* », qui signifie « minuscule. »

Une fois une bière à la main, je découvre que Tiny est un surnom parce que Tony Waklsinski est le plus petit joueur de l'équipe. J'imagine que par rapport à Adam, qui fait au moins douze centimètres de plus, je peux comprendre que ce soit flagrant. Je sais à quel point les gars sont sensibles sur les centimètres.

Maverick nous trouve et rejoint notre cercle. Aujourd'hui, il porte une chemise hawaïenne colorée, ouverte, révélant ses abdominaux bien dessinés et ses tatouages. Il lève sa bouteille de Mad Dog.

— Un shot ?

Les autres filles passent leur tour, mais je me sens d'humeur aventureuse, donc je la prends et l'incline, laissant un peu de liquide sucré couler dans ma gorge. Je fais la grimace ; c'est tellement sucré que je rince avec de la bière, ce qui n'aide pas vraiment vu que je ne suis pas une grande fan de ça non plus.

— D'accord. Ne bourrons pas la gueule de mon bébé de sœur.

Adam prend la bouteille et boit une gorgée trois fois plus grosse que la mienne, comme s'il essayait de tout boire pour que je n'aie pas à le faire.

— Quelqu'un a vu Payne ? Il est censé rapporter du stock.

Maverick prend la bouteille presque vide et la secoue.

— Aucune idée, je croyais qu'il était avec toi, répond Adam.

Quand Taryn se pointe avec ses amies, cela semble être le signal pour que je parte.

— On prend un bain de foule ? proposé-je à Dakota et Reagan.

Nous faisons le tour de la fête et entrons pour voir ce qu'il y a à boire.

— Ce n'est pas ce à quoi je pensais quand vous m'avez dit pool party.

— C'est plutôt une soirée bikini, à moins que tu sois suffisamment courageuse pour aller te baigner dans la piscine, dit Reagan.

— Quel est le problème avec la piscine ?

— Se baigner dans la piscine, c'est comme écrire « je suis là pour tirer un coup » sur ton front, explique Dakota. Ce qui, si c'est ce dont tu as envie, n'est pas du tout un problème, mais je t'aurai prévenue.

Elle lève la vodka en signe d'invitation.

— Un verre ?

Après avoir échangé nos bières contre des vodkas tonic, nous retournons dehors.

Nous nous asseyons sur des chaises longues près d'un brumisateur dans un patio et observons les gens dans l'eau. Des couples se forment (ou plutôt des coups d'un soir) pendant que d'autres sont complètement ignorés de façon hilarante.

Dakota me harcèle de questions pendant que nous observons. Maintenant que nous avons passé un peu de temps ensemble, elle ne se retient plus, mais curieusement, son indiscrétion est mignonne.

— Alors, pas de petit ami ? questionne Reagan en se penchant en avant, les coudes sur les genoux.

— Non, dis-je, le regard sombre.

Dakota rit.

— Oooh, il y a une histoire derrière tout ça !

— Pas une belle.

De l'eau atterrit sur mes orteils et je lève les yeux pour voir Maverick penché, secouant la tête au-dessus de nous.

— Enfoiré ! le gronde Dakota.

Je ris en l'esquivant alors qu'il continue à nous mouiller, quand mon regard tombe sur un gars qui approche derrière lui.

— Ah, le voilà ! déclare Maverick en s'asseyant à côté de moi. Payne, où t'étais, bordel ?

— Par-là.

Ses yeux bleu foncé se posent sur moi. Il tient un pack de douze hard seltzer sous un bras et mon estomac fait un bond. Il sort une bouteille de Mad Dog de sa poche et la tend à son ami.

— On échange ?

Il fait un mouvement de la tête et Maverick se lève, abandonnant sa place pour prendre la bouteille.

Il sent le savon, le soleil et le fantasme. Des fantasmes qu'on ne devrait pas avoir parce qu'ils sont impossibles, mais qu'on ne peut pas s'empêcher d'avoir. Des fantasmes dont on ne parle pas, mais qui se cachent dans le plus sombre recoin de son esprit.

— Quelqu'un a envie d'aller se baigner ? propose Maverick.

Je secoue la tête, tout comme Reagan.

— Oh, pourquoi pas ?

Dakota se lève, me regarde et hausse les épaules avec un petit sourire.

— Je vais essayer de trouver les toilettes. Tu veux venir ? me demande Reagan avant de regarder tour à tour Heath et moi.

— Ça va pour moi.

Heath ouvre le pack et lève une cannette.

— Un verre ?

En enroulant les doigts autour de la cannette froide, il la tient fermement et se penche.

— Canon ! Ça te dit de rater la fête et qu'on aille se rouler des pelles ?

Je ris, mais sens la chaleur envahir mon être à cette pensée.

— Je passe mon tour.

— Tu ne veux pas quitter la fête et juste qu'on se roule des pelles ici ?

— Je passe vraiment mon tour.

Je lui arrache la cannette des mains et l'ouvre. Après avoir bu une longue gorgée, je demande :

— Ça fonctionne, d'habitude ?

— Honnêtement ?

Je hoche la tête.

— À chaque fois.

Je lève les yeux au ciel.

— Qu'est-ce qui ne va pas chez les femmes ?

— Je suis vraiment doué pour rouler des pelles.

Son regard se braque sur ma bouche. Je n'en ai aucun doute.

— Toi et moi, on sera simplement amis.

Il hausse les sourcils.

— Amis ? Je n'ai pas d'amies filles.

— Maintenant, oui.

HUIT

HEATH

Bon, on dirait que les Scott sont sur la même longueur d'onde. Ami ? Avec Ginny ?

Je ne peux pas m'arrêter de fixer ses lèvres. Ça ne se fait pas entre amis, je ne crois pas.

Quand Reagan revient des toilettes, je suis déçu de devoir partager Ginny. Cependant, Reagan retire sa robe et la jette sur la chaise longue.

— Je vais aller me baigner. Quelqu'un a envie de venir ?

— Sérieux ? s'exclame Ginny.

Reagan et elle se regardent d'une façon que je ne peux déchiffrer.

— On n'a qu'une seule vie. Tu viens ?

Ginny secoue la tête et Reagan se dirige vers la piscine.

— Tu sais que c'est une pool party, pas vrai ? demandé-je quand nous sommes de nouveau seuls.

Elle me jette un regard fâché et montre sa poitrine, recouverte d'un maillot de bain. Mais euh, je m'attarde peut-être trop longtemps sur sa poitrine. Encore quelque chose qu'un ami ne fait pas.

— Tu n'aimes pas te baigner ?

— Si, j'adore me baigner. Mais... Dakota a dit que la piscine était l'endroit où on allait pour tirer un coup.

J'essaie très fort de ne pas trop sourire. La gentille Ginny innocente n'est pas à la recherche d'un coup d'un soir ordinaire. J'aurais pu le deviner. Ça ne devrait pas me rendre heureux, car ça signifie également que je ne coucherai pas avec elle, mais pour une raison mystérieuse, je suis content que personne d'autre ne le fasse non plus.

— Que veux-tu faire, toi ? On peut observer les gens, on est parfaitement placés pour ça pour l'instant, on pourrait jouer à l'un de ces nombreux jeux d'alcool, flip cup, bière pong, tous les classiques. Ou faire un volley, mon offre de se rouler des pelles est toujours d'actualité si tu veux y réfléchir à nouveau. Sinon on peut aller dans la piscine, je chasserai l'essaim de gars pour que tu puisses te baigner sans être harcelée.

Elle lève les yeux au ciel.

— L'essaim ?

— Je veux dire, regarde-toi. Oui, un essaim.

— Et tu seras mon protecteur ?

— Complètement par intérêt, lui dis-je sincèrement.

— Comment ça ?

— J'aime passer du temps avec toi.

Elle jette un œil à la piscine et je distingue son envie d'y aller.

— Viens.

Je me lève et retire mon t-shirt. Son regard parcourt mon torse et mes abdominaux avant qu'elle se lève et enlève prudemment son short et ses sandales.

Le maillot rose clair qu'elle porte est très décolleté et coupé au niveau de ses hanches. Ginny est mince et petite, mais ses seins n'ont pas reçu le même message, car ils sont disproportionnés. Merci Seigneur pour les disproportions !

Nous entrons dans la piscine par le côté peu profond.

Beaucoup de personnes nagent ou sont posées près du bord, mais je parviens à lui attraper une bouée.

Elle appuie le haut de son corps dessus et nous nous rendons au milieu de la piscine. L'eau m'arrive aux aisselles et je me baisse pour couvrir mes épaules et me retrouver au niveau de Ginny. Son regard balaie les lieux, observant tout, mais j'aperçois le moment exact où elle se détend sur le flotteur bleu et décide de profiter de ce moment avec moi.

J'attrape un bout de la bouée et laisse mes jambes flotter sous moi. La musique grésille dans les enceintes, je ferme les yeux derrière mes lunettes de soleil pour m'en imprégner. De la bonne musique et du beau monde, discutant et riant. Une belle façon de profiter de son samedi. Une très belle façon.

— Tu as l'air très à l'aise, ici, dit-elle.

J'ouvre les yeux et la vois effleurer la surface de l'eau de ses doigts.

— C'est là que tu as l'habitude de traîner ?

— Essaies-tu de savoir si j'utilise la piscine pour trouver des coups ?

— C'est le cas ?

— Ne critique pas si tu n'as jamais essayé.

Elle rit, ses lèvres s'ouvrant et m'exposant sa rangée de dents blanches.

— Peut-être que je tenterai ma chance. Qui suggères-tu ?

Elle lève la tête et parcourt la piscine des yeux.

— Tu n'as qu'à me demander.

Je me retrouve à fixer à nouveau ses lèvres. Elles sont pleines, celle du bas est si charnue que j'ai envie de passer le pouce et la langue dessus, et elles sont d'un rose parfait.

— Je vais éviter les garçons un moment. Ils craignent.

— Pourquoi, quand les filles ont le cœur brisé, elles sont complètement dégoûtées des hommes ? Un mec se fait piétiner le cœur et passe à la suivante. Les nanas ne sont pas comme ça.

— Eh bien, les filles sont plus malignes. Vous, les gars, ça prend plus longtemps à vos petits cerveaux pour percuter et avoir le cœur brisé.

Un rire s'échappe de mes lèvres et elle sourit.

— J'ai rompu juste avant de venir à Valley.

— J'en ai peut-être entendu parler.

— Euh, sérieux ? Adam t'a parlé de Bryan ?

— Il ne m'a pas dit son nom, mais il a mentionné le fait que tu venais de rompre. Il s'inquiète pour toi, il veut que je veille sur toi.

Sa bouche s'ouvre en grand et ses épaules se crispent.

— C'est pour ça que tu...

— Non. Putain non !

Elle s'est fait une tresse différente, aujourd'hui, j'enroule les doigts autour de la pointe et la tire gentiment.

— Je croyais qu'on s'était mis d'accord sur le fait que j'aimais traîner avec toi.

— Moi aussi.

Son corps s'affale à nouveau sur la bouée et ses lèvres roses parfaites s'entrouvrent.

— Comment êtes-vous devenus colocs, avec mon frère ? Je saisis votre lien avec le hockey, mais vous n'avez pas l'air d'être les meilleurs amis du monde.

— Le loyer n'est pas cher, lui dis-je honnêtement. Je voulais partir des cités U, mais je ne pouvais pas me permettre d'avoir mon propre appart. Ton frère et moi, on s'entend bien. On n'est pas les meilleurs amis du monde, comme tu dis, mais on est potes. C'est un bon capitaine.

Il fait chaud dans la piscine et on ne peut pas vraiment échapper au soleil au milieu, donc nous sortons quand les épaules de Ginny commencent à rougir. Dans la maison, nous trouvons Adam et sa nouvelle petite amie, assis avec Maverick et une brunette qu'il nous présente sous le nom de Maddie.

Rauthruss est là aussi, le téléphone à la main, sans aucun doute en train d'écrire à sa chérie.

— Petite Scott, salue Maverick alors que nous nous asseyons.

Elle s'irrite à ce nom, ce que je comprends très bien. Comme Nathan est aussi allé à Valley, j'ai souvent été appelé Bébé Payne et on s'en lasse très vite.

— Elle a un prénom, mec !

Il hausse légèrement les sourcils, mais hoche la tête.

— Oui, je sais, je plaisante juste.

— Tu veux boire quelque chose ? lui proposé-je en me levant.

Elle acquiesce et je pars chercher nos affaires dehors.

Dakota et Reagan sont assises sur les chaises longues que nous avons délaissées.

— Où est Ginny ? demande Reagan.

Je m'empare de l'alcool et de tous nos habits.

— Tout le monde est à l'intérieur.

Je désigne la maison de la tête et elles me suivent.

— Tu craques pour Ginny ? questionne Dakota d'un ton taquin.

— Ce n'est pas ça.

— C'est quoi, alors ? insiste-t-elle en se dirigeant vers la maison.

— Elle est chouette.

— Chouette ? Donc tu n'as pas envie de coucher avec elle ?

Bien sûr que si, j'ai envie de coucher avec elle ! Elle est magnifique et drôle et si j'avais des critères... Elle les surpasserait.

— C'est la sœur de Scott.

Elle hoche la tête, compréhensive.

— Il te tuerait. Tu ferais mieux de te ressaisir, alors. C'est inscrit sur ton joli front.

À l'intérieur, Liam a pris ma place et d'autres se sont

attroupés autour de la table. Quand Ginny me voit m'approcher avec ses affaires, elle se lève.

— Oh, merci !

Je pique son siège pendant qu'elle enfile son short et ses sandales. Sa tresse se balance devant mon visage. De gauche à droite dans un mouvement hypnotique. Ça me rappelle ce film, *35 heures, c'est déjà trop*, je m'enfonce de plus en plus dans les méandres de Ginny.

Quand elle est prête à se rasseoir, je pousse Liam et fais de la place pour qu'elle s'installe sur l'autre moitié du siège. Lorsqu'elle s'assied, j'enroule un bras autour d'elle pour l'empêcher de tomber.

Elle me sourit, sa peau hâlée qui sent le chlore retourne mes entrailles.

— Heath.

À la mention de mon nom, mon attention dérive vers un groupe de filles qui s'approchent de la table.

— Salut, Kimberly. Comment ça va ?

— Bien, bien.

Elle parcourt la table des yeux, s'attardant sur Rauthruss quelques secondes de plus que sur les autres. Il est très occupé à fixer son téléphone. Je ne comprends pas. Je comprends la loyauté. Je le respecte pour ça, mais s'il veut une petite amie, pourquoi ne pas s'en trouver une avec qui il peut vraiment passer du temps... et coucher ?

Le regard de Kimberly revient vers moi.

— Quoi de neuf ? Tu ne m'as pas appelée.

Ginny glousse silencieusement à côté de moi et je serre malicieusement sa taille en répondant :

— Les cours, le hockey... la routine.

— Eh bien, on se voit tout à l'heure.

Je hoche la tête d'un air évasif.

— À toute.

— Une amie ? demande Ginny avec un sourire narquois une fois qu'elle est partie.

— Je ne l'ai jamais vue de ma vie.

Je lui fais un clin d'œil et elle glousse à nouveau.

Son expression est douce et sincère quand elle s'écarte.

— Vas-y, tu n'as pas besoin de garder un œil sur moi simplement parce que mon frère te l'a demandé. Ça va.

— Je croyais t'avoir dit...

— Je sais ce que tu as dit, mais c'est une fête et... on est amis.

L'insinuation est claire. Il ne se passera rien entre nous.

— Vas-y.

Elle frappe gentiment mon épaule.

Je me lève, bien que je ne sache pas pourquoi. Je n'ai pas envie d'aller voir Kimberly.

— D'accord, tu sais où me trouver.

Je tire sur sa tresse une dernière fois et me dirige vers la piscine.

NEUF

GINNY

Plus je bois, plus la nuit tombe et plus je me détends. Nous retournons dehors maintenant que ça s'est rafraîchi. Je sens que ma peau a légèrement brûlé tout à l'heure et la brise fait hérisser les poils de mon bras.

Adam et Taryn partagent une chaise longue à côté de Reagan et moi. Dakota et Maverick sont tous les deux dans la piscine. Maverick fait des passes avec la fille avec qui il est resté tout l'après-midi et Dakota roule des pelles à un type qui, d'après Reagan, fait partie de l'équipe de basket.

Liam est assis par terre entre nous. Il est appuyé contre moi. Je ne saurais dire s'il me drague ou si Adam lui a également demandé de garder un œil sur moi. Son approche est bien plus subtile que celle de Heath et putain, comme je préfère l'arrogance et l'humour de Heath à la politesse de Liam !

Je le trouve dans la piscine. Il est appuyé contre le rebord et la fille que je l'ai poussé à aller voir se trouve à ses côtés. Elle lui fait face, dos à moi, mais j'ai une vue dégagée sur Heath.

Il sourit, une bière à la main. Ils ne se touchent pas, d'après ce que je peux remarquer, mais ils sont proches. Il rit et son regard dérive vers moi. Ce n'est pas la première fois qu'il me surprend en train de le regarder depuis une heure.

Je sais qu'il n'est pas fait pour moi. Dakota et Reagan m'ont parlé de tous les gars et ce qu'elles ont dit au sujet de Heath confirme exactement ce à quoi je m'attendais. Il a des coups d'un soir, il aime s'amuser, mais il ne se met pas en couple, elles ne l'ont jamais connu avec une petite amie.

Les raisons pour ne pas coucher avec lui sont nombreuses, c'est avant tout le colocataire et coéquipier de mon frère. De plus, pour être honnête, je ne suis pas remise à cent pour cent de Bryan. Je crois que la colère a majoritairement pris le dessus devant la façon dont il a mis un terme à notre relation et le fait que je m'étais trompée sur l'idée que je m'étais faite de l'université. Nous étions censés vivre tout ça ensemble, mais, si ça avait été le cas, je n'aurais pas rencontré Dakota et Reagan et je ne peux même pas l'imaginer.

— Tu le mates, me fait remarquer Reagan en me donnant un coup de coude.

— Je sais. C'est pathétique. Elle est magnifique. Tu la connais ?

— Non, pas vraiment. Je l'ai croisée de temps en temps.

— Avec Heath.

Elle hoche la tête.

— Si ça peut te consoler, je ne crois pas que ce soit sérieux. Je pense qu'ils manquent de choix et qu'ils ont des envies similaires.

— L'envie étant de ne pas rentrer seul ?

Elle rit.

— Oui, bien résumé. Et Heath est un beau morceau, surtout maintenant qu'il a été engagé.

— Engagé ? Par la NHL[1] ?

Inutile qu'elle confirme pour que j'assemble les pièces du puzzle.

— Je me rappelle qu'Adam parlait de l'un de ses coéquipiers qui avait été engagé, mais je ne savais pas que c'était Heath.

— Heath et Maverick ont tous les deux signé avec des équipes.

En se levant, elle met ses chaussures.

— Viens, je vois Rhett jouer au flip cup.

Je jette un dernier coup d'œil à Heath et nos regards se croisent à nouveau. Je détache les yeux la première, cette fois-ci, et me lève.

— Allons-y.

— La fac, c'est génial. G-É-N-I-A-L, génial.

Le rire de Reagan et Dakota est un son vague tandis qu'elles m'aident à grimper sur le lit d'Adam.

— Je t'ai mis un verre d'eau sur le chevet et ton téléphone sur le bureau. Tu veux qu'on t'aide à te changer ou au moins à enlever tes chaussures ?

Je crois que c'est Reagan qui demande.

J'ai les yeux fermés, leurs voix sont étonnamment similaires.

— Non, ça va. Comme ça, je serai prête à aller en cours demain matin. Pas besoin de me préparer. Ta, tad, je veux dire tada !

— Demain, on est dimanche, chérie.

— Comment peux-tu être aussi bourrée ? questionne Dakota.

Je devine que c'est bien elle, cette fois-ci, son petit rire de cochon l'a trahie.

— Je ne suis pas bourrée. Juste pompette et fatiguée.

— Maintenant, je vois l'air de famille. Tu es aussi têtue que ton frère. La dernière fois qu'Adam s'est saoulé, il a juré qu'il allait bien, jusqu'à ce qu'il tombe dans l'escalier en allant au bar.

Je suis trop crevée pour rire, mais l'image de mon frère autoritaire et toujours dans le contrôle en train de dégringoler une volée de marches est hilarante.

— Bon, bonne nuit, Ginny. Dors bien.

Les pas s'éloignent et l'une d'elles éteint la lumière avant que la porte se ferme.

— Attendez, lancé-je, pas suffisamment fort.

Je râle et me redresse, forçant mes paupières à s'ouvrir. Un petit trait de lumière sous la porte est la seule chose qui m'empêche d'être dans le noir complet. Je me lève et cherche mon téléphone, mais je ne vois rien. J'allume et inspire profondément. Je ne vois toujours pas mon portable, mais maintenant, j'ai envie d'aller faire pipi.

J'entre en titubant dans le salon désert. Rhett est rentré en même temps que nous, mais il a dû partir au lit. Je me rue vers la salle de bain et ferme la porte, puis je cherche à tâtons l'interrupteur.

Seulement, rien ne se passe. Putain, Adam et son incapacité à changer une putain d'ampoule ! Il fait vraiment noir, ici, et mon pouls s'enflamme. Je trouve la poignée de porte, la tourne et tire, mais rien ne se passe. C'est un verrou classique, mais quel que soit le sens dans lequel je le tourne, rien ne semble se passer. Ma respiration devient plus compliquée à chaque tentative ratée.

Oh, mon Dieu, ça ne peut pas arriver ! Je ferme les yeux pour essayer de me faire croire qu'il ne fait pas si sombre, mais je panique déjà bien trop pour tromper mon esprit.

Je cogne à la porte.

— J'ai besoin d'aide ici.

J'attends quelques secondes avant de réessayer, plus fort cette fois-ci. La chambre de Rhett se trouve à l'autre bout de l'appartement et je ne sais pas s'il y a quelqu'un d'autre. Je n'ai pas vu Heath quand nous sommes partis et Mav allait rentrer avec Adam et Taryn.

— Au secours !

Je glisse par terre avant que mes jambes cèdent et continue à marteler avec mes poings. J'essaie de compter pour me concentrer sur autre chose. Un. Deux. Je vais bien. Tout va bien. Trois. Quatre. Quelqu'un va venir à tout moment, à présent.

Mes mains tombent sur mes genoux et je prends de grandes inspirations. L'effet de l'alcool est entièrement redescendu et je suis bien trop sobre et consciente que je suis prise au piège dans une petite pièce très sombre.

Des larmes chaudes coulent sur mon visage. Je crie aussi fort que possible à travers mes sanglots.

— À l'aide !

— Ginny ? Ça va ?

La voix de Heath de l'autre côté de la porte me fait pleurer encore plus.

— Je n'arrive pas à ouvrir la porte.

La poignée s'agite.

— C'est fermé à clé.

— Je sais. Je ne vois rien, il fait trop sombre, mais je n'arrive pas l'ouvrir, quel que soit le sens dans lequel je la tourne. Tu peux aller chercher Adam ?

— Ginny, je vais forcer l'entrée, mais il faut que tu t'éloignes. Mets-toi peut-être dans la baignoire.

— D'a-d'accord.

Je rampe à quatre pattes et m'assieds dans la baignoire, enlaçant mes genoux.

— Tu es loin de la porte ?

— O-oui.

Une seconde plus tard, la porte en bois bas de gamme s'ouvre à la volée et heurte le mur, la lumière du salon entre.

Heath se tient dans l'embrasure de la porte, se figeant en me voyant, puis il se précipite vers moi.

— Ça va ?

Je hoche la tête en tremblant et enlace davantage mes genoux. Il ne dit rien et je suis bien trop consciente de ma respiration saccadée qui rompt le silence entre nous. Je ferme les yeux et me concentre pour inspirer lentement et régulièrement. Un, deux, trois...

— Tout va bien ? questionne Rhett avec son accent prononcé du Minnesota.

J'ai tellement honte ! Je me demande s'il m'est possible de ne plus jamais voir les colocataires d'Adam.

— Tu peux aller lui chercher un verre d'eau ? demande Heath à Rhett.

Mes yeux s'ouvrent alors qu'on envahit mon espace et que Heath grimpe dans la baignoire, face à moi. Il n'y entre pas de tout son long, ses longues jambes, de chaque côté de moi, sont pliées. Il porte les mains à mes épaules et me caresse gentiment.

— Respire profondément par le nez.

Oui, j'éprouve une honte épique.

— Voilà.

Rhett réapparaît avec de l'eau dans un grand gobelet en plastique vert.

Heath le prend et le remercie pendant que je souris d'un air gênée.

Rhett s'agite, mal à l'aise.

— Euh, ça va aller ? Je dois appeler Adam ? Je crois qu'il est parti avec Maverick et Taryn acheter des tacos.

Les doigts de Heath continuent à caresser mes bras et mon dos.

— Je m'occupe d'elle.

C'est tout ce dont Rhett a besoin pour s'éloigner de moi, folle à lier.

— Je vais bien. Vraiment. Tu peux y aller, maintenant, dis-je, la poitrine s'élevant et s'abaissant toujours trop rapidement. Retourne t'occuper de la fille dans ton lit.

— Tu ne vas pas bien. Tu es en train de faire une crise de panique. Et il n'y a personne dans mon lit. Je suis parti juste après toi.

Il me tend le gobelet.

— Essaie de boire une gorgée ou deux. Parfois, forcer ton cerveau à faire quelque chose d'autre, ça fait du bien.

J'obéis et le liquide froid semble en effet m'aider un petit peu. Suffisamment pour que j'apprécie l'homme devant moi. Il est torse nu, les abdos dessinés même assis. Un short bleu de basket remonte sur ses hanches, mais ses mollets nus se pressent contre mon dos.

Quand je sens enfin les derniers restants de peur se dissiper, je finis le verre et lâche une respiration purificatrice.

— Je suis désolée.

— De quoi ?

L'ombre d'un sourire s'étire au coin de sa bouche. Il me prend à nouveau dans ses bras et me caresse tendrement le dos.

— Pour m'être enfermée et pour ça.

Je pointe du doigt la porte cassée. Celle-ci pend contre le mur, sortie de ses gonds.

— Ce n'est rien. Ne t'inquiète pas pour ça. Tu te sens mieux ?

Je hoche la tête.

— Je veux aller me coucher.

— D'accord.

Il bouge les jambes et grogne.

— Je crois bien que je suis coincé.

En me levant, je lui tends la main. Il arbore un sourire idiot lorsqu'il pose sa paume calleuse dans la mienne. Je tente de l'aider à se lever. Curieusement, nous y parvenons et il est si près de moi que ma respiration s'accélère à nouveau, mais pour une raison totalement différente.

Il le remarque et fronce les sourcils.

— Tu es sûre que ça va ?

— Oui.

— Ça t'est déjà arrivé avant ? Quand tu bois ?

J'acquiesce, refusant de croiser ses yeux bleus soucieux.

— J'ai simplement besoin de sommeil.

Et de me réveiller et de prétendre qu'il ne s'est rien passé.

Aussi gracieusement que possible dans cette situation, je sors de la baignoire et jette un œil à l'ampoule grillée au-dessus du lavabo.

— Il faut combien de joueurs de hockey pour changer une ampoule ?

Il me suit dans le salon. Je pars ouvrir la chambre d'Adam et me tourne vers lui.

— Eh bien, c'était humiliant et affreux ! Fais comme si ce n'était jamais arrivé, d'accord ?

Ses lèvres se retroussent en un sourire taquin et il serre ma main.

— Bonne nuit, Ginny.

Dans la chambre d'Adam, j'allume la lumière au plafond et ferme la porte. Je monte ensuite sur le lit et parviens étrangement à dormir jusqu'au matin.

À mon réveil, Adam dort sur le canapé, Taryn blottie contre lui. Le reste de la maison est silencieux. Je me dirige à tâtons vers la salle de bain et appuie sur l'interrupteur avant de me rappeler. Mais cette fois-ci, la salle de bain s'illumine et la porte est réparée.

Il s'avère qu'un seul joueur de hockey suffit pour changer une ampoule, et j'ai une petite idée de qui c'est.

DIX

HEATH

Je suis allongé sur le lit, tout habillé, quand Maverick passe la tête dans ma chambre.

— Arrête de te toucher et viens te faire tripoter par les petites vieilles, plutôt.

Je me redresse et balance mes jambes par terre.

— C'est Mariah que j'ai entendue pendant que je jouais à la Xbox avec Rauthruss ? questionne-t-il, les sourcils arqués et un sourire malicieux aux lèvres.

— C'est bizarre que tu écoutes, mec.

— Je veille juste sur toi.

— Comme c'est attentionné !

Nous retrouvons le reste de l'équipe à la maison de retraite. La mère du coach y vit. Par conséquent, c'est là que nous effectuons une bonne partie de nos heures de travaux d'intérêt général. Au moins une fois par semestre, il nous y traîne. Aujourd'hui, nous allons nous occuper de l'aménagement extérieur. Des travaux manuels qui sont chiants, mais, pour être honnête, je préfère ça qu'aller à l'intérieur.

Ça sent les personnes âgées, ce qui est logique, mais je n'ai pas besoin qu'on me rappelle qu'on va tous mourir et que, si on a de la chance, on va empester le monde avant de partir. J'ai retenu cette leçon quand mon père est mort brutalement à l'âge de quarante-deux ans. Il n'a même pas eu l'occasion de profiter de cette puanteur mêlée à la naphtaline. Il est parti en forme, en bonne santé et sentant comme Acqua di Gio. J'avais quatorze ans et je pensais qu'il était invincible.

Rose du désert est immense. Avec tellement de résidents que je me demande s'il reste des personnes âgées à Valley qui ne vivent pas ici. L'extérieur est bien entretenu, les fleurs et les buissons taillés pour que Mère Nature ressemble à un tableau de Monet.

Nous sommes probablement plus une gêne qu'une aide pour les jardiniers, puisqu'ils ont visiblement l'air d'avoir la situation sous contrôle, mais les petits vieux aiment nous voir travailler dur. Les vieux messieurs viennent s'asseoir dehors sur des chaises longues et nous régalent de leurs histoires de jadis, sans oublier de nous rappeler, à la fin de chaque histoire, de profiter de notre jeunesse et de notre naïveté.

Encore et encore.

Scott et moi étalons du gravier avec des râteaux sur le chemin du belvédère. Je suis fatigué et me remets un peu de ma cuite. C'est un travail difficile, le soleil tape sans répit.

— Rhett a dit que Ginny s'était retrouvée enfermée dans la salle de bain hier soir, dit-il en rompant le silence.

Je ne suis vraiment pas sûr de ce que je peux lui raconter la scène. Elle était complètement paniquée, mais je ne veux pas effrayer Adam. Cependant, Rauthruss semble l'en avoir informé.

— Oui, elle y est entrée, l'ampoule était grillée et elle n'a pas réussi à ouvrir la porte pour sortir.

— Oh merde !

Il s'arrête de ratisser et me fixe avec de grands yeux.

— Ginny a un problème avec le noir. Elle allait bien ?

— Il a fallu quelques minutes pour la calmer, mais elle semblait aller bien quand elle est retournée se coucher. J'ai changé l'ampoule, juste au cas où.

Elle était partie, ce matin, avant que je me réveille, et elle n'a pas répondu à mes messages.

— C'est sûrement la raison pour laquelle elle a décampé si tôt ce matin. Je prendrai de ses nouvelles une fois qu'on aura terminé ici. Merci, mec, j'apprécie que tu veilles sur elle.

Je déglutis fortement et hoche la tête. Je ne l'ai pas fait en raison de sa demande de veiller sur elle, pas plus qu'aucune fois où je suis resté avec elle. Je l'aime bien. J'aime être avec elle. Elle me fait profiter davantage du moment présent. Je ne cherche pas de coups d'un soir ou à me saouler, j'ai envie d'être à ses côtés, de toucher ses cheveux et de l'embêter. Pour résumer, j'ai de nouveau cinq ans. J'étais soulagé d'être là hier soir, quand elle avait besoin de moi. Le Heath du semestre dernier n'aurait pas été là. Il aurait été ivre ou avec une fille.

Je retire mon t-shirt et le mets dans ma poche arrière. Il fait si chaud ! C'est agréable de ne pas avoir de tissu qui colle à mon dos transpirant, mais maintenant, je sens presque le soleil transformer mon dos en grille de barbecue.

Adam jette un œil à côté de moi.

— Les vieilles à six heures te reluquent sans vergogne.

Je fais une pause et m'appuie contre le râteau. Sans surprise, trois dames aux cheveux blancs comme neige viennent vers nous, portant des ensembles en coton unis et d'épaisses chaussures orthopédiques.

— Enlève ton t-shirt, Scott, donne à ces dames une raison de vivre un autre jour, me moqué-je. Je comprends que tu ne veuilles pas qu'elles comparent nos corps et que tu te sentes inférieur.

— Bonjour, mesdames, dit-il lorsqu'elles approchent.

Il se tient droit, relève le bord de son t-shirt et s'essuie le visage. Les femmes se figent, contemplant ses abdominaux, et quand il lâche son t-shirt, il me jette un regard prétentieux. L'enfoiré !

— Vous faites du merveilleux travail, les garçons.

Celle au milieu baisse les yeux. Lorsqu'elle relève la tête, je lui fais un clin d'œil.

— On essaie simplement de rendre cet endroit aussi beau que vous.

Mav débarque de nulle part. Ce type a un sacré don pour trouver le centre de l'attention.

Je lui tends mon râteau.

— Je vais aller chercher de l'eau. Rends-toi utile.

Je prends ma bouteille d'eau vide et vais à la fontaine à l'intérieur pour la remplir. Burt se trouve à sa place habituelle, devant la télévision, en train de regarder *Les Experts* ou la chaîne de sport. Je ne connais que son nom parce qu'il y a toujours quelqu'un en train de crier après lui. C'est un vieux grincheux, toujours assis seul à casser les pieds de l'un ou de l'autre. Il frappe la télécommande sur l'accoudoir, jurant dans sa barbe. Personne ne lui prête attention. Une infirmière passe devant lui et soupire. Je ne peux pas vraiment lui en vouloir de ne pas se précipiter à son secours. Je ne suis venu ici que quelques fois et moi aussi, j'en ai marre de ses conneries.

— Foutue télécommande !

Il la jette à travers la pièce et elle glisse sur le carrelage blanc, s'arrêtant sur mon chemin.

Je me penche, la ramasse et m'avance vers lui. Il fronce les sourcils lorsque je la lui tends.

— Un problème avec la télécommande ?

— Un problème avec tout, grommelle-t-il en enfonçant les boutons avec son pouce.

— Ce sont peut-être les piles.

— Je les ai déjà changées deux fois, pour m'assurer qu'on ne me fait pas perdre mon temps. Cette Sharon me l'a donnée.

Il se tourne dans son fauteuil et lance par-dessus son épaule :

— Vous êtes sûre que c'est la bonne télécommande ?

Sharon, je présume, ne lève même pas les yeux en répondant.

— Oui, Monsieur Thomas, j'en suis sûre. J'ai demandé à Louie de venir dès qu'il aura fini avec les pots de chambre.

Burt grogne. Je ne voudrais pas non plus les sales pattes de Louie sur ma télécommande.

— Je pourrais essayer, si vous voulez, proposé-je.

Il me la tend avec un autre soupir, comme si j'étais la dernière personne à qui il avait envie d'accorder sa confiance. À nouveau, je ne peux pas lui en vouloir. Mais un homme devrait au moins avoir la télévision s'il ne fait rien de la journée dans ce lieu déprimant. Je la teste, appuyant sur le bouton pour changer de chaîne et obtenant le même résultat que Burt.

— C'est sur le mauvais canal, lui dis-je en la tendant pour qu'il voie.

J'appuie sur le bouton TV, puis à nouveau sur celui des chaînes, réussissant, cette fois-ci.

Il continue à froncer les sourcils en la reprenant dans sa main pleine de taches brunes et essaie. Je n'ai droit ni à un merci ni à un signe avant de le laisser devant *Les Experts*.

Si on me propose de mourir jeune et inconscient ou vieux et haineux... je crois que je préfère la première option. Vivre péniblement et mourir heureux.

Rose du désert nous offre le repas une fois que nous avons terminé. Les gars sont tous de bonne humeur. Tout le monde parle et rit tandis que nous faisons la queue au buffet installé pour nous. Nous commençons à bien nous entendre dans le groupe et j'espère que ça se verra sur la glace quand nous pourrons y aller.

Nous nous éparpillons sous le pavillon, en sueur et sales, mais si affamés. Mav et moi nous asseyons face à face. Le silence tombe pendant que nous mangeons. Même Mav parle à peine tandis que nous dévorons l'intégralité de nos assiettes et allons nous resservir. Je finis et siffle ensuite le restant de ma bouteille d'eau.

— Tu veux aller boire une bière après ? m'invite Mav.

— Non, pas aujourd'hui.

— Xbox ? propose-t-il alors que nous nous levons pour partir.

Je secoue la tête et nous allons à sa voiture. Je veux une douche et trouver Ginny. Elle n'a toujours pas répondu à mon message.

— Un film ?

— Non.

Je me glisse sur le siège passager, Mav ouvre la portière conducteur et monte.

— Je n'ai plus d'idées, mon pote.

Il démarre le véhicule et tapote le pouce sur le volant en réfléchissant.

— Des filles ?

— Là, tu m'intéresses, mais juste une fille.

— On partage ?

Il semble surpris, mais, oserais-je dire, un peu excité à cette idée.

Je me penche contre l'appuie-tête. Un rire fatigué m'échappe.

— Sérieux, mec ?

Je n'ai pas de plan précis. Trouver Ginny, m'assurer qu'elle va bien, puis la convaincre de passer plus de temps avec moi.

— Tu ne veux pas partager avec moi ? Et si je chante Mariah et promets de ne pas te toucher ?

J'ignore s'il plaisante ou pas, mais tout est possible avec Maverick.

— Hors de question !

Je refuse de partager une seconde de mon temps avec Ginny. Avec quiconque.

ONZE

GINNY

— Voilà pourquoi je ne retournerai plus jamais dans l'appartement de mon frère.

— Je suis sûre que ce n'était pas si terrible.

Reagan me fait un sourire encourageant de l'autre côté de la table. Je me suis échappée de chez Adam tôt ce matin et suis tout de suite allée chez Dakota et Reagan. Elles me consolent pendant que nous prenons un brunch dans un joli petit café qu'elles aiment bien.

— J'étais en train de faire une crise de panique dans la douche. J'ai du mal avec les petits espaces sombres.

Je balaie les airs de la main, espérant qu'elles ne me poseront pas d'autres questions à ce sujet, parce que je n'ai pas vraiment envie d'entrer dans les détails.

— C'était si terrible que ça ?

Dakota ricane et mord dans son bagel.

— C'est plutôt romantique, insiste Reagan. Se glisser dans la douche avec toi et te calmer. Je suis impressionnée, même si je ne suis pas très surprise que ce soit Heath qui soit venue à ton secours. Il a un air prétentieux, mais compétent. Moi, par contre, je ne suis pas certaine que j'aurais su quoi faire, donc tu as vraiment eu de la chance.

— Ce n'était pas romantique. C'était pitoyable.

Je râle et enfouis la tête dans mon bras sur la table une seconde. Quand je relève les yeux, elles sont toutes les deux en train de sourire.

— Quel dommage ! J'aimais bien Heath. Maintenant, je vais devoir l'éviter jusqu'à ce que j'arrive à le regarder sans avoir envie de faire l'autruche.

— Tu suis des cours de théâtre comme celle-ci ? demande Dakota en pointant son bagel sur Reagan.

— Non, pourquoi ?

Elle sourit et je lui jette une serviette roulée en boule.

— Ha ! Ha ! Très drôle.

— On s'est tous ridiculisés à un moment ou à un autre. C'est la fac. Ce n'est rien.

Dakota termine son bagel et attrape son café.

— Tu dois retourner dans ta chambre ou tu veux traîner avec nous, aujourd'hui ?

— Je dois me doucher et me changer, mais je n'ai rien de prévu après.

— Tu voudras te doucher après, mais on peut s'arrêter à ta chambre en chemin parce que tu auras besoin de baskets.

— En chemin pour aller où ? demandé-je en me levant et en sortant de la banquette pour les suivre.

Je halète tandis que nous faisons le tour de la piste d'athlétisme du campus en courant.

— Quand tu as dit traîner, je m'attendais à regarder Netflix ou à faire une manucure-pédicure.

— Encore deux tours et ensuite, on passe à la marche athlétique, dit Dakota.

Elle semble bien trop à l'aise quand elle parle en courant.

La fierté et la nature compétitive des Scott me poussent à continuer, mais quand nous nous mettons enfin à marcher, je suis bien plus transpirante et fatiguée que ces deux-là.

— Vous faites ça souvent ?

— Trois fois par semaine, répond Reagan, l'air légèrement à bout de souffle.

— Pourquoi ?

— J'aime courir, explique Dakota.

— Elle était dans l'équipe d'athlétisme, ajoute Reagan. Je me laisse entraîner, comme ça, je n'ai pas à me justifier pour l'énorme part de cheesecake que je vais manger tout à l'heure, pendant que Dakota regardera ses téléfilms gnangnan.

— Comment est Ava, ta coloc ? questionne Dakota, changeant rapidement de sujet.

Ava et Trent n'étaient pas dans la chambre quand nous nous y sommes arrêtées, mais les affaires de celui-ci étaient toujours là. J'ai hâte de dormir dans mon propre lit ce soir.

— Elle est vraiment sympa. Son copain étudie à la fac du nord. C'est pour ça que j'étais chez Adam ce week-end. Il est venu lui rendre visite et je voulais leur laisser un peu d'intimité. Avec un peu de chance, le week-end prochain, c'est elle qui ira le voir dans sa fac, parce que je vais avoir besoin de me cacher quelques semaines.

— Tu peux toujours rester chez nous. La baignoire est tout à toi, me taquine Reagan.

— Merci beaucoup, les connasses ! dis-je avec un sourire.

Trent est parti et Ava dort dans son lit à mon retour. Je me douche et grimpe ensuite sur mon propre lit pour faire une sieste. Cependant, la nuit dernière n'arrête pas de se rejouer dans mon esprit. Adam et Heath m'ont tous les deux envoyé des messages, mais j'ai seulement répondu à mon frère. C'était un rapide **« Je vais bien, ce n'était rien »** qui, avec un peu d'espoir, évitera qu'il pose d'autres questions.

Un coup à la porte me force à sortir du lit et je m'attends à moitié à voir Adam. Ce serait tout à fait son genre de ne pas répondre aux messages et de vouloir vérifier que je vais bien en personne. Toutefois, c'est Heath qui se tient dans le couloir.

— Qu'est-ce que tu fais là ?

Un sourire en coin, il ajuste sa casquette de base-ball sur sa tête.

— Content de te voir aussi.

— Pardon. Salut, comment ça va, aujourd'hui ? Qu'est-ce qu'il fait beau ! Qu'est-ce que tu fous dans ma cité U ? Et comment as-tu su où je vivais ?

Son rire rauque m'arrache un sourire.

— Bien. Je suis d'accord. J'avais envie de te voir et...

Il se penche plus près.

— Je ne peux pas révéler tous mes secrets.

Il m'adresse un sourire jusqu'aux oreilles, une lueur moqueuse dans le regard.

— Allez, viens te promener avec moi.

— Me promener ?

— Oui. Tu as mieux à faire ?

— J'avais prévu de faire une sieste.

— C'est chiant de dormir. Allez, je vais vraiment devoir te convaincre de venir ? Il fait super beau dehors et on pourra s'arrêter à la cafèt' pour que tu manges.

— Moi ?

— Maintenant que tu le dis, j'ai peut-être un petit creux.

Il ne bouge pas et je cède.

— Une minute.

Je le laisse dans le couloir, ferme la porte et échange mon pantalon de yoga confortable contre un short. Je m'applique du gloss et un peu de mascara. Quand j'ouvre la porte, il est appuyé contre le mur, les chevilles croisées et les mains dans les poches.

— Prêt ?

Il s'écarte du mur et me fait signe de marcher devant.

— Si tu l'es, je le suis.

Nous traversons la rue en silence pour nous rendre à la cafétéria. Heath semble parfaitement à l'aise avec le silence alors que j'ai un million de questions sur le bout de la langue. Il me tient la porte.

— J'aurais dû deviner que passer du temps avec toi voulait dire manger.

— Toujours. En plus, c'est là qu'on s'est rencontrés. Nous avons un passif ici.

Je ricane et m'empare d'un plateau. Maintenant que nous sommes là, j'ai un peu faim. Heath prend bien moins de nourriture que d'habitude et j'arque un sourcil.

— J'ai déjà mangé, avoue-t-il.

Nous apportons nos plateaux à notre table habituelle.

— À quelle heure t'es-tu échappée, ce matin ? demande-t-il.

J'hésite, une frite devant la bouche.

— Je ne me suis pas échappée.

Son sourcil gauche se lève alors qu'il prend une bouchée.

— Bon, d'accord. Je suis partie très discrètement et de très bonne heure. Content ?

— De toute évidence non, vu que je t'ai suivie.

— Je vais bien, d'accord ?

Il hausse les épaules. En mangeant, il me raconte sa matinée avec l'équipe à effectuer des travaux d'intérêt général. Quant à moi, je lui dis que je suis allée courir avec les filles.

— Bravo d'avoir signé, au fait. Adam l'a mentionné cet été,

mais je ne savais pas que c'était toi jusqu'à ce que Reagan en parle hier soir.

— Merci.

Il se recule dans sa chaise, buvant de l'eau tout en m'étudiant.

— Quoi ? demandé-je timidement.

— J'essaie de te cerner. Qu'est-ce que tu aimes faire ?

— Tout et rien. Je ne faisais pas de sport au lycée ou quoi que ce soit de la sorte.

— Tu devais bien faire quelque chose.

— Je voyais du monde. Il s'avère que tu ne peux pas te forger une carrière sans fréquenter des gens, à moins que tes parents soient riches et célèbres.

— Ces foutus Kardashian !

— Pas vrai ?

— Geneviève, Geneviève, Geneviève.

J'adore comment il prononce mon nom complet. Celui-ci m'a toujours un peu gênée. Les professeurs commentaient à quel point il était beau, ce qui, pour une collégienne, est super humiliant. Les enfants se moquaient, du moins jusqu'à ce que j'aie des seins, c'est alors devenu un prétexte pour que les ringards me draguent. « Geneviève, hein ? Cool, comme prénom. »

Ça ne me faisait pas défaillir. Pas du tout.

En revanche, je suis un peu en train de défaillir en cet instant et, tout ce qu'il a eu à faire, c'est dire mon prénom. Je suis également en train de le fixer alors que je suis censée dire quelque chose. N'importe quoi !

— Heath, Heath, Heath.

Son sourire taquin fait bondir mon estomac.

— Je vais aller chercher de la glace.

Je me lève avant qu'il puisse faire un commentaire et prends mon temps au stand des desserts, créant la coupe parfaite.

Il est en train de picorer les frites sur mon plateau quand je reviens.

— Je me suis dit que tu avais fini.

— Elles sont toutes à toi.

— C'est quoi, ça ? demande-t-il d'un air dégoûté en regardant mon bol de glace.

— Glace napolitaine aux trois parfums, saupoudrée de pépites de sucre et d'oursons en gélatine.

— Tous ces parfums, c'est touchant.

Je ris et prends une énorme cuillère des trois goûts. Il continue à m'observer, horrifié.

— Je ne comprends pas la tranche napolitaine. C'est une glace pour les gens qui ne savent pas se décider.

— Faux. La décision, c'est qu'on veut les trois parfums et qu'on n'a pas envie d'opter pour un seul parfum ennuyeux.

Je lui tends ma cuillère.

— Tu veux goûter ?

Les lèvres pincées, il secoue la tête.

— Allez !

Je m'avance et m'appuie contre la table pour approcher la cuillère de sa bouche. Il l'ouvre et je le nourris, ce qui s'avère être un geste étonnamment intime. Il avale, les yeux rivés sur les miens, tandis que je me recule et étudie sa réaction.

— Alors ?

— Je crois que j'ai gobé un ourson en entier, dit-il d'une voix rauque.

Nous finissons le reste de ma glace et, si j'en crois le fait que Heath en mange plus de la moitié, je dirais qu'il aime bien ma coupe napolitaine.

Après ça, nous nous promenons sur le campus. Ce n'est pas aussi animé que la semaine, mais beaucoup de gens se baladent, se prélassent à l'ombre, jouent au frisbee, certains même entrent et sortent des bâtiments.

Nous finissons par nous asseoir sur le rebord de la fontaine au centre du campus. C'est l'un de mes endroits favoris.

— Alors, ça va ?

— Quoi ?

J'essaie de faire semblant de ne pas savoir de quoi il parle, mais son expression sérieuse en dit long.

— Ah ! Oui, ça va.

Je fouille dans ma poche à la recherche d'une pièce. En fermant les yeux, je la jette dans la fontaine.

— C'est quoi, ton vœu ?

— Je ne peux pas te le dire, sinon il ne se réalisera pas.

C'est calme, j'espère que nous avons évité avec succès d'aborder à nouveau la nuit dernière, jusqu'à ce qu'il demande :

— Tu en as déjà eu avant, pas vrai ? Des crises de panique. Adam a dit que tu avais peur du noir.

J'envisage de mentir, mais j'ai l'impression que la vérité ne sera pas plus gênante.

— Vraiment, je vais bien. Je n'aime pas être enfermée dans des endroits sombres. Et oui, j'en ai déjà fait, mais ce ça n'arrive pas souvent.

Je me tais, espérant en avoir suffisamment dit pour avoir l'air moins folle.

— Ma mère avait l'habitude d'en faire. La première fois, elle a cru qu'elle était en train de mourir ou qu'elle faisait une crise cardiaque. Ça nous a vraiment fait flipper.

Je passe un doigt sous la couture de mon short et évite son regard.

— Ce n'est rien. Je ne dis pas ça pour te gêner. Je veux simplement que tu saches que tu n'as pas à en avoir honte.

— Je n'ai pas honte. Je préférerais juste ne pas avoir à être secourue par le pote hyper canon de mon frère.

Je plaque une main sur ma bouche.

— Oublie ce que je viens de dire. Visiblement, quelque

chose n'allait pas dans ces oursons et ça me fait dire n'importe quoi.

Il arque un sourcil.

— Tu me trouves hyper canon ?

— J'ai dit hyper ? C'étaient les oursons qui parlaient. Je veux dire, d'un point de vue objectif, oui, t'es canon. Mais ce n'est pas comme si *je* te trouvais canon.

Il lève la main et dégage les cheveux de mon visage. Son pouce effleure ma lèvre inférieure. Il se penche, les secondes pendant lesquelles sa bouche s'abaisse sur la mienne semblent défiler au ralenti, tandis que mon pouls s'accélère.

Mes yeux se ferment lentement et sa bouche finit sur la mienne. Il a les lèvres douces, mais sa barbe de trois jours pique ma peau fine. Sa main sur mon visage glisse dans ma nuque, la prenant dans sa large paume, pendant que sa bouche s'écarte et que sa langue demande à entrer.

Sa langue est délicieuse. Embrasser Heath est divin. Il embrasse très bien et même s'il ne touche que mon cou et mes lèvres, je le sens partout sur moi.

Quand il se recule, j'ai le souffle coupé et je suis excitée. Putain !

— Désolé. Je n'aurais pas dû faire ça.

Ses paroles me font l'effet d'un seau d'eau glacée sur mes parties génitales.

— Pourquoi pas ?

— Parce que peut-être que tu avais raison. Tu ne veux pas fréquenter d'hommes, je ne suis pas capable d'être plus que ton pote sans tout faire foirer, ton frère est mon coéquipier, faut se faire une raison, je suppose.

— Ces oursons te font faire n'importe quoi, toi aussi.

Il a un sourire espiègle.

— Amis ?

Il est sérieux ? Il veut que nous soyons amis après ce baiser ? Cependant, je viens tout juste de rompre et ce n'est sûrement pas une bonne idée de me lancer dans une relation après seulement une semaine à la fac, alors, je hoche la tête.

— Amis.

DOUZE

HEATH

SEPTEMBRE

GINNY S'INSTALLE en face de moi avec son bol de glace.

— Je suis parée pour l'automne. J'ai les seins en sueur rien qu'en traversant la rue.

— Je comprends totalement, réplique Mav. Mes couilles...

— D'accord. Trop d'informations, mec, l'avertis-je.

— Je ne vois pas en quoi c'est différent des nénés de Ginny.

Mav hausse les épaules et retourne à ses devoirs étalés devant lui.

— Les seins, Mav. C'est différent à cause des seins.

Ginny glousse, pas du tout offensée par mon pote ou moi, elle fait glisser le bol vers moi sans me demander si j'en veux. L'alchimie entre Ginny et moi est difficile à ignorer. Je pensais que me mettre moi-même dans la *friend-zone* allégerait la tension, mais même quand elle parle de ses seins transpirants, je me retrouve à espérer que le temps défile plus lentement pour passer plus de moments avec elle.

Il y a bien trop de complications. Tout d'abord, je n'ai pas envie de m'expliquer avec le capitaine de l'équipe. Ensuite, je ne veux pas arrêter de traîner avec Ginny. Si cela veut dire rester amis et ne pas l'embrasser pour éviter que je gâche tout, alors, qu'il en soit ainsi. Mieux vaut être amis que rien du tout.

Je souris en contemplant son bol de glace. Elle n'ajoute plus d'oursons en gélatine. Je ne sais pas si elle croit réellement que c'est leur faute si elle a avoué qu'elle me trouvait canon et si elle m'a laissé l'embrasser, mais leur absence me rend un peu triste. Les dures petites choses de la vie.

Je prends une petite bouchée et le repousse.

— C'est tout ce que tu manges ?

— Je dois me remettre au régime avec la saison. On va à la patinoire aujourd'hui.

Je tiens à peine en place, j'ai tellement envie d'être sur la glace !

Mav lève les yeux et hoche la tête, puis il râle.

— Ce sera de courte durée pour moi si je rate ce devoir de littérature britannique.

Il se tape la tête sur son livre plusieurs fois avant de se redresser et de le fermer. L'année dernière, il a réussi ses examens de justesse pour pouvoir jouer, le coach le surveille de près.

— Tu as toujours le numéro de Tonya ? Je crois qu'elle donne des cours.

— Euh... oui, peut-être.

Je lève mon téléphone, trouve son contact et tends le portable à Maverick.

— Je ne lui dirais pas que tu as eu son numéro par mon biais, par contre, ce n'est pas ma plus grande fan.

— Elle t'a *donné des cours* ? questionne Ginny.

— Non.

Notre relation avait été bien plus sérieuse... une baise rapide dans une salle de bain à une fête l'année dernière. Elle voulait continuer à s'amuser, pas moi.

— Je peux peut-être t'aider. J'adore la littérature, dit Ginny.

— Sérieux ?

Mav paraît plein d'espoir.

— Bien sûr. Ce soir ?

Pendant qu'ils programment une leçon, je recule dans mon siège et observe Ginny. Elle est sympa, intéressante, drôle et un peu naïve. Mais naïve dans le fait qu'elle croit qu'il y a toujours du bon à tirer des gens et des situations. Passer du temps avec elle me le fait croire un peu plus à moi aussi. Il n'y a rien que je n'aime pas chez elle. Chaque détail. Je peux affirmer sans me tromper que Ginny est comme la tranche napolitaine, elle me plaît de plus en plus.

J'attends avec impatience les repas que nous prenons ensemble. Elle n'a jamais mentionné le baiser interdit causé par les oursons, moi non plus, mais nous nous pointons tous les deux à la même heure tous les jours, au petit déjeuner et au déjeuner, pour manger ensemble. Parfois, Maverick et les autres sont avec nous, d'autre fois non, mais nous ne ratons aucun repas.

Des camarades de tablée. Ça pourrait être pire. Ça pourrait être mieux aussi.

Après le déjeuner, je me rends à la patinoire pour m'entraîner. J'arrive tôt, mais je n'ai pas envie d'attendre une minute de plus pour aller sur la glace. Les semaines d'entraînement de présaison sur le terrain de football donnent chaud et sont éreintantes, mais je le ferais trois fois par jour si ça me permettait d'aller à la patinoire plus tôt.

Adam est dans les vestiaires, déjà habillé, quand j'entre.

— Salut, me dit-il en me voyant. Toi non plus, tu ne pouvais pas attendre ?

— Je n'ai pas beaucoup dormi hier soir.

Il pouffe et se dirige vers la porte.

— J'imagine que ce sera facile de t'empêcher de marquer, aujourd'hui.

— Dans tes rêves ! déclaré-je alors qu'il a le dos tourné.

En arrivant sur la glace, un sentiment de paix et une grande excitation m'envahissent. Un mois sans patiner et j'ai l'impression qu'un de mes membres repousse. Je respecte l'idée du coach qu'un mois d'entraînement sur gazon pour souder l'équipe nous rende plus fort avant d'aller sur la glace, mais putain, qu'est-ce que ça m'a manqué !

J'inspire l'air froid tandis que mes patins glissent sur la glace fraîche. Je fais un signe de tête à Adam, qui patine avec la même expression joyeuse sur le visage. Nous évoluons en silence quelques minutes avant qu'il m'indique de le rejoindre d'un signe du menton. Nous nous faisons des passes et tirons tour à tour. Je suis transpirant et à bout de souffle, mais de la meilleure des manières.

Quand le reste de l'équipe arrive, Coach Meyers et Coach Kelley nous font commencer avec des exercices de rapidité et des scénarios de jeu de puissance.

Mon cœur s'emballe et l'adrénaline coule en moi tandis que je patine à fond les ballons.

— Bouge tes pieds ! beugle Coach Meyers de sa place, dans la tribune des supporters rivaux. Voilà. Joli !

— Je vais vomir, dit Maverick, le souffle court, alors que je me remets en ligne.

— Comment ça se fait que tu ne sois pas en forme ? On a passé le mois dernier à courir comme des dératés.

— Je ne peux pas faire courir ce joli cul, dit-il d'un air sérieux. Belle génétique, mais pas top pour la vitesse.

Je ris.

— Tu accuses ton cul d'être lent ? Sérieux ?

Un sourire prétentieux aux lèvres, il s'élance quand le coach siffle, signalant à la deuxième personne d'y aller.

L'entraînement défile bien trop vite. L'équipe des filles arrive dans une demi-heure, donc je ne peux pas rester autant que j'en aurais envie.

Tout le monde n'est pas triste que ce soit fini. Le visage de Jordan est tacheté de rouge.

— Dieu merci ! marmonne-t-il. J'étais en train de roter le jambon et le fromage de midi. Je jure qu'ils allaient remonter si ça avait duré encore cinq minutes.

Je suis le dernier sur la glace. Adam le remarque et rit devant, j'imagine, ce qui se rapproche d'un air boudeur sur mon visage. Je n'hésiterais pas du tout à donner des coups de pied, à crier et à piquer une colère si je pensais que ça me permettrait de rester, mais Coach Meyers me ferait faire des tours de terrain de football à la place.

— Allez, Payne ! Je t'offre une bière.

Au *Repaire*, Adam commande deux pichets et les pose sur la table avant de nous distribuer des verres.

Mav s'est servi et a bu une longue gorgée avant même que j'aie le pichet.

— Mec, c'est peut-être ton ventre à bière et pas ton cul, le problème.

Il me fait un doigt d'honneur et continue à boire, puis il dit :

— Eh, mec, combien tu crois que Coach Meyer te paiera pour baby-sitter Liam et Jordan, cette année ? Le salaire minimum ?

Je fais la grimace et il rit, sachant qu'il a trouvé mon point sensible. Le coach m'a mis avec deux attaquants de première année, aujourd'hui, tous deux ont encore beaucoup de travail.

— Ça va être une super saison, insiste Adam, jouant toujours les capitaines. NCAA[1], cette année. Dernière occasion de m'assurer la place de champion de NCAA avant mon diplôme.

Je lève mon verre.

Ginny attend à l'appartement à notre retour.

— Que fais-tu là ? demande Adam en s'installant à côté d'elle sur le canapé.

— Maverick et moi étudions Shakespeare.

Adam jette un coup d'œil à Mav.

— Tu sais, tu ne vis pas ici, mec.

— J'ai commandé des pizzas, dit-il dans l'encadrement de la porte. Je dois sortir Charli. Je reviens dans cinq minutes.

Une fois qu'il est parti, Ginny regarde tour à tour Adam et moi.

— C'était comment de retourner sur la glace ?

— Incroyable, répondons-nous en même temps.

Ginny pouffe.

— Je vais me doucher, annonce Adam en se levant et en retirant son t-shirt. Gardez-moi de la pâte fine.

— Tu viens me tenir compagnie en attendant que Mav revienne ?

Je fais signe à Ginny de me suivre dans ma chambre et elle le fait.

Elle entre et parcourt la pièce des yeux avant de s'installer sur le lit, les pieds pendant sur le côté. Je pose mon sac et sors un short et un t-shirt de basket. J'enlève le t-shirt que je porte et le jette dans le panier à linge sans réfléchir. Le regard de Ginny est braqué sur mon torse. J'attends qu'elle se ressaisisse, mais elle continue à me reluquer sans vergogne.

— Eh, l'amie !

— Hmmm ?

— Mes yeux sont plus hauts, dis-je en lui faisant un clin d'œil.

Elle lève ses yeux bruns au ciel, mais ils reviennent tout de suite sur le haut de mon corps.

— Tu es vraiment bien taillé. Je devrais peut-être arrêter la glace.

— Même pas en rêve. Tu es parfaite.

Charli se glisse dans ma chambre, grimpe sur le lit et couvre Ginny de baisers baveux. Elle sourit et se penche en arrière, la caressant derrière les oreilles.

— Descends, Charli.

Mav apparaît à l'entrée de la chambre et Charli le rejoint.

— Prête, Ginny ?

— Oui.

Elle descend du lit.

— À tout à l'heure.

Je hoche la tête et observe mon ami et l'objet de ma fascination sortir de ma chambre. J'ai peut-être besoin de prendre une douche avec Mariah avant d'aller la retrouver.

TREIZE
GINNY

Le soir suivant, Reagan est assise devant sa coiffeuse, l'ordinateur ouvert devant elle pendant que je me tiens à côté, lui appliquant du maquillage.

— Je n'arrive pas à croire à quel point c'est fidèle à la fille dans la vidéo. Je te jure que j'ai essayé plusieurs fois et ça ne ressemble jamais à ce à quoi c'est censé ressembler.

— Ava me laisse m'entraîner sur elle.

Je jette un œil à la fille à l'écran, puis à Reagan.

— L'eyeliner te va vraiment bien.

Maquiller Reagan est amusant. Elle est déjà tellement belle que je ne pourrais sûrement pas l'enlaidir, même si j'essayais. Mais elle a raison, j'ai réussi à reproduire presque à l'identique le maquillage de la fille à l'écran.

— Tu es embauchée. Un jour, quand je serai une grande actrice, je te forcerai à me maquiller tous les jours. En fait, j'aimerais bien que tu me maquilles pour la pièce de cet hiver.

Reagan étudie le théâtre et, d'après Dakota, elle déchire dans la pièce de l'université.

— Le département n'emploie pas quelqu'un pour le maquillage de scène ?

— Si. La mère de l'ancien metteur en scène, madame Morrison. Elle est adorable et gentille, elle maquille pour les pièces de l'université depuis environ vingt ans, mais l'année dernière, elle m'a fait ressembler à un clown. Il y a le maquillage de scène, oui, à ne pas confondre avec le surplus de blush.

J'applique une poudre légèrement scintillante sur le haut de ses joues.

— Eh bien, je serais heureuse de le faire quand tu veux. Sérieusement, te maquiller tous les jours serait le boulot de mes rêves.

— Pourquoi tu ne fais pas une école de maquillage ? demande Dakota depuis le lit.

Elle est allongée sur le côté, sur son téléphone.

— À moins que tu travailles dans un salon ou en magasin, c'est beaucoup de free-lance comme les mariages et les événements spéciaux. En plus, il y a tellement de pression pour que ce soit parfait, que les clientes se sentent belles et sûres d'elles !

— Eh bien, je me sens belle et sûre de moi, là, donc je pense que tu serais super.

Reagan retrousse les lèvres et sourit.

— En parlant de boulot, je vais avoir besoin d'en trouver un si je veux pouvoir déménager l'année prochaine. Vous avez des tuyaux pour travailler sur le campus ou à l'extérieur ? Je pensais aller postuler dans les restaurants et les cafés du coin.

Vivre avec Ava est super. Nous nous entendons bien et elle n'a pas d'habitudes bizarres comme laisser traîner de vieux plats ou fouiller dans mes affaires sans me demander, mais je n'ai pas envie de vivre à nouveau en cité universitaire l'année prochaine.

— Le Hall of Fame des sportifs cherche tout le temps des guides, dit Dakota.

— Des guides ?

Elle se redresse et abandonne son téléphone.

— Oui, on fait faire des visites à des groupes locaux, comme des écoles et d'autres organisations, mais on aide aussi au recrutement. Je peux demander à ma cheffe, si tu veux.

— Juste comme ça ?

— Eh bien, je ne vais pas te mentir, le fait que tu sois la petite sœur d'Adam Scott aidera sûrement. Ma cheffe craque énormément pour lui.

— Quoi ?

Au même moment, Reagan marmonne :

— Qui ne craque pas pour lui ?

Dakota et moi la regardons.

— Quoi ? Voyons, il est canon ! Non, pas seulement canon, il est gentil et...

Elle s'arrête.

— Je dis juste que ce n'est pas totalement ridicule qu'elle craque pour lui.

Dakota secoue la tête.

— Bon, peu importe, mais chaque fois qu'il est dans les parages, elle devient toute gênée et rouge.

Beurk !

— C'est tellement bizarre, mais, peu importe, le job a l'air sympa.

— Super ! Je travaille demain, donc je demanderai.

Je me lève pour sortir mon téléphone de ma poche et prendre des photos de mon chef-d'œuvre.

— Mets-toi contre le mur.

Je pointe du doigt le mur blanc nu dans sa chambre et Reagan se place devant.

— Le type pour qui tu craquais au début de l'année, ce n'était pas Adam, si ?

Reagan se fige.

— Quoi ? Non, bien sûr que non ! Je voulais seulement dire que je pouvais comprendre.

— C'est Heath ?

Ça semble perdu d'avance vu qu'il ne veut pas sortir avec des filles, mais j'ai tout de même besoin qu'elle l'exclue. Ce serait trop bizarre qu'elle l'aime bien.

— Certainement pas !

— Pourquoi « certainement pas » ? Heath est super.

— Rhett ? questionne Dakota.

— Vous voulez bien arrêter d'essayer de deviner ? Je ne vous le dirai pas et ce n'est pas important, de toute façon. À chaque fois qu'il n'est pas loin, je deviens vraiment timide. J'ai besoin d'un homme qui soit plus à mon niveau. En plus, je craque pour un autre, il est célibataire et il m'a demandé mon numéro.

Mon téléphone sonne alors que je prends des photos du maquillage de Reagan.

— C'est Maverick. Je vais encore aller étudier avec lui.

— Tu peux faire ça pour mon rencard ? dit Reagan en désignant son visage.

— Absolument, mais tu n'as pas besoin de mon aide pour être magnifique.

J'attrape mes affaires et salue en sortant.

Maverick est déjà chez Adam quand j'arrive. Il est sur le canapé, Charli à ses côtés. Rhett et Heath jouent aux jeux vidéo.

— J'ai raté Adam ?

Je m'assieds sur le fauteuil à côté d'Heath.

Il me donne un coup dans l'épaule.

— Oui, il est parti chez Taryn il y a quelques minutes.

— Elle vient ici, parfois ?

— Non, pas vraiment.

Je me lève, pose mon sac à dos sur la table et sors mon ordinateur et une copie des sonnets de Shakespeare que j'ai empruntée à la bibliothèque. Maverick m'imite et s'assied en face de moi. Charli est couchée à ses pieds.

— Tu veux que je jette un œil à tes notes ou on devrait se mettre tout de suite aux questions à étudier ?

Il pousse un soupir théâtral.

— Mes notes sont sûrement de la merde.

Il me tend un carnet, trois pages sont remplies de son écriture en pattes de mouche.

— Tu as écrit tout ce que le professeur a dit ? demandé-je, déconcertée, en les parcourant.

La quantité de détails qu'il a couchée est insensée.

— Euh, oui. Je n'étais pas sûr de ce qui était important et de ce qui ne l'était pas, alors, j'ai presque tout écrit.

— Je ne suis pas sûre non plus. Waouh, d'accord ! Le devoir est une dissert ?

— Oui. Payne, ton téléphone sonne dans ta chambre, lui lance Maverick.

La manette dans les mains, Heath se lève et part en marche arrière vers sa chambre.

— Ah, ah, putain ! Je suis cerné ! Pause, une seconde.

Il file dans sa chambre, hors de notre vue, mais je l'entends répondre au téléphone.

Sa voix se fait plus basse et s'adoucit, je comprends immédiatement qu'il parle à une fille. Une jalousie foudroyante enflamme mon visage. Il revient, le portable à l'oreille, et jette la manette sur le canapé.

— Désolé, mec, je dois prendre cet appel, dit-il à Rhett avant de disparaître à nouveau dans sa chambre, fermant la porte derrière lui.

— Alors, t'en penses quoi ? demande Maverick en me ramenant dans l'instant présent.

— Ces notes sont géniales.

Nous passons le quart d'heure suivant à relever des

éléments que nous pensons être utiles. Maverick est minutieux et rigoureux dans ses études. Ça me surprend qu'il ait de mauvaises notes, d'ailleurs. Du moins jusqu'à ce que je lui pose des questions et qu'il soit aussi concentré que Charli.

— C'était quoi, la question, déjà ?

Je ris et il me fait un sourire penaud.

— Je ne supporte vraiment pas ce cours.

— Pourquoi tu le suis ?

— Je pensais que ce serait facile d'obtenir un A. J'ai réussi haut la main le cours de littérature américaine.

— D'accord. Bon, comment tu as étudié pour ce cours ?

— Je ne sais pas.

Il se penche en avant et caresse son chien, un sourire s'étirant sur ses lèvres.

— Heath et moi, on se lisait des livres à voix haute en prenant des accents marrants.

— Heath t'a aidé à étudier ? Vous étiez en cours ensemble ?

— Pas ensemble, mais on suivait le même cours avec des profs différents. La plupart des livres étaient les mêmes, en revanche.

— Vous étiez colocs ?

— Oui, on vivait dans la même chambre, l'année dernière.

Tout à coup, je suis beaucoup moins intéressée par la leçon maintenant que je sais que Heath a aidé Maverick à réviser. Qu'est-ce que je ne donnerais pas pour retourner dans le passé et voir ces deux-là lire Hemingway !

— D'accord, bon, on peut essayer.

J'attrape le livre sur la table.

— Les cinq premiers sonnets ?

— Je les ai déjà lus.

— Mais maintenant que tu connais la forme et les thèmes, je crois que tu seras capable de les identifier plus facilement. Peut-être que tu y verras plus de sens.

— Oui, ça marche.

Je m'éclaircis la gorge, ouvre à la première page et commence à lire.

Une fois fini, je tends le livre à Maverick quand la porte de Heath s'ouvre et qu'il sort.

— Payne ! Viens poser ton petit cul sexy ici et lis-moi du Shakespeare.

Heath s'installe et, à ma grande surprise, il s'empare du bouquin.

— Tu le lis à voix haute ?

— Ça a aidé, l'année dernière. Ça vaut le coup d'essayer, non ?

Heath croise les chevilles.

— Voyons voir.

— Ce sont des sonnets, dit Maverick.

Un rire rauque lui échappe tandis qu'il relève le livre et se met à lire. Sa voix est nette, le timbre grave est agréable. Son ton varie et chante presque les strophes. Je suis littéralement absorbée et ce n'est même pas moi qui ai besoin d'être concentrée.

Heath lève les yeux en tournant les pages et nos regards se croisent au-dessus du recueil.

— Fais-le avec l'accent anglais, supplie Maverick.

Heath paraît sur le point de refuser, mais alors, son coéquipier retrousse sa lèvre du bas comme s'il boudait.

Heath me jette à nouveau un regard rapide avant de recommencer. Je glousse au son de son accent, mais mon ventre papillonne. Shakespeare ne sera plus jamais pareil.

Pendant que je range mes affaires, Maverick me remercie.

— Je ne suis pas sûre d'avoir vraiment aidé, mais c'était marrant. Tu le sens bien ?

— Oui, Shakespeare déchire.

Je ris.

— Semaine prochaine, alors ?

— OK. Oh, j'y pense, si les écouter t'aide, tu pourrais essayer les livres audio.

— Pourquoi pas, mais Heath ne lira plus pour moi, dans ce cas.

Il fait un clin d'œil à Heath, puis siffle pour attirer l'attention de Charli.

— J'y vais. À demain.

Il n'a pas tort. J'en ai encore des frissons d'avoir entendu Heath prononcer de si beaux mots.

Rhett est parti dans sa chambre tout à l'heure, il ne reste donc que Heath et moi alors que je soulève mon sac à dos.

— Il a raison... Tu as vraiment une jolie voix.

Un coin de sa bouche se recourbe en un sourire enfantin.

— Merci. Je n'avais aucune idée de ce que je lisais.

— Je ne le dirai pas à Maverick.

— Tu dois partir ou tu veux rester traîner ici ?

— Je peux rester un peu.

— Ah oui ?

Son sourire s'élargit, comme s'il s'était attendu à ce que je dise non. Il s'empare alors du sac à dos à mon épaule et l'emporte dans sa chambre.

Il le pose par terre, range ensuite ses vêtements et dégage son lit pour que nous puissions nous asseoir. Il y a un carton à son nom au bout, toujours pas ouvert.

— C'est quoi, ça ?

— Oh ! Euh, mon frère et sa fiancée m'envoient ces colis attentionnés tous les mois.

Il a l'air un peu gêné de l'avouer.

— Ma mère a fait ça pour Adam au premier semestre.

Maintenant que j'y pense, elle ne m'a toujours rien envoyé, mais bon, elle est occupée avec les merveilleux voyages qu'ils font. La dernière fois que je lui ai parlé, mon père et elle venaient tout juste de rentrer de voyage et elle en prévoyait déjà un autre avec ses amies.

— Tous les mois ?

— Oui, presque toujours.

— Qu'y a-t-il à l'intérieur ?

— Des trucs lambda, différents tous les mois.

Il tire sur l'adhésif et plonge dans le carton, paraissant plus excité qu'il y a quelques secondes.

— Une carte cadeau, déclare-t-il en la posant sur le lit. Des barres de céréales, des chewing-gums. C'est Nathan qui a dû préparer celui-là.

— Vous êtes très proches, alors ?

Je l'observe sortir d'autres articles (que des trucs à grignoter, quelle surprise...) et les poser sur le lit.

— Oui, on s'entend bien, mais ça me rend fou la façon dont il essaie tout le temps de s'occuper de moi, comme si j'étais encore un gosse.

— Je comprends. Comme je comprends... mais c'est vraiment gentil.

Je désigne les paquets étalés sur le lit.

— Mais je n'ai pas besoin qu'il m'envoie des trucs. Je pourrais tous les acheter moi-même. Notre père est décédé quand j'étais au collège, donc je crois qu'il a l'impression de devoir le remplacer et de s'assurer que j'aille bien.

— Ou peut-être qu'il veut juste te montrer qu'il tient à toi en t'envoyant des choses dont il pense que tu pourrais avoir besoin ou envie.

— Oui, peut-être.

Il émet un petit rire et ramasse un pochon rempli de pièces jaunes.

— Tu crois qu'il essayait de dire quoi avec ça ?

— Aucune idée.

Je prends le sac. Il pèse lourd et il doit y en avoir pour au moins dix dollars de pièces jaunes.

— De profiter des distributeurs automatiques ?

QUATORZE
HEATH

Un coup à la porte rompt ma concentration.

— Oui ? dis-je en me frottant la nuque.

Adam pénètre dans ma chambre, une bière dans chaque main. Il m'en tend une.

— Tu sais qu'une fête a lieu dans le salon, pas vrai ?

J'accepte la boisson et la pose sur mon bureau.

— Je termine juste du travail.

Il s'installe sur mon lit.

— Tu travailles toujours pour ce site sportif ?

— Oui. Jon, au Texas, veut savoir combien d'heures il doit s'entraîner par jour pour entrer dans l'équipe de son lycée.

Adam s'arrête, la bière à ses lèvres.

— Ça dépend d'à quel point il est mauvais.

— Oui, je vais avoir besoin de dire ça de façon plus polie.

Il réfléchit un instant.

— Dis-lui de se concentrer sur la qualité, de s'entraîner jusqu'à ce qu'il maîtrise de petites techniques au lieu de se concentrer sur le temps. La qualité et non la quantité.

— Pas mal.

— Je ne te facturerai même pas l'utilisation de mon conseil.

Il se lève.

— Dépêche-toi, quelqu'un doit battre Rauthruss à *Halo* et tu es le seul à en être capable. C'est une question de vie ou de mort, mec. Son ego va faire exploser sa tête.

Je décapsule la bière et bois une longue gorgée avant de répondre à Jon. L'été précédant la fac, Nathan m'a obtenu un travail chez *Reeves Sports*, un site Internet éducatif sur le sport appartenant au golfeur professionnel Lincoln Reeves. Linc est devenu un bon pote, donc même si je ne suis plus vraiment dans le besoin et que je n'ai plus à travailler, c'est pas mal d'avoir de l'argent de poche. De plus, le boulot en lui-même est amusant. Je réponds aux questions de joueurs de hockey dans le monde entier qui cherchent à améliorer leur jeu.

La fête bat son plein, on n'entend que Maverick quand j'éteins enfin mon ordinateur et me rends dans le salon. Je pars chercher une autre bière et fais le tour pour voir qui est venu. Ce sont majoritairement les habitués : l'équipe, les petites amies, les filles qui veulent se faire des joueurs de hockey ; mais voir Ginny sur la terrasse en train de jouer au flip cup me fait sourire.

C'est à son tour, elle boit d'un trait sa bière, puis la pose sur le bord de la table, la retournant du premier coup. Elle pousse un cri et c'est au tour de la personne suivante.

Je me place derrière elle.

— Qu'est-il arrivé à la fille qui n'aimait pas la bière ?

— J'imagine qu'elle s'y habitue.

— Je suppose que oui.

Je tire sur l'une de ses nattes.

— Excusez-moi.

Dakota passe la tête entre nous.

— J'ai besoin de ma copine pour le prochain jeu. C'est notre arme secrète.

Ginny sourit tandis que Dakota la traîne vers la table.

— À plus, Geneviève.

Je retourne à l'intérieur, là où Rauthruss bat encore tous ceux qui osent le défier. Je jure que le type n'est même pas conscient des deux filles de chaque côté. Ou s'il le sait, il joue très bien les mecs désintéressés.

Jordan râle quand il perd à son tour.

— J'abandonne !

Je tends la main vers la manette.

— Ne le prends pas si mal. N'importe quel gamin s'appelant Rhett Roger Rauthruss serait bon aux jeux vidéo.

Rauthruss lâche un rire.

— Il n'a pas tort. Les gosses sont des enfoirés. Du moins ils l'ont été jusqu'à ce que je sois assez imposant pour qu'ils aient peur de se moquer de moi.

— C'est horrible. Pourquoi tes parents t'ont appelé comme ça ? questionne Jordan.

Rauthruss le regarde d'un air absent et ne répond pas.

— Bouge, le première année, laisse-moi te montrer comment on fait.

Une heure ou deux défilent tandis que je refuse d'abandonner mon siège, repoussant tous ceux qui veulent jouer.

— C'est personnel. D'un gosse bizarre à un autre, leur dis-je.

La fille assise à côté de moi pose la main sur ma cuisse. J'ignore depuis combien de temps elle est là ou depuis combien de temps elle me touche. Je suppose que je comprends maintenant pourquoi Rauthruss ne se souciait pas des deux à côté de lui tout à l'heure.

— T'étais un geek ? demande-t-elle. Je n'y crois pas.

— Pas un geek, juste bizarre.

Elle me regarde d'un air incrédule, alors j'ajoute :

— Un père mort, une mère hors service.

Les mots sont à peine sortis de ma bouche que je les regrette déjà. Je ne parle jamais de mes problèmes familiaux, mais le Heath bourré se confie beaucoup. Je ne bois pas autant habituellement, mais je me suis retrouvé à court de bière il y a plusieurs parties, et au lieu de me lever pour me resservir, j'ai commencé à boire des gorgées du Mad Dog que Maverick fait passer.

Je parcours la pièce du regard et remarque que la fête commence à battre de l'aile. À l'intérieur, il y a moi, Mav, Rauthruss et les filles entre nous. J'entends encore des voix sur la terrasse.

— Je vais aller prendre l'air.

En me levant, je me rends bien plus compte à quel point je suis saoul. Mes jambes semblent un peu trop légères et flageolantes.

Le groupe dehors est presque aussi petit que celui à l'intérieur : Adam et la fille qu'il fréquente, Taryn, quelques gars de l'équipe, plus Reagan, Dakota et Ginny.

Adam m'aperçoit en premier et son rire tonitruant résonne dans la nuit.

— Le flageolet est de retour ! Heath est tooooorché.

Je m'appuie contre la rambarde à côté de Ginny. Son doux sourire atterrit dans mes entrailles.

— Salut, Geneviève.

— Salut, Heath, répond-elle en continuant à me sourire. Tu as l'air heureux.

— Je me sens très heureux.

— On devrait jouer aux sardines, ce soir, déclare Dakota. Maverick est toujours à l'intérieur ?

Je hoche la tête.

— Oui.

— Vous êtes partants ?

Elle s'adresse à tout le monde.

— C'est quoi, les sardines ? demande Taryn.

— Je ne crois pas que ce soit une bonne idée, dit Adam, le bras toujours autour de la taille de Taryn, mais les yeux posés sur Ginny.

— C'est comme un cache-cache, répond Dakota à Taryn.

Ginny a l'air mal à l'aise sous le regard scrutateur de son frère, mais ses paroles sont enthousiastes :

— Oui, faisons ça !

L'air frais de la nuit me dégrise un peu tandis que nous marchons jusqu'au campus. Ginny sourit toujours, comme si quelque chose était drôle, alors que je marche à ses côtés.

— Quoi ?

— Tu lèves les genoux si haut ! C'est adorable.

— Tu es adorable, rétorqué-je.

Elle glousse, me prend le bras et s'appuie sur moi. Son sein se frotte à mon avant-bras et la seule chose à laquelle je pense, c'est de le presser comme une boule antistress. Je comprends totalement que ce n'est pas un comportement acceptable entre amis, bourré ou pas, donc je ne le fais pas. Mais ça ne m'empêche pas d'y penser.

À l'entrée du campus, Adam se tourne et continue en marche arrière.

— Ginny, ça va ?

— Oui. Sérieux, Adam.

Son ton est malicieusement agacé.

Il attend une seconde, comme s'il s'attendait à ce qu'elle change d'avis. Comme elle ne le fait pas, il hoche la tête et dit :

— D'accord. On se met par deux. Un couple se cache et les autres doivent le trouver. Une fois que vous les avez débusqués, vous devez vous cacher avec eux. Plus l'endroit est étroit, mieux c'est. Interdit d'entrer dans les bâtiments et de grimper sur les toits.

Il regarde Maverick, qui éclate de rire.

— Ça vous a pris une éternité pour nous trouver.

— Alors, attendez, intervient Taryn. On se cache sur le campus au beau milieu de la nuit ? Le campus est énorme.

— Il y a des limites. Tu es avec moi. Je te montrerai.

Il lui fait un clin d'œil, puis regarde Ginny et moi.

— Heath, reste avec Ginny. Tu pourras lui montrer les limites.

— Je serai ton garde, ton gardien, je veux dire ton guide, je crois.

Elle m'adresse un sourire narquois.

Adam pointe Mav et Dakota du doigt.

— C'est à votre tour de vous cacher et d'inventer une règle.

— On en a une, dit Dakota à côté de lui. La règle de ce soir est qu'un partenaire doit porter l'autre sur son dos.

Tout le monde rit.

Adam lève son téléphone.

— Cinq minutes, et c'est parti !

Pendant que Dakota et Mav partent se cacher, je conduis Ginny au bas de l'escalier du bâtiment des sciences économiques et m'assieds.

— Vous jouez souvent à ça, si je comprends bien, dit-elle en s'asseyant à côté de moi.

— C'est marrant. Tu verras.

— Je ne suis pas vraiment fan des jeux où il faut se planquer dans de petits espaces sombres.

C'est alors que je remarque qu'elle contemple ses doigts et se frotte la paume du pouce de la main opposée.

Je glisse ma main entre les siennes et entrelace nos doigts. Merde, mais c'est bien sûr ! Les paroles d'Adam font sens à présent.

— Tu veux faire demi-tour ? On peut leur dire qu'on a plutôt décidé d'aller se rouler des pelles.

— Comme s'ils nous croyaient, souffle-t-elle. Non, ça ira. Ne me laisse pas, c'est tout.

— Aucun risque.

Elle éloigne ses mains et frotte ses cuisses de haut en bas. Je n'ai pas vraiment envie d'arrêter de la toucher, alors je m'empare du bout de sa natte, frottant les pointes blondes entre mes doigts.

— Adorable.

— Tu es dragueur quand tu bois.

— Je suis honnête quand je bois. Trop honnête. Ne me demande rien d'embarrassant.

— Comment peux-tu être aussi bourré ?

— L'alcool.

Elle glousse, puis se tait. Tout autour de nous, nos amis discutent et rient, mais nous sommes dans notre petite bulle, c'est agréable. Une bulle de Geneviève et Heath que j'aime bien.

— Hmmm. Quel genre de secret je peux te faire avouer pendant que tu es ivre ?

Elle plisse les yeux et sourit avec malice :

— C'est quoi, ta couleur préférée ?

— Le rose.

J'obtiens la réaction que j'espérais, puis je ris.

— Je plaisante, c'est le vert. Et toi ?

— En fait, moi, c'est le rose, mais pas rose *rose*. Plutôt un rose très foncé. Cerise.

— C'est mignon.

— Quoi donc ?

— Que tu croies que je sais ce qu'est la couleur cerise.

Elle me prend par surprise en passant le pouce sur mon menton.

— Tu t'es fait cette cicatrice au hockey ?

Elle me touche à peine, mais j'aime ça, je me penche alors un peu plus et lève le menton pour qu'elle voie mieux.

— Non, je me suis battu avec une table basse. Elle a gagné.

Sa main retombe.

— Aïe !

— C'est l'heure, lance Adam en gâchant le moment.

Il lève son téléphone.

— On a une heure.

— Une heure ? s'écrie Ginny.

— On se cache vraiment bien, dit Rauthruss avant que Reagan grimpe sur dos et qu'il parte en courant.

Le type est super compétitif.

Ginny et moi y allons bien plus tranquillement. Je parviens à la faire monter sur mon dos, la sensation de son corps pressé contre le mien est bien trop agréable, mais mes jambes ne coopèrent pas.

— Je devrais peut-être te porter.

— Je gère, dis-je.

Mais alors, je titube sur quelques pas.

— Quel côté, tu penses ? demande-t-elle lorsque nous arrivons au premier croisement.

Tout le monde tourne à droite, donc je prends à gauche.

— On m'a dit que tu avais trouvé du boulot.

Je ralentis. Je ne suis pas du tout intéressé par la recherche de Maverick et Dakota, ou par le fait d'être avec des gens en général, sauf Ginny.

Elle sent les oursons en gélatine, ce qui me fait à nouveau penser à notre baiser.

— Oui. En fait, c'est Dakota qui me l'a trouvé. Je commence la semaine prochaine. Je ferai visiter le Hall of Fame et le complexe des sportifs, je ferai même des visites pour recruter une fois que j'aurai pris le coup de main.

— C'est cool. Je me souviens encore de la mienne.

— Ah oui ?

Je m'arrête lorsque nous arrivons à un autre carrefour où nous devons décider par où aller.

— À ton tour.

Elle désigne vers la gauche, qui ne mène vraiment nulle part et qui est très près des limites du jeu, mais je le garde pour moi.

— Oui, j'avais ce type, Clint. Il n'était pas aussi mignon que toi.

Son rire léger chatouille mon oreille.

— Tu es incorrigible.

Pour être honnête, je ne cherche pas vraiment Mav. J'ai simplement envie de continuer à parler, donc je suis particulièrement surpris quand Ginny crie :

— Ils sont là !

Dakota et Maverick sont accroupis dans une belle fontaine rectangulaire, actuellement vide. C'est une bonne cachette et je ne les aperçois qu'une fois que je suis presque au-dessus d'eux.

— Comment tu nous as trouvés ? demande Dakota. Cette cachette est incroyable. Ça fait des semaines que j'attends de l'utiliser.

— Les chaussures de Maverick reflétaient la lumière.

Ginny pointe ses chaussures. Dakota lève les mains.

Avec réticence, je pose Ginny.

— Et maintenant quoi ? questionne-t-elle en descendant de mon dos.

— On s'y met et on attend les autres.

Je descends dans la fontaine avec peu de grâce, puis j'aide Ginny à me rejoindre. Il fait sombre, mais pas totalement grâce aux lumières du campus.

L'espace est à peine assez grand pour que nous nous asseyions côte à côte, mais, plus nous nous écartons, plus nous sommes faciles à voir. Dakota et Maverick sont assis face à face, les jambes étendues devant eux. Je m'assieds et allonge Ginny devant moi afin que son dos repose sur mon torse.

Maverick me passe la bouteille à moitié vide de Mad Dog.

Ai-je besoin d'un autre verre ? Certainement pas. Cependant, nous pourrions rester ici un bon moment.

Après avoir bu une petite gorgée, je tape l'épaule de Ginny avec la bouteille. Ses doigts effleurent les miens. Ils sont froids et semblent trembler alors qu'elle tourne le bouchon.

J'attends qu'elle passe l'alcool à Dakota avant de l'attirer contre moi.

— Ça va ? chuchoté-je.

Curieusement, le bout de sa tresse se faufile dans ma bouche quand je lui parle.

— Tu viens de manger mes cheveux ?

Elle passe la main sur sa tresse et la balance, elle atterrit devant elle.

— Sans le faire exprès.

— Chut ! Je crois que j'entends quelqu'un approcher, murmure Dakota.

Vu que je ne peux pas l'apaiser avec des mots, je la serre tout contre moi. Ses épaules sont crispées, je la sens prendre une grande inspiration.

Je chantonne la première chanson qui me vient, *Fantasy*, et, au bout de quelques minutes, elle s'appuie sur moi. Elle tourne la tête, ses lèvres sont proches des miennes.

— Merci.

Je suis figé, les yeux braqués sur sa bouche. L'arc de Cupidon, sa lèvre inférieure charnue, à quel point elle est douce sous mon pouce. Je ne sais pas quand je me suis mis à la toucher, mais je continue. Son regard s'abat sur ma bouche et sa langue pointe, le bout chaud mouillant mon pouce.

Je me penche, mais hésite, attendant d'abord de voir comment elle réagit. Elle hoche la tête une fraction de seconde, comme si elle me donnait la permission de l'embrasser.

La voix d'Adam se fait entendre, brisant l'instant lorsque les quatre autres nous trouvent.

— Vingt-cinq minutes. Mav, mec, tes chaussures flashent dans le noir pour tous ceux qui passent devant.

— Aïe ! Aïe ! crie Mav en se protégeant.

Pendant ce temps, Dakota se jette sur lui et dit :

— Le pire partenaire au monde !

QUINZE
GINNY

— C'est la chose la plus cool que j'aie jamais vue.

J'effectue un cercle sur moi-même. Des écrans plats recouvrent chaque centimètre des murs, du sol au plafond, tout autour.

Dakota sourit et tape sur la tablette dans ses mains.

— Attends de voir. C'est encore plus cool après.

Nous nous tenons au milieu de la pièce. Elle est confortable, mais seulement pour deux-trois personnes, pas plus. Le spot encastré au-dessus de nous baisse en luminosité et les écrans s'allument tous en même temps.

De la musique à la mode résonne dans la pièce et des images et des vidéos de l'équipe de hockey de Valley s'affichent, tel un clip de moments marquants. Mon pouls s'accélère comme si j'étais assise à la première rangée d'un match décisif. On voit beaucoup mon frère, logique puisqu'il s'investit beaucoup dans l'équipe depuis sa première année.

Parfois, les extraits montrent les joueurs en action et d'autres fois, ce sont des images de presse. L'une des dernières de Heath remplit l'écran. Son visage géant me fixe et mon ventre effectue un soubresaut. Il est tellement sexy !

Ça continue encore et encore, un film d'au moins cinq minutes, mais quand ça s'arrête, j'ai envie de le regarder à nouveau.

— Génial, pas vrai ? s'exclame Dakota alors que les écrans s'éteignent et que la lumière du dessus revient.

— C'est juste pour les recrues ?

— De hockey en particulier. Chaque équipe possède son propre film de recrutement et il y en a également un général qui regroupe des extraits de toutes les vidéos. Nous faisons faire des visites publiques aux écoles du coin et aussi aux anciens étudiants.

Elle me montre la tablette où je peux sélectionner et lancer les vidéos, puis la façon d'entrer et de sortir de la pièce, car c'est un système codé très complexe qui nous enferme et qui ne s'ouvrira pas tant que le film est en route.

Je la suis hors de la pièce, encore un peu ébahie.

— C'est le dernier arrêt de la visite. Une fois que tu as fini dans la salle high-tech, tu les ramènes à l'accueil et le coach de l'équipe pour laquelle ils sont là prendra le relais.

— Je ne me rendais pas compte de tous les efforts qu'ils faisaient pour rameuter des athlètes à Valley.

— Ils recrutent fortement. Surtout pour le basket et le hockey. Alors, tu as des questions ? Tu te sens prête à mener une visite toute seule ?

— Non, je vais sûrement tout faire foirer. Tu travailles ici depuis combien de temps ?

— Depuis ma première année. J'ai quitté l'équipe d'athlétisme, mais je souhaitais toujours participer à quelque chose lié au sport. Ils aiment embaucher des étudiants en sport vu que beaucoup d'équipements leur sont familiers et qu'on peut répondre aux questions que les visiteurs pourraient avoir.

Elle doit lire la panique sur mon visage parce qu'elle rit et ajoute :

— Tout ira bien. Ce n'est pas si compliqué. Tu en sais probablement plus que tu ne crois grâce à Adam.

— Je n'en suis pas si sûre.

Dakota sourit.

— On est juste là pour leur donner envie de venir à Valley. Tu es l'une des rares personnes qu'ils rencontreront qui ne fasse pas partie de l'équipe. C'est amusant. Tu feras la connaissance de nombreux athlètes de haut niveau venant des quatre coins du pays. Et s'ils viennent à Valley, tu les reverras et sauras que c'est en partie toi qui les as fait venir. J'ai deux visites aujourd'hui, volley et hockey, alors, tu me suivras et tu verras à quel point c'est facile.

Nous faisons une pause déjeuner avant de passer l'après-midi à faire faire le tour du campus à des recrues.

Je m'assieds en face de Dakota à une table extérieure, devant le bâtiment principal de l'université.

— Alors, Heath et toi aviez l'air très proches, hier soir.

— Il était saoul.

— Le Heath bourré est si honnête, c'en est hilarant. Une fois, il m'a dit que j'étais vraiment jolie, mais que je n'étais pas son genre parce que je suis trop autoritaire.

Elle boit à sa paille et ajoute ensuite :

— Ce qui est entièrement vrai. Mais lui et toi, je vous verrais bien ensemble.

— On n'est qu'amis.

— Sauf cette fois-là où vous vous êtes embrassés.

Elle arque un sourcil d'un regard appuyé et mord à nouveau dans son sandwich.

— C'étaient les oursons.

— Ce serait vraiment la pire des choses d'admettre qu'il te plaît ?

— Même si je l'avouais, Heath a été très clair, il n'est pas intéressé par une relation et comme je suis la petite sœur d'Adam, je suis intouchable.

— Ton frère ne devrait donner d'ordres à quiconque sur le fait que tu restes célibataire. Lui-même vole de fille en fille.

— Il a toujours été comme ça. Il a eu sa première copine en cinquième et depuis, il n'est sûrement resté seul qu'une semaine à tout casser.

— Taryn a l'air sympa. Je la préfère à la précédente, Heather.

— Heather n'était pas l'avant-dernière ? Il est sorti avec Maria cet été.

Je hausse les épaules.

— Taryn est cool. J'essaie de ne plus trop m'attacher.

— Logique. Probablement encore plus avec le passif entre Taryn et Heath.

Ma tête se redresse.

— Elle est sortie avec Heath ?

— Sortir est sûrement exagéré. C'était plutôt un plan cul. Ces deux-là le faisaient tout le temps, partout et sans discrétion.

Mon visage s'enflamme et la nourriture dans ma bouche se transforme en pâte.

Dakota s'esclaffe.

— Je plaisante. Désolée, je n'ai pas pu résister.

Elle pointe une frite sur moi.

— Je savais qu'il te plaisait.

La première visite est une joueuse de volley d'un lycée du coin. Elle me surplombe et je n'arrête pas de me hisser sur la pointe des pieds pour ne pas me sentir trop petite. Je prononce à peine un mot après m'être présentée, je préfère laisser Dakota prendre les choses en main pendant que j'essaie de mémoriser chaque détail qu'elle raconte. Je n'ai vraiment pas envie de tout gâcher quand ce sera mon tour de faire les visites toute seule.

La salle high-tech est aussi sympa que la première fois et, alors que nous l'amenons au coach de l'équipe de volley, je me sens plus à l'aise avec ce travail.

— Le suivant devrait être là dans cinq minutes, lit-elle sur la tablette avant de me la tendre. Nick, un terminale du lycée Newburg High de Boston.

Je parcours les informations sur Nick à l'accueil pendant que nous attendons. Le rapport sur ses talents est détaillé et me fait apprécier à quel point Valley donne tout pour recruter des athlètes.

Peut-être qu'Adam et nos parents minimisaient la chose, mais le hockey n'était qu'un passe-temps pour lui. Adam n'a jamais fait tout un plat pour visiter les universités ou obtenir une bourse d'études complète. Même quand les équipes de la NHL l'invitaient à des camps d'été ou lorsque des agents lui demandaient ce qu'il prévoyait de faire après l'université, il les ignorait comme si ce n'était rien. Je ne suis pas certaine de la raison pour laquelle il ne veut pas passer pro, mais il a toujours voulu être médecin, d'aussi loin que je me souvienne.

Mes pensées dérivent brièvement vers Bryan. Il s'est rendu à Valley et a fait une visite qui ressemblait sûrement beaucoup à celle-ci. Lui non plus n'en avait pas fait grand cas. Peut-être que les sportifs dans ma vie ont l'habitude de se faire lécher les bottes comme ça. Foutus sportifs !

J'espionne Bryan sur les réseaux seulement tous les deux jours, à présent, un vrai pas dans la bonne direction après avoir passé des heures à fureter à notre rupture. Depuis que j'ai commencé à fréquenter Dakota et Reagan, je suis moins jalouse de ses photos joyeuses avec ses nouveaux amis. Il aime toutes les publications que je poste, comme s'il croyait sincèrement que ça allait entre nous et que nous allions reprendre où nous en étions quand nous nous reverrions.

— Le voilà, déclare Dakota en me sortant de mes pensées. Je lève les yeux et aperçois Adam et Heath qui accompagnent Nick à l'entrée. Heath et mon frère portent des t-shirts et des jeans assortis de l'équipe de hockey de Valley.

Je souris et reste à côté de Dakota en attendant qu'ils s'approchent du bureau.

— Salut, dit mon amie avec enthousiasme. Tu dois être Nick.

Elle me présente et laisse ensuite Nick utiliser les toilettes et prendre un soda ou de l'eau avant de commencer. Une fois qu'il est parti, Adam s'appuie contre le bureau.

— Salut, Ginny. Premier jour ?

— Oui.

— Quelque chose qu'on doit savoir sur lui ? s'enquiert Dakota.

C'est bien que l'une d'entre nous pense encore au travail, car je suis ridiculement distraite par Heath. On dirait qu'il a essayé de se coiffer, mais les cheveux du haut bouclent et partent dans toutes les directions.

Adam et Dakota discutent et Heath me sourit. Il s'éloigne du bureau et me fait signe de le suivre.

— Regarde-toi.

Son regard étudie mon polo bleu et mon pantalon kaki.

— Et toi, lui rétorqué-je en retour.

Il passe une main dans ses cheveux et a un sourire penaud.

— Tu m'as manqué, au repas. J'imagine que je vais devoir me trouver une autre camarade de tablée.

— Ce n'est que deux jours par semaine.

Il hoche la tête.

— Demain, alors ?

— Oui, je serai là demain.

Nick apparaît à l'angle et nous nous arrêtons tous de parler pour nous concentrer sur lui.

— Prêt ? demande Dakota avec un grand sourire.

— À plus, Geneviève.

Heath me fait un clin d'œil, puis Adam et lui disent au revoir à Nick.

Je l'observe partir avant de lâcher une longue expiration. Fichus oursons en gélatine !

SEIZE

GINNY

OCTOBRE

Nous nous habillons en bleu et jaune, les couleurs de Valley, pour le premier match à domicile de la saison. Dakota, Reagan et moi sommes assises sur les sièges saisonniers de mes parents.

— Je me sens mal de ne pas avoir invité Taryn, avoué-je tandis que l'équipe arrive sur la glace.

Dakota agite la main.

— Elle s'en fiche. Elle a dit qu'elle allait s'asseoir avec les filles de sa sororité et nous retrouver plus tard.

— Je crois que je vais devoir apprendre à la connaître.

— Pourquoi as-tu l'air aussi démoralisée ? Elle est sympa, dit Reagan, les yeux rivés sur les garçons.

— À chaque fois que je m'attache à l'une des copines d'Adam, ils rompent et c'est comme si je les perdais aussi. J'ai toujours voulu avoir une sœur.

Dakota et Reagan me prennent par les épaules.

— Eh bien, maintenant, tu nous as nous et aucune de nous ne prévoit de coucher avec ton frère. Pas vrai, Reagan ?

La mâchoire de Reagan tombe.

— Bien sûr que non. Il est avec Taryn.

Lorsque le match commence, nous crions comme des folles. C'est très différent des matchs où j'allais avec mes parents et je me sens bien plus investie maintenant que je suis une étudiante de Valley.

De plus, mon frère est doué. Vraiment doué. J'aperçois Taryn qui sautille à la première rangée de la tribune étudiante alors qu'il marque. Pouah ! Je vais vraiment devoir faire un effort avec elle. Elle semble beaucoup apprécier Adam et ne pas être l'une de ses foldingues. Mais d'abord, je dois parler à mon frère et m'assurer qu'il ne pense pas déjà à rompre avec elle.

On annonce des changements de joueurs et Heath et deux autres types quittent la glace. Ils sont assis non loin de nous. Jordan, un première année, je crois, est en train d'engloutir une bouteille d'eau. Heath secoue la tête quand quelqu'un essaie de lui tendre la sienne. La crosse à la main, il tient à peine en place, prêt à partir et à dépenser son énergie inutilisée.

Il tourne la tête pour suivre l'action sur la glace, me donnant un aperçu de son beau profil. Des cheveux sombres sortent de sous son casque. Il a un nez droit, une mâchoire taillée, de belles lèvres douces, bien que le reste de son corps soit dur.

Je pose deux doigts sur mes lèvres, me rappelant ce que ça fait d'être embrassée par Heath. J'ai fait de mon mieux pour éviter de penser à ce fameux souvenir parce que je ne veux pas gâcher l'amitié que nous avons, mais je ne crois pas pouvoir un jour oublier ce baiser.

Valley gagne et les filles et moi nous rendons au *Repaire*. Ce bar-restaurant local est le préféré des étudiants, nous devons nous frayer un chemin dans la foule pour trouver une table.

Tout le monde s'écrie quand les garçons débarquent. Adam et Taryn mènent la troupe, Rhett, Maverick et deux-trois autres gars sur leurs talons.

Je me lève et prends mon frère dans mes bras.

— Félicitations. Vous avez été incroyables.

— Tu m'as déjà vu jouer auparavant.

— Je sais, mais c'était différent, cette fois-ci. Je ne peux pas l'expliquer. Je suis si fière de toi !

Un recoin de sa bouche se retrousse en un sourire.

— Merci, Ginny.

Nous collons deux tables afin de pouvoir tous nous asseoir. Des pichets de bière et des shots arrivent à notre table, certains commandés par les gars et d'autres offerts pour l'équipe.

Mon regard atterrit sur l'entrée dès que quelqu'un apparaît. Je supposais simplement que Heath viendrait, mais maintenant, je n'en suis plus si sûre et je suis déçue. Une déception amicale. Nous sommes amis... j'ai le droit d'être dépitée si un ami ne se pointe pas à la soirée.

Je suis assise en bout de table, entre mon frère et Jordan. Adam est tourné vers Taryn, donc je me retrouve en quelque sorte cachée des autres derrière son dos de géant.

Je suis penchée en train d'écouter une reprise de Céline Dion qui va changer ma vie, d'après Jordan, quand la voix de Heath me submerge.

— Merci d'avoir gardé ma place, J.

Jordan regarde tour à tour Heath et moi et hoche lentement la tête.

— Vous deux, vous êtes... ?

— Amis, achevé-je.

Au même moment, Heath s'exclame :

— Oui !

— Je t'enverrai le lien, me dit Jordan en se levant pour laisser son siège à Heath.

— Je n'étais pas sûre que tu viendrais.

— Je suis arrivé en même temps que les autres, mais mon frère m'a appelé quand on est entrés.

— Tu étais dehors au téléphone pendant tout ce temps ?

Il acquiesce et s'empare de l'un des pichets et d'un verre.

— Oui. J'ai manqué quoi ? À part Jordan qui te drague.

— Il ne me draguait pas.

Heath hausse les sourcils et boit longuement avant de se pencher en arrière et de poser le bras sur le dossier de ma chaise.

— Cinq minutes avec lui et tout le monde saurait qu'il est complètement obsédé par son ex. Il était en train de me montrer des vidéos d'elle où elle chante du Céline Dion.

— C'est pour ça qu'il a choisi cette chanson gnangnan.

— Choisi pour quoi ?

— Les jours de match, on fait un petit entraînement le matin et on doit tous choisir une chanson que Mav ajoute à une playlist.

— C'est cool. C'est quoi, la tienne ?

Il me fait un sourire prétentieux, et au lieu de répondre, il sort son téléphone. Comme avec Jordan, je dois me pencher près de lui pour entendre. Tandis que la chanson est diffusée, je vois à quel point ça l'affecte, le gonflant à bloc. Cependant, contrairement à lorsque j'étais penchée vers Jordan, je suis extrêmement consciente de la présence de Heath, du mélange de savon et de son parfum masculin... du bois de santal, je pense. De la coupe de son t-shirt, serré contre son torse et ses biceps, mais plus lâche au niveau de sa taille étroite. Et de la façon dont mon corps réagit, accélérant mon pouls et me coupant le souffle.

Amis ? Mes fesses ! J'ai de nouveau envie de l'embrasser.

Une fois la chanson terminée, il remet le téléphone dans sa poche et se penche en arrière. J'arrive à mieux réfléchir quand il n'est pas aussi près. Je repousse ma chaise et me lève.

— Je vais aux toilettes.

Je croise le regard de Dakota en contournant la table et lui fais signe de venir avec moi. Reagan et elle me suivent.

— Que se passe-t-il ? Tu avais l'air paniquée. T'as besoin d'un tampon ? demande Dakota en se regardant dans le miroir.

Reagan pose son énorme sac sur le lavabo et sort un tampon. Je le refuse d'un geste.

— Non, ça va.

Elle sort alors un gloss, que je prends.

— Heath me plaît, avoué-je après avoir appliqué une couche du gloss rose pailleté.

Dakota ricane.

— Sans blague ! C'est quoi, le problème ?

— On est amis. C'est l'un de mes meilleurs amis ici. Il m'a déjà dit qu'il n'avait pas envie de se mettre avec moi. Si je me ridiculise, alors, je devrai arrêter de traîner avec vous, et ce serait vraiment nul.

— Petit un, on ne te lâchera pas. Petit deux, ne fais pas ta chochotte.

Dakota croise mon regard dans le miroir.

Ma bouche picote et je frotte mes lèvres entre elles.

— C'est quoi, ce gloss ?

— Un repulpant, dit Reagan en le rangeant dans son sac et en sortant son mascara pour en rappliquer.

— Ça pique. Bordel !

Je m'empare d'une serviette en papier et l'enlève. Cependant, la brûlure ne fait que s'estomper légèrement.

— C'est horrible. Tu as autre chose pour atténuer la douleur ?

Reagan me tend un autre gloss, cette fois-ci, je l'inspecte davantage avant d'en mettre.

Dakota tend la main pour avoir le gloss repulpant.

— J'aime la douleur, déclare-t-elle en en appliquant, se tournant, dos au miroir. Écoute, si tu es certaine que rien ne se passera entre Heath et toi, alors, arrête de te torturer.

— Elle a raison, affirme Reagan. Vous passez beaucoup de temps ensemble, dur de tourner la page.

— Ou de trouver quelqu'un d'autre.

Les iris bleu métallique de Dakota se braquent sur moi.

— Allez. Retournons à la table. Assieds-toi avec nous et oublie Heath, ce soir. Il y a une tonne d'autres garçons à Valley et on va tous te les présenter.

— Ceux qui sont là, en tout cas, ajoute Reagan avec un léger sourire.

Pas si mal comme idée. J'en ai marre d'être en colère et triste à cause de Bryan, et de passer mon temps à me demander à quoi l'université aurait ressemblé s'il avait été là. Je suis prête à m'amuser, à avoir des rencards, voire à coucher avec un nouvel homme. Et si ce n'est pas Heath, alors, il y a plein d'autres hommes.

Heath est au bar, commandant un autre pichet, quand nous retournons à la table, donc cela paraît moins bizarre que je m'asseye à côté de Dakota et Reagan. Lorsqu'il m'aperçoit à la table, il lève les deux mains, semblant ne pas comprendre, mais je me contente de lui sourire comme si ce n'était rien.

Reagan et Dakota, fidèles à leur parole, me présentent à tellement de garçons que je commence à tous les confondre. J'ai l'impression d'être l'héroïne du *Bachelor*, version caméra cachée.

— OK, d'accord. Il y a beaucoup de mecs à Valley. Vous n'avez pas besoin de m'en présenter d'autres.

Mon regard vole vers Heath de l'autre côté du bar. Il est en train de parler à Maverick, mais il lève les yeux et sourit quand il me surprend en train de le fixer.

— Salut, Ginny.

Liam s'approche, les mains dans les poches.

— Tu vas chez Adam… je veux dire, chez ton frère après ?

— Euh…

Je regarde Reagan et Dakota, qui hochent toutes les deux la tête avec enthousiasme.

— Je crois.

— Cool, à tout à l'heure.

Je l'observe partir et me tourne ensuite vers Reagan.

— Je crois que je vais avoir besoin de plus de gloss.

Elle plonge dans son sac et me le tend.

— Garde-le. Tu pourrais bien avoir besoin d'en rappliquer plusieurs fois.

DIX-SEPT

HEATH

Je rentre à l'appartement avec Maverick. Je conduis, Taryn et Adam sont à l'arrière en train de s'aspirer le visage.

— C'est pas le pick-up de Liam ? demande Adam alors que Mav se gare et que nous sortons.

— Si, je crois, répliqué-je en étudiant le Ford argenté.

Il existe un million de ces pick-up, tous semblables, mais celui-ci a une plaque d'immatriculation de l'équipe de hockey de Valley.

Adam fronce les sourcils et arbore une étrange expression en passant devant. Il n'est pas du genre à se soucier de qui sera présent ; c'est d'ailleurs l'un des domaines qu'il ne prend pas à cœur. Il a cette mentalité où tout le monde est le bienvenu à son appartement.

— Ça gêne que Liam soit là ?

— Il m'a demandé la permission de sortir avec ma sœur.

Il pousse un petit grognement agacé, Taryn sourit et lui tapote le bras.

— Ginny ?

Maintenant, c'est moi qu'Adam regarde bizarrement.

— Je n'ai qu'une seule sœur, mec.

— Exact.

Je reste en arrière, traînant derrière les gars, qui montent à l'appartement. Je sors mon téléphone et envoie un message à Ginny.

MOI

> T'es passée où ? Tu viens ? Revanche à Halo ?

Je fais un peu la grimace devant mon message qui crie le besoin de la voir. Je range mon portable dans ma poche et me force à me détendre.

Après avoir pris une bière, je cherche Ginny. Je ne la vois pas, ni elle ni Dakota et Reagan. Toutes trois sont inséparables, ces temps-ci. Je vérifie mon téléphone, mais elle ne m'a pas répondu.

Liam est dehors et je pars le rejoindre.

— Ça va, Liam ?

Je lève le menton vers les autres gars de l'équipe avec lui en guise de salut.

— Salut, Payne. Jolie passe, ce soir.

— Merci.

J'aperçois Dakota qui sort sur la terrasse en premier. Ginny et Reagan la suivent.

Elles partent de l'autre côté, s'arrêtant pour parler à Taryn et Adam.

— J'ai entendu dire que tu avais demandé la permission à Scott pour inviter Ginny à sortir.

J'adopte un ton moqueur, mais ça ne fonctionne pas vraiment.

Liam hoche la tête.

— Elle a l'air cool, comme nana. Vous êtes amis, c'est ça ? Des conseils ?

Bas les pattes ! Trouve quelqu'un d'autre. N'importe qui.

Mais ce n'est pas vraiment juste. Ginny est en effet cool et Liam est un type et un joueur de hockey respectable.

Je ne réponds pas à sa question.

— Scott t'a accordé sa bénédiction ?

— Il ne semblait pas super ravi, mais il a dit que Ginny pouvait décider toute seule avec qui elle sortait.

Jordan rit et donne un coup de coude à Liam.

— Et il t'a menacé de te botter le cul si tu lui faisais du mal.

— Aussi, admet Liam. Mais jamais je ne jouerais avec la sœur d'un coéquipier.

Bon Dieu, je déteste qu'il soit si convenable !

— Je pense que c'est une très mauvaise idée, commente Tiny en secouant la tête. C'est compliqué. Si ça ne fonctionne pas, alors, tu seras en froid avec le capitaine. Aucune nana ne vaut cette peine.

J'observe le visage de Liam pour voir s'il est d'accord. Une part de moi espère que oui et qu'il laissera tomber.

— Certaines filles en valent la peine, déclare-t-il, et je serre les dents.

Évidemment que Ginny en vaut la peine, mais Liam et Ginny ? Je n'arrive pas à l'envisager.

— Eh bien, bonne chance, mec !

Je retourne à l'intérieur, prends un shot et attrape une autre bière.

— Tout va bien ? demande Mav en prenant deux bières dans le réfrigérateur.

— Très bien.

Il s'attarde en décapsulant la première cannette.

— T'en es sûr ? Tu as l'air... bizarre.

— Bizarre ?

— Oui, comme à l'entraînement quand le coach a essayé de te mettre à gauche. Tu fais ce truc louche avec ton visage.

Il a l'air d'une biche surprise par les phares d'une voiture en m'imitant très mal.

— Je ne ressemble pas à ça. Va chier ! Je vais bien.

Je passe une main dans mes cheveux.

— Sérieux, mec, qu'est-ce qui ne va pas ?

— Ce n'est rien. Liam est intéressé par Ginny et je n'arrive pas à les imaginer ensemble.

— Parce que...

— Adam m'a demandé de veiller sur elle et, je ne sais pas, je ne trouve pas ça normal.

— Parce qu'elle te plaît.

— Non... Ce n'est pas...

Il attend que je formule une phrase complète, une expression satisfaite sur le visage.

— Ce n'est pas un drame. Ginny est sympa. Contente-toi de dire à Liam qu'elle t'intéresse et invite-la à sortir.

Je tape du pied sur le lino, y réfléchis, et secoue la tête.

— Il ne l'intéresse sûrement pas comme ça.

Mav s'éclaircit la gorge et, la main autour de sa bière, il pointe du doigt Ginny et Liam. Ils sont debout dans l'embrasure de la porte, entre la terrasse et la salle à manger. Tous deux sourient. Liam est penché au-dessus d'elle, une main contre le mur, et elle n'a pas du tout l'air mal à l'aise.

Je me rue vers eux sans avoir rien prévu, et j'entends Mav marmonner derrière moi :

— Oui, c'est bien ce que je pensais.

Quatre pas. Quatre grands pas précipités, c'est tout ce qu'il me faut pour l'atteindre. Je m'empare de la main de Ginny, marmonne une excuse à Liam alors que je ne le pense pas, et lui fais quitter la fête en la menant à ma chambre.

Elle rit, elle n'est de toute évidence pas offusquée que je l'attire dans ma chambre, tel un homme des cavernes.

— Que se passe-t-il ?

— Il faut qu'on parle, dis-je une fois que j'ai fermé la porte.

— De ? demande-t-elle, l'air inquiète, mais toujours souriante.

— Liam te plaît ?

— Bien sûr. Il est sympa.

— Sympa, du genre tu le laisserais te peloter ou…

Elle rit. Bien fort et de moi, je crois. Elle s'avance et enfonce son doigt dans ma poitrine.

— Tu es jaloux.

— Non.

Je ne sais pas pourquoi je m'embête à le nier. L'instinct, j'imagine.

Elle rit à nouveau et s'éloigne pour s'asseoir sur mon lit, fouillant dans son sac.

— Désolée de ne pas avoir répondu à ton message tout à l'heure. Je me suis dit qu'on avait besoin de prendre un peu nos distances. On est potes, mais on s'est embrassés, et je sais que tu as sûrement déjà oublié, mais pas moi et parfois, les choses ont l'air un peu ambiguës entre nous. Alors oui, je trouve Liam assez sympa pour le laisser peut-être un jour me peloter, mais ça ne changera rien. Toi et moi, on sera toujours amis, quoi qu'il arrive. Tu n'as pas besoin de t'inquiéter que je sorte avec Liam, ou n'importe qui d'autre, et que j'oublie mon meilleur pote de tablée.

Je grogne qu'elle m'appelle son pote de tablée. Elle sort un long tube de gloss rose et s'en applique sur les lèvres. Je suis hypnotisé par cette action et la façon dont sa bouche accroche la lumière. Elle roule les lèvres et les retrousse, tout ce qui me vient en tête, c'est de l'imaginer sortir et que tous les hommes de la fête veuillent l'embrasser et étaler cette couche rose parfaite.

Elle se lève.

— Je te promets de ne pas être ce genre de personne qui

ignore ses amis quand elle rencontre quelqu'un, ou, dans notre cas, un autre type.

— Ne sors pas avec lui.

— Pourquoi ?

— Il n'est pas assez bien.

Elle lève les yeux au ciel.

— Pas assez bien pour quoi ? Merci de vouloir veiller sur moi, mais je suis une grande fille. Je peux prendre soin de moi toute seule. Je te jure, si ça ne tenait qu'à mon frère et toi, je passerais les quatre prochaines années seule, pendant que tout le monde couche ensemble et se met en couple. Moi aussi, j'ai envie de faire ces choses, d'avoir des rencards et de prendre de mauvaises décisions. Je sais qu'il est possible qu'il me fasse du mal ou qu'il soit vraiment rasant, mais je ne le saurai que si je sors avec lui.

— Ne sors pas avec lui.

Elle semble sur le point de me contredire à nouveau, mais je poursuis avant qu'elle puisse émettre un avis.

— Ne sors pas avec lui. On pourrait...

— On pourrait quoi ?

— Tu sais...

Elle réprime un sourire.

— Sortir ensemble ? Tu ne peux même pas le dire.

Je réduis la distance entre nous et abats ma bouche sur la sienne. Ses lèvres s'écartent pour pousser un petit cri de surprise et j'en profite pour glisser ma langue dans sa bouche. C'est si bon et si naturel ! J'ai le souffle coupé quand elle recule d'un pas. Le souffle coupé et débordant d'une telle énergie que mes pas semblent légers lorsque je réduis à nouveau la distance entre nous.

— Attends.

Elle pose une main sur mon torse.

— Je ne comprends pas. Tu ne sors pas avec des filles. Tu m'as dit que ça ne t'intéressait pas, surtout avec moi.

— Je n'ai jamais dit surtout avec toi.

— C'était sous-entendu.

— Bordel, non ! On passe déjà plus de temps ensemble que j'en ai passé avec toutes les autres nanas que j'ai connues, alors lançons-nous et roulons-nous des pelles. C'est ce qu'on fait quand on sort ensemble, non ?

Elle secoue légèrement la tête.

— Je suis confuse. C'est un piège pour m'empêcher de sortir avec Liam ?

— Putain, non ! Je me fiche avec qui Liam sort, tant que ce n'est pas toi.

Ma bouche me picote. Foutus picotements ! Cette fille... booordel !

— J'ai dit qu'on ne devait pas sortir ensemble parce que tu venais tout juste de rompre et que, par le passé, les relations n'étaient pas vraiment mon truc. Profiter de la fac était ma priorité. Je n'ai plus que quelques années avant d'être marié au hockey. Je ne voulais pas qu'on couche ensemble et qu'on ne se reparle plus jamais, et je n'étais pas sûr de pouvoir t'offrir plus que ça. J'aime traîner avec toi et je ne veux pas gâcher ça.

— Oh !

— Mais j'ai trop réfléchi. Si tu recherches la même chose que moi... t'amuser, passer du temps ensemble et faire l'amour...

Je l'attire contre moi afin qu'elle sente à quel point je suis dur.

— Alors, bien sûr que j'ai envie de sortir avec toi.

— Sérieux ?

Son regard s'illumine.

Je m'essuie la bouche. Elle est en feu et son rouge à lèvres colle.

— Sérieux, mais je devrais en parler à ton frère, d'abord.

Elle grogne.

— Tu n'as pas besoin de sa permission.

— Je sais.

Je craque et presse à nouveau mes lèvres contre les siennes. Ma bouche a tellement envie de la sienne que c'en est presque douloureux. Je l'embrasse plus fort et la brûlure s'intensifie.

— Putain, bébé, tes lèvres sont en feu !

Elle porte la main à sa bouche.

— Oh non !

— Oh oui ! Ne bouge pas. Je vais aller parler à ton frère.

— Tout de suite ?

— Je lui ai promis de veiller sur toi. Je ne veux pas qu'il ait l'impression que j'en ai profité ou... je ne sais pas, c'est peut-être stupide, mais je vous respecte, ton frère et toi, et je ne peux pas t'embrasser comme j'en ai envie tant que je ne lui aurai pas parlé.

— M'embrasser comme tu en as envie ? répète-t-elle en riant.

Je me dirige vers la porte et me fige, la main sur la poignée.

— Nue.

Adam se trouve dans le salon. Je l'appelle et lui fais signe de venir me voir dans la cuisine, là où je peux nous servir des shots au cas où l'un d'entre nous, ou les deux, en auraient besoin.

— Mec, qu'est-ce qui est arrivé à ton visage ?

Je me frotte le visage d'un air absent, il picote encore. Puisque je ne peux pas vraiment lui dire que mon corps a une sorte de réaction physique aux baisers de sa sœur, j'évite la question.

— Je dois te parler de Ginny.

Je glisse l'un des shots vers lui. Il le regarde, mais n'y touche pas.

— Qu'est-ce qu'il y a ? Elle va bien ?

— Oui, elle va bien.

Reagan choisit le mauvais moment pour nous rejoindre.

— Eh, l'un de vous a vu Ginny ?

Je la regarde.

— Elle est...

— Oh mon Dieu, Heath ! T'as quoi au visage ?

Dakota apparaît à côté de Reagan et s'avance pour inspecter mon visage.

— Je crois que ton corps rejette la nana que tu as emballée.

Je m'essuie la bouche.

— Le rose ne te va pas trop, ironise Adam.

J'attrape une serviette en papier et la mouille pour essuyer le rouge à lèvres de sa sœur sur mon visage. Impossible que ça m'aide dans cette situation.

— Je crois que je suis allergique à cette merde. Ça pique.

Reagan se met à glousser et, en quelques secondes, cela se transforme en un fou rire hystérique qui la fait pleurer.

— Le repulpant, parvient-elle à articuler.

C'est alors que Dakota s'esclaffe.

— Qu'est-ce qui se passe ? questionne Adam.

— J'ai embrassé...

Ginny tire mon corps vers la droite en m'écartant.

— Désolée, je dois vous l'emprunter pour le flip cup.

J'entends Reagan dire :

— J'ai dû le lui donner par inadvertance.

Puis la voix bourrue d'Adam demander :

— C'est quoi, un repulpant ?

DIX-HUIT
GINNY

J'e ne m'arrête pas avant que nous soyons dans un recoin de la terrasse, loin de mon frère.

— On ne peut pas le lui dire.

Heath se frotte les lèvres.

— Pourquoi ?

— Parce qu'il va paniquer et en faire toute une histoire. Nos chances d'être tranquilles et de nous amuser partiront en fumée.

— Je ne sais pas trop. Il l'a plutôt bien pris quand Liam lui a demandé s'il pouvait sortir avec toi.

— Liam a demandé s'il pouvait sortir avec moi ?

Oh, je déteste qu'ils aient tous l'impression de devoir demander la permission ! Ce n'est pas mon chef.

Heath met les mains dans les poches et hoche la tête.

— Juste, fais-moi confiance là-dessus, il a peut-être dit que ça ne le gênait pas, mais il interférera d'une manière ou d'une autre. On n'a pas besoin de son accord.

— Je n'aime pas trop l'idée de faire ça dans son dos. On a beau ne pas être d'accord sur tout, on reste coéquipiers.

— Je sais, mais ce ne sera pas pour toujours, jusqu'à ce qu'on décide si ça vaut la peine de le lui dire.

Heath arque un sourcil foncé.

— Tu sais ce que je veux dire.

— D'accord. Si c'est ce que tu veux.

Je lâche un soupir de soulagement.

— Merci.

— Qu'est-ce que t'as fait à mes lèvres ?

Il les frotte à nouveau, je me retiens de rire et effleure du pouce sa peau tendre. Elle est rouge et enflammée, mais ses lèvres ont l'air belles et pleines, donc j'imagine que ce truc fonctionne.

Je presse mes lèvres contre les siennes. Un baiser chaste, mais je m'attarde, appréciant sa proximité et la sensation de sa bouche contre la mienne. Au bout de trente secondes, j'ai déjà du mal à ne pas le toucher en présence d'autres personnes. Il gémit un peu quand je recule.

— Tu t'attends à ce que je garde ça secret ?

Il secoue la tête. Au moins, je ne suis pas la seule à vouloir lui sauter dessus.

Je fais un pas en arrière quand Maverick s'approche.

— Salut, vous deux.

Il étudie tour à tour Heath et moi avec un grand sourire, puis il respire l'air.

— Est-ce que c'est... de la romance que je sens ?

Heath me jette un sourire narquois. Grillés.

— Eh ben, tu parles de vouloir le cacher ! soufflé-je en riant.

Nous réussissons un peu mieux à nous tenir à distance une fois que Mav jure de garder le secret. Après avoir empoigné mes fesses et m'avoir susurré la promesse de me retrouver plus tard, Heath part jouer à la Xbox avec Maverick et je m'en vais voir Reagan.

Elle est assise sur une chaise pliante, dans un cercle de personnes, mais elle ne parle pas, joue avec l'étiquette de sa bière. J'attrape une chaise et m'installe à côté d'elle.

— Eh, ça va ? Tu as l'air un peu déprimée.

— Sam, le gars avec qui je suis sortie le week-end dernier, il était censé venir ce soir, mais il s'est défilé.

— Oh, chérie, je suis désolée !

— Ce n'est rien. Il était un peu ennuyeux, mais ça fait toujours mal de se prendre un râteau.

Elle lève les épaules et les rabaisse dans un grand soupir.

— Le pire, c'est que je n'ai toujours pas tourné la page...

Elle se fige et triture à nouveau sa bière.

— Tu comptes me dire qui c'est un jour ?

— Non, probablement pas.

— Bon, dis-moi au moins ce qui te plaît tant chez lui.

— Il est intelligent et attentionné.

Elle se mord la lèvre.

— Et si sexy ! Tu as déjà craqué si fort pour un mec que, peu importe à quel point tu essaies d'avancer, tu ne peux pas t'empêcher d'espérer qu'il te remarque ?

Elle râle.

— Je me rends compte à quel point je suis pathétique. Bordel, je déteste être la fille qui n'arrive pas à profiter de la fête à cause d'un garçon !

— Non, je comprends totalement. Je l'ai vécu.

— Je crois que tu le vis maintenant.

Elle sourit, ses fossettes ressortent.

— Au moins, entre Heath et toi, c'est réciproque. Vous vous êtes à nouveau embrassés, pas vrai ? Il avait du gloss sur tout le visage.

— Écoute, on peut garder ça entre nous pour l'instant ? Je ne veux pas que mon frère se mette dans tous ses états.

— Je ne lui dirai rien, mais bon courage pour le cacher... Tu affiches un sourire niais rien qu'en parlant de lui.

— Ah bon ?

Elle hoche la tête.

— Tu sais quoi ? Tu m'as aidée tout à l'heure en me présentant à des mecs, faisons de même pour toi maintenant.

— Je connais déjà tous ces types.

— Fais-moi plaisir, tu étais peut-être trop obsédée par ce gars pour remarquer à quel point certains sont géniaux.

— Tu crois ?

Son espoir est si grand !

Je me lève et lui tends la main. Elle la prend et quitte sa chaise.

— D'accord, mais tu dors chez nous, ce soir. J'ai besoin d'un filet de sécurité pour ne pas faire n'importe quoi et coucher avec le premier venu pour l'oublier.

— On ne sait jamais ce qui peut arriver, dis-je alors que nous entrons.

Je croise le regard de Heath et mon estomac fait un bond.

***

Plus tard, une fois que tout le monde est parti et qu'il ne reste plus qu'une poignée d'entre nous, Adam nous convainc de jouer aux sardines.

Heath et moi marchons devant le groupe en direction du campus. Je me tiens à son bras d'une manière amicale, comme nous l'avons fait des centaines de fois, mais cette fois-ci, il s'agit de le toucher de toutes les façons possibles.

— Qui a trouvé Maverick et Dakota en premier la dernière fois ? demande Adam lorsque nous arrivons.

— Heath et moi, dis-je en croisant brièvement le regard de mon frère.

Je retiens mon souffle, tentant de voir si son expression trahit le fait qu'il est au courant. Peut-être que c'est vraiment écrit sur mon front.

— D'accord, l'un de vous doit établir une règle.

Heath me regarde.

— À toi de choisir.

Je réfléchis une minute.

— Les équipes doivent s'échanger leurs t-shirts.

Heath contemple mon débardeur blanc et acquiesce.

— C'est un peu facile, Ginny, dit Adam.

Mais alors, Rhett grogne avec force et nos regards se rivent vers lui et Reagan, qui porte une robe.

Heath et moi commençons à chercher la cachette parfaite, mais, à peine avons-nous atteint le premier croisement qu'il me plaque contre une façade.

Ses lèvres s'emparent des miennes et son corps se presse contre le mien. Je suis coincée entre un roc et un mur dur, littéralement. Les briques du bâtiment s'enfoncent dans mon dos et la bosse rigide dans le pantalon de Heath appuie contre mon entrejambe.

Mon corps s'en délecte, excité. Je le prends par la taille et glisse mes doigts sous son t-shirt. Il continue à m'embrasser alors que je passe mes paumes sur ses abdominaux et son torse. Ses muscles se contractent à mon toucher et il se presse davantage contre moi.

Qui aurait cru que les relations secrètes étaient aussi torrides ?

Retirant mes mains de son corps, ce qui est extrêmement difficile, j'enlève mon haut, laissant la brise et son regard hérisser ma peau.

— Putain, Ginny ! grince-t-il.

— On est censés échanger nos t-shirts, dis-je d'une voix un peu trop essoufflée.

— Ah oui !

Sans me lâcher du regard, il enlève son t-shirt et nous échangeons. Il fourre mon haut dans la poche avant de son jean et remonte ses doigts sur la courbe de ma taille, s'arrêtant quand ses pouces effleurent les côtés de mon soutien-gorge.

Je ne fais pas le moindre effort pour enfiler son t-shirt, car il me regarde avec une telle admiration et un tel appétit que je n'ai pas envie que ça s'arrête.

Enroulant les bras autour de son cou, je me hisse sur la pointe des pieds pour l'embrasser. Sa peau contre la mienne est la meilleure sensation que j'aie jamais ressentie. En embrassant sa mâchoire, qui se contracte sous mes lèvres, je descends dans son cou et sur son torse.

Il retient mes cheveux d'une seule main pendant que je mémorise les contours de son corps avec mes mains et ma bouche. J'encercle son téton de ma langue, ce qui semble beaucoup lui plaire, quand il jure et me plaque contre le mur.

Des bruits de pas s'approchent et Adam et Taryn apparaissent, main dans la main. Adam porte le bustier de Taryn autour de son cou et elle son t-shirt trop grand.

La seule chose qui nous sauve, c'est que nous sommes tellement près qu'ils ne nous cherchent pas encore. Ma poitrine se soulève et retombe, je lutte pour ralentir ma respiration tandis que les autres partent nous chercher.

— Merde, c'était moins une ! dit Heath une fois que nous sommes hors de vue.

Il recule et me regarde à nouveau, l'air affamé et un sourire aux lèvres.

— On devrait se cacher.

Il me prend son t-shirt et me l'enfile lentement. Son parfum m'envahit, le tissu encore chaud.

— Maintenant ? Ils sont déjà à notre recherche.

Il balaie les alentours du regard et fait claquer sa langue.

— Je gère. Viens avec moi.

— C'est dans les limites du jeu ? demandé-je après qu'il m'a conduite au bout de la rue, à l'endroit où les autres attendent habituellement qu'on se cache.

Il hausse les épaules et s'installe en haut des marches, de sorte que nous sommes le moins visibles tout en étant à la vue des passants. Il m'attire entre ses jambes.

— Techniquement, ça l'est, mais personne ne s'est jamais caché ici, que je sache.

— Sûrement parce que ce n'est pas une très bonne cachette.

— Je ne suis pas d'accord. Ça leur prendra au moins dix minutes de faire demi-tour et, en attendant, je t'ai pour moi tout seul.

Sa bouche effleure mon cou. Son t-shirt est ample sur moi, lui donnant un meilleur accès, et ses lèvres sillonnent ma clavicule.

Je commence à me retourner pour pouvoir le toucher, mais il m'arrête.

— Si tu t'approches encore, ils vont nous retrouver à poil.

Ça m'a l'air super, mais pas devant mon frère, donc je ne bouge pas.

Quelque chose dans le fait de me tenir tranquille et de me contenter de recevoir de l'affection est plus torride que tout ce que j'aurais pu imaginer. Ses doigts taquinent ma taille et descendent de temps en temps dans mon jean, mais il n'enfonce pas la main plus bas, il n'effleure pas la douleur lancinante entre mes jambes comme j'en ai désespérément envie.

Cette fois-ci, c'est moi qui entends nos amis approcher et je serre son mollet suffisamment fort pour attirer son attention. Il se tapit, comme se cachant derrière moi, et nous restons assis, immobiles, jusqu'à ce que Rhett, affublé de la robe de Reagan, une vision que je ne serai pas près d'oublier, nous aperçoive.

— Bordel, mec ! s'exclame-t-il tandis que Reagan et lui

s'installent sur les marches à côté de nous. Vous avez dû changer de cachette après qu'on a commencé les recherches. C'est autorisé ?

Il est furax, parlant fort, les autres ne mettent pas longtemps à nous trouver.

Il s'avère que ce n'est pas autorisé, mais je ne me sens pas le moins du monde fautive quand Heath et moi sommes accusés d'avoir gâché le jeu. Ça valait totalement le coup.

Taryn discute avec Dakota sur le trajet du retour, je profite du fait qu'elle ne soit pas collée à mon frère pour lui parler.

— Désolée d'avoir gâché la partie.

Les mains dans les poches, ses longues enjambées sont lentes.

— Pff, ce n'est rien ! Rauthruss prend n'importe quel jeu très au sérieux. Pour moi, c'est juste sympa de sortir et de jouer.

— Taryn a l'air sympa. Je devrais apprendre à la connaître ?

Il me jette un regard noir.

— Quoi ? Sérieux, tes antécédents ne sont pas exemplaires. Tu ne peux pas être surpris de savoir que j'hésite à m'attacher à l'une de tes copines.

Il hausse les épaules.

— Taryn est super. Apprends à la connaître si tu en as envie ou pas, comme tu veux.

— Alors, ce n'est pas sérieux ?

— Je n'ai pas dit ça.

— Tu n'as rien dit.

Putain, parfois, j'ai envie de le secouer !

Il rit silencieusement.

— Écoute, elle me plaît. Elle est sympa et très marrante, mais je ne sais pas du tout où ça nous mènera. Fréquenter quelqu'un à la fac, ce n'est pas comme au lycée. Les gens ne foncent pas en pensant avoir trouvé leur moitié, du moins pas moi.

Je me demande si ça s'applique à tout le monde ou simplement à mon frère. Heath a un peu résumé la chose de la même manière. Ça a l'air légèrement déprimant si je suis un peu trop leur logique, mais s'amuser... je suis partante pour ça.

Quand l'immeuble des appartements apparaît, je retourne aux côtés de Heath.

— J'ai promis à Reagan de dormir chez elle et de parler de garçons.

Il me jette un sourire prétentieux et son regard s'assombrit.

— Tu pourras venir plus tard, quand tu auras fini de discuter.

— J'aimerais beaucoup, vraiment, mais me glisser dans l'appartement d'Adam... je ne sais pas.

Il hoche la tête et j'ignore s'il est déçu ou non. Je suis cependant soulagée qu'il n'insiste pas plus pour me faire changer d'avis. Je céderais sûrement et une partie de moi sait que je ne suis pas encore prête à me mettre nue devant lui.

Je ne suis pas vierge, mais mon expérience est assez limitée. De plus, si ce qu'Adam a dit est vrai, que ce n'est pas sérieux, il faut que j'attrape les papillons dans mon ventre et que je leur dise d'arrêter de s'agiter chaque fois que Heath est dans les parages.

— Petit-déj' demain matin ? proposé-je.

— D'accord. Envoie-moi un message et on pourra aller sur le campus ensemble, dans la matinée.

— Tu viens, Ginny ? demande Dakota quand nous arrivons en haut des marches.

Reagan et elle se dirigent vers leur appartement et les autres sont déjà partis chez les garçons.

— Oui, j'arrive dans une minute.

Tandis que les portes se ferment, la bouche de Heath trouve la mienne. Il m'embrasse comme s'il me suppliait de reconsidérer son offre de venir chez lui. Il encadre mon visage de ses grandes mains et me fait reculer jusqu'à ce que je sois prise au piège entre le mur et lui.

Heath aime avoir le dessus et mon corps ne s'en offusque pas du tout. Ses lèvres trouvent la chair sensible dans mon cou et je soupire.

— Combien d'heures avant l'ouverture de la cafèt' ?

— Cinq ou six.

Il prononce cela contre ma peau, entre deux morsures.

— C'est dans longtemps.

— Tu as faim, bébé ?

Sa voix profonde de baryton résonne.

Je ne réponds pas, je ne suis même pas certaine de pouvoir formuler une phrase pendant que son visage se blottit entre mes seins. Nous n'avons même pas pris la peine de reprendre nos t-shirts, donc je porte toujours le sien. Même à travers le coton, sa barbe de trois jours crée un frottement délicieux. Ses mains s'abattent sur mes fesses et il m'attire contre lui. Il est de nouveau dur, ou peut-être encore, et je me frotte à lui, avide de contact.

Il grogne et avance les hanches, me plaquant contre le mur.

— Eh, Heath... holà, désolé, mec !

Maverick couvre ses yeux, mais ne part pas tandis que je baisse la tête, gênée.

— Qu'est-ce qu'il y a, bordel ? demande Heath sans bouger.

Malgré mon embarras, je ne peux m'empêcher de bouger légèrement, afin de retrouver cette friction délicieuse. À mon mouvement, Heath baisse la main sur mes fesses et ses doigts s'enfoncent entre mes jambes, à travers mon jean. De grands cercles m'octroient pile la pression qu'il me faut.

Maverick ne peut pas voir ce qu'il se passe, mais je manque de crier quand l'orgasme me frappe. Je m'en empêche en mordant l'épaule nue de Heath.

Je rate leur échange en retrouvant mes esprits, le corps

toujours tremblant quand la porte se ferme. Ma tête tombe sur son torse quand je reprends mon souffle.

Heath me prend dans ses bras et m'embrasse sur la tête.

— On vient vraiment de faire ça ? couiné-je apparemment à voix haute, sans faire exprès.

Son rire est profond et guttural.

— Bon Dieu, j'espère bien, mais on peut réessayer si tu as besoin de t'en assurer !

Je lève la tête et enroule les bras autour de son cou.

— Je devrais y aller avant que Dakota vienne me chercher.

Il se recule et ajuste son jean.

— Ça va aller ?

Je me mords la lèvre. Peut-être qu'on a le temps. Des préliminaires pour elle et lui.

— Vas-y. Ça va aller. À demain matin. Je serai encore dur... ne t'inquiète pas. Ça semble être habituel quand je suis avec toi.

DIX-NEUF
GINNY

— Mon frère va arriver à tout moment.

Je gigote tandis que les mains de Heath remontent mon t-shirt et que sa bouche chaude aspire ma clavicule.

— Raison de plus pour se dépêcher de se mettre à poil, alors.

La porte s'ouvre, je me redresse et donne un coup de coude à Heath par mégarde. Il râle et recule dans son siège pendant qu'Adam et Rhett entrent.

— Salut les gars, m'exclamé-je en prenant un crayon sur la table.

— Ginny ? Qu'est-ce que tu fais là ? questionne Adam en fronçant les sourcils.

— Je bûche avec Maverick.

Adam arque un sourcil.

— Il arrive. Il devait sortir Charli.

— Ah, OK ! Tu veux rester dîner ?

— En fait, j'ai promis à Reagan et Dakota qu'on irait se prendre à manger quand j'aurai terminé.

— Invite-les aussi. Mav fera des grillades.

— Tu cuisines ? demandé-je à Maverick, toujours torse nu, quand il entre avec Charli.

— Je fais des grillades.

— C'est différent ?

— C'est viril et génial.

— C'est quoi, la différence avec la cuisine ?

Il sourit.

— Les flammes.

Dakota et Reagan acceptent de venir dîner chez les garçons et nous nous asseyons tous les sept à la table sur la terrasse.

Mon frère est peut-être aveugle à ce qui se passe entre Heath et moi, mais pas mes amies. Dakota me coince quand je rentre chercher du ketchup.

— Il se passe quoi entre Heath et toi ? D'autres bisous depuis le week-end dernier ?

Reagan la talonne, fermant la porte et se joignant à nous.

— Ce n'est pas sérieux, tenté-je.

Cependant, je suis sûre que le sourire sur mon visage me trahit.

Les fossettes de Reagan apparaissent et Dakota secoue la tête.

— Tu as couché avec lui !

— Non, pas encore, mais personne ne doit savoir qu'on est... ce qu'on est. Promis ?

Dakota regarde Reagan.

— C'est à toi qu'elle parle.

Reagan essaie de paraître offensée, mais elle lève ensuite les yeux au ciel.

— J'étais déjà au courant. D'autre part, je suis douée pour garder les secrets du cœur. Je ne dirai rien.

— Tu crois vraiment que ça embêterait ton frère ? Je veux dire, il peut parler !

— Je ne suis pas sûre, mais je ne veux pas en faire tout un plat. Heath et moi, on... traîne juste ensemble. Si Adam l'apprend, il donnera son avis et je ne veux pas. J'ai envie de m'amuser sans être jugée.

Dakota a un sourire narquois.

— Et profiter de sexe torride et coquin ?

Je sens mon visage rougir.

— Comment tu prévois de le lui cacher ? Ils vivent ensemble, me rappelle Reagan.

— Je ne sais pas. Je n'y ai pas réfléchi.

Je n'aime pas l'idée de mentir à mon frère et j'espère ne pas en arriver là.

Dakota renifle.

— Bon, tu ferais mieux de trouver une solution parce que c'est plus que grillé, vous deux. Il va percuter.

Aucune raison de s'en inquiéter ce soir, cependant. Dès que le dîner est terminé, Adam part chez Taryn et Rhett file dans sa chambre pour appeler sa petite amie. Maverick est déjà au courant, donc quand Heath me plaque contre le comptoir de la cuisine, je le laisse m'embrasser comme je mourais d'envie de le faire ces deux dernières heures.

Il gémit dans ma bouche, ses mains remontent et s'enroulent autour de ma nuque. Mes doigts disparaissent derrière son t-shirt, alors que je meurs d'envie de sentir sa peau contre la mienne.

— J'ai envie de te déshabiller, marmonne-t-il dans ma bouche.

— Vous voulez regarder un film ? propose Maverick.

Aucun de nous ne répond tandis que nous continuons à nous embrasser. Heath est dur et il s'appuie contre moi en grognant. Un coussin vole à côté de nos têtes et heurte le placard à ma gauche.

— Bordel, Mav !

— Vous êtes vraiment chiants. Tout le monde tire son coup

sauf moi. Traînez un peu avec moi. Laisse-moi peloter un peu ta meuf. Ça m'a l'air équitable.

— Tu rêves ! grogne Heath.

Mais il me traîne dans le salon.

Je devine au sourire de Maverick qu'il essaie seulement de faire réagir Heath. Non pas que je doute qu'il aime me peloter, car je crois que Mav est partant pour peloter n'importe qui, mais il n'y a aucune attirance sexuelle entre nous.

Le côté possessif de Heath m'attire cependant, alors, je le suis. Il s'assoit dans le fauteuil et m'installe sur ses genoux. J'hésite à me mettre à l'aise, sachant que Rhett pourrait nous surprendre à tout moment. Heath ne semble pas hésiter.

Nous regardons la première moitié d'un film d'action. Heath me provoque, ses doigts errant distraitement sur ma peau. Ça ne semble rien lui faire, à part l'énorme érection qui appuie contre moi, jusqu'à ce que, soudainement, il se lève et me porte jusqu'à sa chambre, criant à Mav en partant :

— Désolé, mon pote, on te laisse.

Je glousse alors qu'il m'allonge sur le lit et qu'il se redresse pour enlever son t-shirt.

— Et si je voulais regarder la suite du film ?

Il déboutonne mon short et l'enlève, suivi de ma culotte, avant de répondre :

— Demande-le-moi et on pourra retourner dans le salon.

Sa tête plonge, puis sa langue se plaque sur mon entrejambe, secouant mon corps. Il lève les yeux, les iris sombres et moqueurs.

— Qu'en dis-tu, bébé ? Tu veux regarder le film pendant que je te lèche ? Peut-être que tu veux que Mav observe pendant que je bouffe ta petite chatte.

Je me cambre vers lui, en désirant plus. Plus de sa bouche et de ces paroles coquines et obscènes qui en sortent. Je ne sais pas à quel point il est sérieux, mais l'idée qu'il me fasse un cunnilingus sans se soucier que des gens nous regardent, c'est sexy. Non pas que j'aie vraiment envie de réaliser ce fantasme.

Il enroule les bras autour de mes jambes, les écartant davantage, et me soulève jusqu'à sa bouche. Ses gémissements et grognements rivalisent avec les miens tandis que mon plaisir s'intensifie. Je jouis une fois, gémissant et tentant de m'écarter. C'est si intense que mon corps n'arrive pas à décider s'il en veut plus ou s'il souhaite se rouler en boule et laisser les sensations disparaître lentement. Heath ne me laisse pas le choix. Il maintient sa poigne sur mes jambes, me maintenant en place.

Il réduit la pression sur mon clitoris sensible. Sa langue me lèche lentement et tendrement, jusqu'à ce qu'un autre orgasme arrive et que je commence à me tortiller sous lui. Il insère un doigt, très lentement, en rythme avec sa bouche.

Je tends les bras, cherchant une partie de son corps à laquelle m'accrocher pour ne pas sombrer pendant que la seconde vague me submerge. Je tire ses cheveux somptueux, ses oreilles et ses épaules. Je ne suis pas certaine d'avoir déjà estropié un garçon pendant un cunnilingus.

Je roule et m'écarte de lui, mon corps tremble et j'essaie de reprendre mon souffle. Heath rit et me lâche, cette fois-ci. Il s'allonge à côté de moi et enroule son bras autour de ma taille.

Je frissonne à ce contact.

— Même comme ça, j'ai l'impression que je pourrais jouir à nouveau.

— Des câlins orgasmiques, je ne crois pas que ça existe.

— Il n'y a rien de câlin chez toi. Même tes mamours ressemblent à des préliminaires.

— Oh, ce sont des préliminaires ! Tout n'est que préliminaires.

— J'ai besoin de deux minutes pour que mon âme revienne dans mon corps et ensuite, c'est à ton tour.

— Ton âme est sortie de ton corps ? Putain, meuf, tu peux m'écrire ça dans un avis Google ?

— Cinq étoiles orgasmiques, marmonné-je en me tortillant à nouveau contre lui et son épaisse érection.

J'ai dû m'assoupir, car, lorsque je me réveille, Heath enfile un t-shirt et va ouvrir la porte de la chambre. Il parle si bas que je n'arrive pas à distinguer avec qui il discute ou ce qu'ils se disent. Il ferme la porte, la verrouille et revient dans le lit.

— C'était qui ?

— Rauthruss. Ils jouent à la Xbox, il m'a proposé que je me joigne à eux.

— Je n'ai pas encore rempli ma part du contrat.

Je bâille à nouveau et tends le bras vers lui, ce qui fait rire Heath.

Il me prend dans ses bras et je lève la tête pour le regarder.

— Ce n'est pas grave. J'ai l'habitude que tu me laisses en manque.

La mâchoire m'en tombe et il secoue la tête.

— Je rigole, poupée. Viens, je vais les distraire pendant que tu prends la fuite.

Quand je me lève, la voix grave de Mav crie dans le salon. Je ne comprends pas ce qu'il dit, mais c'est sa présence qui me fige.

— Oh zut ! J'ai complètement oublié d'aider Maverick pour son cours de littérature.

— Je l'aiderai.

— Tu vas lui faire la lecture avec cet accent britannique sexy ?

Ouhh ! J'ai peut-être envie de rester.

— Ne me regarde pas comme ça, Geneviève, sinon je ne te laisserai jamais partir d'ici.

Il sort en premier pendant que je reste cachée dans sa chambre, jetant un œil par sa porte entrouverte. Il appelle Rhett et part ensuite dans la salle de bain.

Rauthruss a l'air confus quand il lui demande pourquoi il part dans la salle de bain, mais je ne m'attarde pas pour savoir ce que Heath lui dit pour le garder là-dedans pendant que je quitte l'appartement en courant.

Quand Ava et moi arrivons à la cafèt' le lendemain matin, Heath attend devant, appuyé contre le mur, le téléphone à la main. Il lève les yeux lorsque je m'approche et un sourire s'étire sur son visage.

— T'en as mis, du temps ! Je meurs de faim.

Je ne lui avais pas demandé de m'attendre, je trouve donc ça particulièrement mignon qu'il l'ait fait. Surtout quand on sait à quel point la nourriture est importante pour lui.

— Je vais vite fait chercher à manger et m'installer dehors pour appeler Trent, dit Ava avant que nous nous séparions pour sélectionner notre menu.

— Tu n'es pas obligée. On peut manger tous ensemble.

— Mais non, ce n'est rien. Je ne trouve pas mes mots quand ton frère et ses coéquipiers sont là, de toute façon, et je finis par me sentir empotée.

Je remplis mon plateau et retrouve Heath à notre table habituelle, attaquant déjà sa première assiette.

Il hausse les sourcils et sourit en prenant une énorme fourchette pendant que je m'assieds. Ses longues jambes trouvent les miennes sous la table, il les allonge pour m'emprisonner de chaque côté.

Nous mangeons en silence. Curieusement, Heath dévore tout son plateau avant moi, il recule dans sa chaise et étudie mon assiette comme s'il espérait que je ne mange pas tout.

— Arrête de zieuter ma bouffe, Payne.

— Cette gelée à la fraise a l'air bonne.

— Tu aurais dû t'en prendre, alors, dis-je en mordant dans ma tartine.

Je le taquine, mais, à présent qu'il observe ma bouche pendant que je mâche, ça m'excite un peu. C'est digne de Heath de transformer le petit déjeuner de la cafétéria en préliminaires. D'après lui, tout n'est que préliminaires.

VINGT
HEATH

— Quelqu'un a vu ma casquette ?

Rauthruss s'affaire dans le salon, soulevant des coussins et vérifiant sous le canapé.

— Dans la salle de bain, répondons Mav et moi en même temps.

Il plisse les yeux.

— Qu'est-ce qu'elle fait dans la salle de bain ?

Il disparaît et revient, la casquette délavée des Bruins de Boston sur la tête.

— Qu'est-ce que j'en sais ? Heath et toi, vous êtes allés dans la salle de bain et vous êtes revenus, l'air frustré et sans chapeau. Il t'a agressé ? Tu peux me le dire, tu sais.

— J'avais besoin qu'il me mette un petit patch décontractant dans le dos, expliqué-je.

— Mmh mmh ! Et il a enlevé sa casquette pour le faire ?

Mav arbore un grand sourire et me regarde. Il sait très bien pourquoi j'ai demandé à Rauthruss de venir dans la salle de bain hier. Faire entrer et sortir Ginny de chez nous sans qu'elle soit vue est une grande source de distraction.

— Je n'arrivais pas à atteindre l'endroit ! protesté-je en jouant la comédie.

— La bonne vieille excuse.

Mav me tend une manette et je m'assieds à côté de lui.

— Où est Adam ? Je ne l'ai pas vu depuis l'entraînement de ce matin.

— Sûrement chez Taryn, supposé-je.

— Il dînait avec Ginny.

Rhett s'assied dans le fauteuil, sur son téléphone, envoyant très probablement des messages à sa nana. Tant mieux, car il rate la façon dont ma tête se redresse à cette information.

Je jette un œil à Maverick.

— Dîner... Je mangerais bien un bout.

Il pose la manette.

— Pourquoi pas ? Je suis partant. Une idée de l'endroit où ils sont allés ?

Quand nous débarquons au *Repaire* et tombons sur la famille Scott, Adam rit.

— Je vous ai manqué, les gars ?

— Non, mec, c'est ta sœur qui nous a manqué, dis-je en plaisantant.

Ginny devient rouge et Mav se met à tousser. Je me glisse à côté d'elle et pose le bras sur son épaule.

Adam lève les yeux au ciel, ne me prenant pas une seule seconde au sérieux, ce qui est hilarant vu que je ne rigole pas.

Rauthruss s'installe à côté d'Adam et Maverick en bout de table.

— Ça sent bon.

Je m'approche alors qu'elle mord le bout d'une frite.

Elle me donne un coup de coude.

— Pas touche.

Nous commandons, mais je continue à lui piquer des frites pendant que nous attendons. Ginny est tellement plus gentille que moi ! Je ne laisserais personne picorer dans mon assiette. *Heath ne partage pas*, ai-je l'habitude de dire avec la voix de Joey dans *Friends*. Il pensait comme moi.

Après le dîner, nous nous attardons. Maverick attrape un pichet de bière et quelques gars de l'équipe se pointent. Toute cette agitation fait que c'est plus facile de flirter avec Ginny sans qu'on nous remarque.

Je pose la main sur sa jambe sous la table, elle me jette un faux sourire furieux.

— Tu fais quoi ?

Elle regarde autour de nous.

— Personne ne fait attention à nous, lui dis-je sans regarder. Tu veux qu'on aille se rouler des pelles dans les toilettes ?

J'agite les sourcils d'un air lubrique et elle rit.

— Non merci.

Elle se gratte le nez.

— Je savais que j'aurais dû proposer la benne à ordures à l'arrière.

— Tellement mieux !

Elle se penche et mon pouls s'accélère. Se cacher est excitant. Ce n'est pas quelque chose que j'avais prévu de faire un jour. Mes frasques sexuelles n'ont jamais été secrètes, mais remonter ma main sur sa cuisse et frotter son sexe par-dessus son jean, sans que personne s'en aperçoive, alors que Ginny s'efforce de ne pas réagir, c'est génial. Je pourrais ne plus jamais officialiser avec une nana.

— Bon, sérieusement, c'est moi qui ai conduit. On se retrouve à ma voiture ?

Je désigne la porte de la tête.

Elle étudie mon visage.

— Tu es sérieux ?

— Un peu que je suis sérieux !

Je sors de la banquette.

— Tu viens ?

Elle ouvre la bouche et balaie notre groupe du regard. Cette fois-ci, je l'imite, mais personne ne nous regarde. Je veux dire, honnêtement, qui nous imaginerait ensemble ? Ginny est super sexy et sympa, alors que je suis le gars qui lui a proposé une baise rapide dans les toilettes publiques il y a trente secondes.

Elle hoche la tête. Je dépose de la monnaie sur la table pour payer ma part et une partie de l'alcool. J'envoie un message à Maverick pour lui dire de ne sortir sous aucun prétexte tant que je ne serai pas revenu, et j'attends Ginny juste devant la porte. Ce serait peut-être mieux de l'attendre dans la voiture afin que personne ne nous voie ensemble, mais je ne vais pas la laisser traverser le parking toute seule jusqu'à mon SUV pour du sexe. Quel gentleman je suis !

Elle sort du *Repaire* et scrute le parking, s'arrêtant quand elle trouve ma voiture. C'est l'occasion parfaite pour me glisser derrière elle et la prendre par la taille.

— Oh mon Dieu ! s'écrie-t-elle quand je la soulève au-dessus de ma tête.

Lorsque je l'abaisse, elle s'agrippe à mon cou.

— Et si tu m'avais fait tomber ?

— Quel manque de confiance !

Je déverrouille la voiture et ouvre la porte arrière.

— Je n'arrive pas à croire que je fais ça.

Elle monte et je la suis. Je ferme rapidement la porte et l'ai enfin pour moi tout seul.

Quelle que soit l'hésitation qu'elle a eue auparavant, elle se jette sur mon visage dès que je tourne la tête. Ses mains s'emparent de mes cheveux et sa bouche de la mienne. Je l'attire sur mes genoux du mieux que je peux sur cette banquette arrière, m'affalant pour que nos têtes ne se cognent pas au toit de la voiture.

Bénies soient les vitres teintées. Mes doigts se glissent sous son t-shirt et le relèvent. J'aime la façon dont sa peau se hérisse à mon toucher. Je remonte le tissu pour accéder à son soutien-gorge, je baisse les bonnets et pose les lèvres sur un téton. Elle se cambre contre moi et se frotte contre mon entrejambe.

— Tu as appliqué quelque chose sur ta peau ? Une lotion comestible ?

Je la libère juste assez longtemps pour lui poser cette question et passe ensuite à l'autre téton.

— Une lotion comestible ?

Elle glousse, puis gémit.

— Tu as toujours si bon goût !

Je lèche et mords. Sérieusement, les tétons goût Ginny sont mon plat préféré et je meurs de faim.

— Ce n'est que moi.

Elle s'écarte, rampant sur le siège à côté et déboutonnant mon jean. Elle me sourit timidement en libérant ma verge.

Je pousse un sifflement lorsqu'elle lèche la petite goutte au bout.

— Putain, Ginny ! Encore !

Elle obéit, sauf que cette fois-ci, elle me prend entièrement dans sa bouche.

Mort. Décédé. En paix. Je croyais que l'enfer m'attendait, mais c'est le paradis.

Je touche le fond de sa gorge et elle a un haut-le-cœur, mais est-ce qu'elle s'arrête pour autant ? Non, bordel !

Je pose les mains sur sa tête, passant les doigts dans ses cheveux. Gentiment, je guide le rythme, mais la laisse décider de ce qu'elle veut prendre en bouche. Je suis bien bâti, personne n'a jamais osé me faire une gorge profonde avant, et je ne m'attendais pas du tout à ce que ce soit elle qui essaie.

J'approche dangereusement de l'extase à chaque coup de langue et aspiration de ses joues. Je retiens ses cheveux en arrière, telle une queue-de-cheval. Une mèche blonde pend devant ses yeux, la pointe effleurant mon estomac lorsqu'elle hoche la tête.

— Je ne suis pas loin, l'avertis-je. Je crois qu'il y a des mouchoirs dans la boîte à gants.

À moins qu'elle soit devenue sourde ou qu'elle soit dans une sorte de transe sexuelle, elle m'entend, mais elle ne s'arrête pas avant que je jouisse dans sa jolie bouche.

Je renverse la tête contre le cuir. Mon corps tout entier tremble.

— C'était... bordel de merde !

Elle rit.

— Et moi qui pensais que le chemin jusqu'à ton cœur passait par ton estomac !

— La seule chose que je préfère à la bouffe, bébé.

Un quart d'heure plus tard, après que je lui ai rendu la pareille, nous retournons à l'intérieur du *Repaire*. Elle passe une main dans ses cheveux, puis sur sa bouche.

— Détends-toi, tu es magnifique.

— Je devrais probablement entrer en premier.

Elle sort son téléphone.

— Je ferai comme si j'étais au téléphone.

Alors qu'elle pousse la porte, le portable à l'oreille comme si elle appelait quelqu'un, le mien vibre dans ma poche.

— Salut, je viens juste de dîner, dis-je en m'éloignant de la porte.

— Salut, maman. Comment ça va ? se moque-t-elle avant de rire.

Ce son léger me fait sourire.

— Pardon. Salut, maman. Comment ça va ?

— Eh bien, ça va, maintenant que je t'entends enfin !

— Pardon, répété-je.

Pas seulement parce que je me suis montré salaud en décrochant, mais aussi pour ne pas avoir appelé plus tôt.

— J'imagine que pas de nouvelles, bonne nouvelle, c'est ça ?

— Oui, tout va bien. Et toi ? Comment va Kevin ?

— Je vais bien. Kevin aussi. C'est d'ailleurs la raison de mon appel.

Mes sourcils se froncent. Oh merde ! Si elle m'appelle pour m'annoncer qu'elle va se remarier ou quoi, ça va vraiment gâcher ma soirée. Je veux qu'elle soit heureuse, mais…

— Ah bon ?

— Je parlais de descendre pour ton match à domicile du week-end prochain et il a proposé de m'accompagner.

Je suis sans voix, digérant l'information. Ma mère n'a pas assisté à un seul match depuis la mort de papa. J'ai arrêté de l'inviter il y a des années. À présent, elle va venir de son propre gré et avec le mec qu'elle fréquente.

— Heath ? Tu es là ?

— Oui.

Je m'éclaircis la gorge.

— Oui, je suis là.

— Alors, t'en penses quoi ? Je sais que je n'ai pas…

— Ça a l'air super, la coupé-je avant qu'elle finisse sa déclaration. Je peux t'envoyer les détails par message plus tard ? Je suis avec des amis.

— Bien sûr. Amuse-toi bien et fais attention.

— Promis.

— Je t'aime, chéri.

Je raccroche, lâche une expiration et me dirige vers le restaurant.

VINGT-ET-UN
GINNY
NOVEMBRE

— C'est sympa.

Ma mère entre dans ma chambre et sourit. Papa reste dans l'embrasure de la porte et jette un œil, hésitant.

— Papa, tu peux entrer.

Il avance seulement d'un centimètre dans la chambre. Comme mes parents étaient au Mexique quand je suis partie à l'université, c'est la première fois qu'ils voient ma chambre d'étudiante, à l'exception des photos que je leur aie envoyées.

— Où est Ava ? demande ma mère en étudiant son côté, le poster de *Vampire Diaries* et le collage de photos qui est essentiellement un autel à Trent.

— Elle est partie voir son copain.

Papa fronce les sourcils.

— Tu restes ici toute seule, le week-end ?

— Pas tous les week-ends. Et puis je ne suis pas tout à fait seule.

Je désigne derrière lui les gens qui vont et viennent dans le couloir.

Je pose par terre, à côté de mon bureau, le sac de nouvelles serviettes que maman m'a apportées.

— On va à la patinoire ?

Aller au match avec mes parents semble un peu bizarre, comme si j'étais de retour au lycée. Ça me rappelle les fois où Bryan et moi nous rendions à Valley avec eux. Je ressens une légère tristesse en repensant à lui, mais dès que l'équipe de Valley arrive sur la glace et que je vois Heath, mon ex est totalement oublié. Je m'assieds au bord du siège pour mieux voir.

Adam et lui patinent côte à côte. Adam scrute le stade jusqu'à nous trouver dans la foule. Il sourit et lève la main pour saluer nos parents. Heath remarque et suit son regard vers notre famille. Je salue en retour en le fixant.

Il sourit, baisse les yeux, puis parcourt lui-même la foule du regard. Sa mère et son petit ami sont également venus pour le week-end. Et même s'il ne me l'a pas dit, je sais que c'est la première fois qu'elle assiste à un match. J'ai entendu Adam et Rhett lui poser des questions à ce sujet cette semaine, quand j'étais cachée dans sa chambre.

Grand Canyon est la pire équipe de la division et ils n'ont pas tout donné, ce soir. Valley mène de deux points après le premier tiers-temps. Le côté positif, c'est qu'Adam joue très bien, donc mes parents s'en fichent que le match soit ennuyeux.

Je m'en vais aux toilettes pendant la pause et tombe sur Taryn en retournant à mon siège.

— Salut.

Je m'arrête et sors de la foule.

— Je n'étais pas certaine que tu serais là, ce soir.

— Si, bien sûr que oui. Je ne voudrais pas rater ça.

Ses cheveux roux sont attachés en queue-de-cheval, noués par des élastiques bleu et jaune. Le numéro d'Adam est peint sur son visage. Je ressens une pointe de jalousie, elle affiche fièrement et ouvertement sa loyauté et son engouement pour mon frère.

— Tu nous rejoins pour le dîner, après ?

Elle tord les mains devant elle et hoche la tête.

— Oui, Adam m'a demandé de venir. Je suis un peu nerveuse de rencontrer votre famille.

— Ne le sois pas. Ils t'adoreront. Tu veux les rencontrer maintenant et en finir tout de suite ?

— Je ne sais pas.

— Viens. Je vais te présenter et au dîner, tu échangeras des histoires gênantes sur Adam avec ma mère.

Un sourire s'affiche lentement sur son visage.

— Bon, d'accord.

Comme prévu, mes parents adorent Taryn. Lorsque le match se termine et que nous nous rendons au *Repaire*, ils sont totalement fascinés par ses nouvelles sur Adam et le fait d'en apprendre plus sur sa petite amie. J'arrive à écouter à moitié et à étudier la table de Heath à l'autre bout du restaurant.

Maverick est avec lui, ils sont assis en face d'une petite femme aux cheveux châtain clair. Je l'aperçois en train de sourire lorsqu'elle tourne la tête vers l'homme assis à côté d'elle. Ses cheveux sont très gris et sa mâchoire forte et ses bras musclés défient son âge. Ils ont l'air heureux. Heath semble... eh bien, pas vraiment à l'aise, plutôt comme un étranger. Un inconnu penserait que c'est la famille de Maverick. Il a l'air bien plus détendu et comme s'il s'amusait. Cependant, c'est digne de lui, il se sent à l'aise partout.

La petite amie de Rhett est également venue passer le week-end ici. Ils fêtent leurs cinq ans et tous deux sont au bar. Elle n'a rien à voir avec ce que je pensais. Rhett est si sympa et gentil, Carrie est un peu sévère et brute de décoffrage. Quand il nous a présentées, elle n'a même pas fait semblant de sourire. Peut-être qu'elle a toujours l'air inexpressive.

Je reviens sur Heath. Lui aussi affiche une mine inexpressive.

— Pas vrai, Ginny ? demande Adam en interrompant ma surveillance de la famille Payne.

— Pardon, quoi ?

Mon frère sourit comme s'il savait très bien et mes jouent rougissent. Merde ! C'était si évident que je fixais Heath ?

— Je disais à maman et papa que tu venais souvent à notre appart aussi. Que c'est propre et pas la porcherie qu'ils imaginent !

Je secoue la tête.

— Je ne dirais pas souvent, non. Je suis venue deux-trois fois.

— Quoi ? Impossible ! Tu es chez Reagan et Dakota tout le temps.

Il regarde mes parents.

— Nos voisines sont sympas et on se voit fréquemment.

Je mets longtemps à hocher la tête, mon pouls bat bien trop rapidement alors que je prends conscience qu'il ne parle pas des fois où je suis allée chez lui, cachée dans la chambre de Heath.

— Exact. Oui. On est devenues amies. En fait, j'envisage de déménager avec elles l'année prochaine.

Ma mère fronce les sourcils.

— Quitter la cité U ?

— Oui. Tout comme Adam lors de sa deuxième année.

— Ce n'est pas exactement pareil, souligne mon père.

Adam arbore un sourire prétentieux, sachant à quel point ça m'énerve que nos parents le traitent différemment parce que c'est un gars. Oui, je comprends que certaines choses sont plus sûres parce que c'est un homme, mais je ne trouve pas que ce soit le cas ici. Je pourrais sûrement comparer le taux de criminalité en cité universitaire et en appartement, mais ne peuvent-ils pas simplement me faire confiance ?

Je ne les contredis pas pour le moment. C'est dans un an et je ne veux pas passer le week-end fâchée contre mes parents.

Le dîner à la table de Heath s'achève en premier, ils se

lèvent et se dirigent vers la sortie. Nous sommes justement à côté de la porte et Maverick vient vers nous, un grand sourire aux lèvres.

— Salut, la famille Scott.

— Maman, papa, vous vous souvenez de Johnny Maverick ? demande Adam en posant le bras sur le dossier de la chaise de Taryn. Et de Heath Payne ?

Mes parents disent bonjour. Heath ne présente pas sa mère et il y a un silence gênant avant qu'elle prenne les devants.

— Bonjour, je suis Lana Payne, la mère de Heath.

— Ravie de vous rencontrer, répond ma mère avec un sourire chaleureux.

Elle a toujours été douée pour mettre les gens à l'aise.

— Vous partez déjà ? questionne Adam.

— Nous pouvons rajouter des chaises, propose mon père.

Mav regarde Heath, qui jette un coup d'œil à sa mère.

— Vous voulez sûrement retourner à l'hôtel.

Je ne sais pas trop si c'est une question ou une affirmation et elle non plus. Lana hoche la tête, bien que je perçoive peut-être une légère déception.

— La journée a été longue.

Elle sourit avec raideur.

— Si vous voulez rester avec vos amis...

— Non, je suis fatigué moi aussi. Mav ?

Mav fronce les sourcils.

— Bien sûr, mec. Rentrons. Je suis crevé.

— À plus, dit Heath en croisant enfin mon regard et en parcourant la table des yeux.

— J'étais ravi de vous rencontrer, monsieur et madame Scott.

Ils quittent la table et sortent du *Repaire*.

Une fois qu'ils sont partis, mon attention et mon désir de rester diminuent. Ne vous méprenez pas, j'aime voir mes parents, mais je leur parle presque toutes les semaines, donc il n'y a pas grand-chose à dire. Et... je suis peut-être en train de penser à un garçon en particulier. Je ne connais pas la dynamique de sa famille. Je sais que son père est mort quand il était jeune et que sa mère n'est pas venue le voir à Valley, mais je ne connais pas le pourquoi du comment et s'il y a un lien entre eux.

Heath ne parle pas beaucoup de sa famille et, bon, nous n'avons pas beaucoup parlé ces derniers temps. Quand nous avons décidé de sortir ensemble, nous avons cédé aux mois de tension sexuelle et nous ne sommes pas encore rassasiés.

Maman et papa me déposent devant la cité universitaire et je monte dans ma chambre. Je déverrouille la porte, l'ouvre et allume. Du mouvement attire mon regard et ma gorge se serre.

— Oh putain, tu m'as fait peur !

Heath est assis sur mon lit, le dos contre le mur et les jambes pendant sur le côté.

Je regarde la porte.

— C'était fermé, non ?

— La concierge m'a laissé entrer.

Mes sourcils se haussent jusqu'à mes cheveux.

— Ah bon ?

Rachel, la concierge, une étudiante en master, n'est pas connue pour transgresser le règlement, ce qui ne m'a jamais vraiment dérangée puisque je ne passe pas beaucoup de temps ici.

— Je lui ai dit que je te faisais une surprise pour nos un an.

Il a l'air un peu gêné, ce qui me fait rire.

— Tu as déjà fêté un an de relation ?

Il rit.

— Non. C'est la première chose qui m'est venue à l'esprit avec le grand anniversaire de Rauthruss et sa poule ce week-end.

Je me dirige vers le lit et m'assieds à côté de lui.

— Six mois ?

Il secoue la tête.

— Je n'ai même pas fêté un mois de relation.

Il hausse légèrement les épaules et s'appuie contre moi.

— Et toi ?

— Bryan et moi sommes restés ensemble deux ans. On ne fêtait pas vraiment les étapes. Tout d'abord parce qu'on n'était jamais d'accord sur la date. Il pensait que c'était le 3 mars et je jure que c'était le 7.

La poitrine de Heath se soulève en un rire silencieux. Il prend ma main, caressant ma paume du pouce.

— Comment était le dîner ? demandé-je.

— Bizarre.

Je m'appuie contre le mur et pose la tête sur son épaule.

— Comment ça ?

Il lâche une expiration et ramène nos mains jointes sur sa cuisse. J'attends quelques secondes en silence avant qu'il réponde.

— Je savais que rencontrer Kevin serait bizarre. Il a l'air sympa, mais c'est juste cet étranger qui est à présent le centre du monde de ma mère, je ne sais plus à quoi ressemble sa vie. Même les blagues débiles et les commentaires comiques de Maverick n'ont pas réussi à alléger l'atmosphère.

— Désolée.

Il se redresse et je fais de même pour mieux le regarder.

— C'est fini. D'autre part, elle semble aller bien, c'est le principal.

Il s'éclaircit la gorge.

— Bon, revenons à ce truc d'anniversaire. Pourquoi les gens sont obsédés par le nombre d'années ou la date exacte ?

J'ai envie de lui poser d'autres questions sur sa mère, mais je sens qu'il a besoin de parler d'autre chose.

— Je ne sais pas trop. Je crois que les gens aiment franchir des étapes pour les célébrer, ou peut-être qu'ils ont l'impression que leur relation est une référence s'ils s'attribuent une récompense.

Il grogne en guise de réponse.

— Mais aussi, c'est en quelque sorte agréable de faire le point sur un ou vingt ans de sa vie et de songer à ce à quoi elle aurait pu ressembler si on n'avait pas été en couple.

Il m'étudie attentivement, j'ai l'impression que j'ai été trop cucul la praline pour lui. C'est une vision romantique de la chose, je l'admets.

— Que ferais-tu si tu restais toute une année avec la même fille ?

Ses yeux s'écarquillent, surjouant, comme horrifié par l'idée d'une relation aussi longue. Peut-être qu'il n'exagère pas, mais il sourit.

— Je ne sais pas vraiment.

Sa bouche s'empare enfin de la mienne. Peut-être est-ce parce que nous ne risquons pas de nous faire prendre, ou qu'il est épuisé de sa journée, mais nos baisers sont plus paresseux. Nous prenons notre temps, nous embrassant simplement sans nous frotter l'un à l'autre, sans mains s'aventurant au-delà du visage et du cou. C'est inattendu, mais agréable. Doux et gentil, mais torride.

Lorsque nous nous allongeons enfin sur le lit, il enlève mes vêtements entre deux baisers sur mes lèvres et mon corps. Je tire sur son t-shirt, il l'enlève et le jette par terre. Nous ne nous sommes jamais retrouvés nus au même moment. Mon pouls s'affole quand je finis par obtenir ce contact de peau contre peau que j'avais seulement imaginé jusqu'à présent.

Je ne sais pas trop si c'est parce qu'il n'a pas voulu ou s'il a perçu mon hésitation, mais Heath et moi n'avons pas encore fait l'amour. Nous avons pratiquement tout fait sauf ça.

Une grande part de moi en a envie, mais quelque chose en

moi continue à me crier de me retenir. Je déteste le reconnaître, mais je crois que c'est lié à la façon dont je me suis retenue de coucher avec Bryan durant des années et que, dès que nous l'avons fait, il a rompu avec moi. Je comprends que ce n'était pas à cause du sexe, et peut-être que j'aurais tout de même fini par coucher avec lui, même si j'avais su que ça n'allait pas durer. Mais le truc, c'est que j'ai peur que la même chose puisse arriver avec Heath.

Sa verge palpite entre nous et je sens l'excitation monter. Un nœud dans ma gorge se forme et j'ai du mal à parler lorsque je déclare :

— Je ne crois pas que je sois prête. Ça te gêne ? Je veux dire, j'ai envie de faire d'autres trucs, mais pas ça.

Ses mains encadrent mon visage et ses yeux bleus regardent profondément dans les miens.

— Bien sûr, ce n'est pas grave.

Il savoure mon corps d'une façon que je me rappellerai à jamais. Interdire la pénétration ne le rend que plus créatif, il mérite bien un vingt sur vingt dans ce domaine.

Nous nous endormons, encore nus. Un différent genre d'anniversaire se grave dans ma mémoire : la première fois qu'on prend conscience qu'on craque pour quelqu'un.

VINGT-DEUX
HEATH

Le samedi matin, ma mère souhaite prendre le petit déjeuner avec moi avant que j'aille à la patinoire. Mav dort encore quand je reviens de chez Ginny, donc je suis tout seul lorsque je pousse la porte du café.

Elle agite la main depuis une banquette, son autre main enroulée autour d'une tasse de café.

— Salut, dis-je en m'asseyant en face d'elle. Pardon pour le retard.

— Ce n'est rien. Tu sais que j'aime boire ma première tasse de café en silence, de toute façon.

Je souris en me rappelant que certaines choses ne changent pas.

Le serveur s'arrête pour me servir un café et il prend notre commande. Après cela, je m'appuie contre la banquette.

— Kevin ne nous rejoint pas ?

— Non. Nous sommes entre nous.

Son sourire est chaleureux et sincère en m'étudiant.

— Tu m'as manqué.

Une gêne désagréable se forme dans ma poitrine tandis que la franchise de ses paroles me frappe. Notre relation avait beau ne pas être très saine – je m'occupais plus d'elle qu'elle de moi –, d'une certaine façon, c'est bon de savoir que je lui manque toujours, même si elle n'a plus besoin de moi.

J'ai passé la première année de fac à essayer de ne pas redoubler. Pour être honnête, je ne voulais même pas aller à l'université. Enfin, si. Bien sûr que si. L'université, c'est tellement génial ! Mais j'étais si effrayé de la laisser. Ma mère a vécu sur le fil du rasoir après la mort de mon père. J'avais perdu un parent et la panique était réelle à l'idée que je parte et qu'elle disparaisse si je ne veillais plus sur elle comme je l'avais fait les quatre années précédentes.

C'était moi qui la faisais sourire quand personne d'autre n'y arrivait. La personne sur qui elle comptait pour lui rappeler des choses comme payer la facture d'électricité et tondre la pelouse.

D'autre part, je n'étais pas parfait. Je trouvais des moyens d'apaiser ma crise d'adolescence : les voitures puissantes, les filles faciles, la défonce de temps en temps. Mais je faisais de mon mieux pour ne jamais rapporter d'autres fardeaux entre les quatre murs qui s'effondraient déjà sur nous.

Alors, imaginez ma surprise quand je suis parti à l'université, que je me suis presque fait un putain d'ulcère en m'inquiétant et que, à mon retour l'été dernier, j'ai découvert qu'elle allait bien.

Non, pas seulement bien. « Bien » est le terme qu'elle utilisait quand elle portait les mêmes vêtements depuis une semaine, allongée sur le canapé et regardant la télévision dans un état comateux. Elle n'allait pas bien. Elle rayonnait. Elle n'avait pas besoin que je m'affaire dans la maison en chantant des chansons Disney ou que je lui brosse les cheveux devant un énième épisode de *Friends*.

Je devrais être heureux qu'elle aille bien. J'en suis heureux. Mais je l'ai également en travers. Où était cette femme quand j'avais besoin qu'elle me prenne dans ses bras et qu'elle me dise que tout allait bien se passer ?

Ce n'est pas juste. Je sais. Il n'existe pas de bonne façon de faire son deuil et la mort de mon père nous a profondément secoués.

On n'a pas le droit de dire aux gens comment se sentir. Bordel ! On n'a même pas le droit de se dire comment on doit se sentir. C'est vraiment dégueulasse, mais en tant qu'humains, on a le contrôle sur tout, mais aussi sur rien.

— Tout va bien ? Tu as l'air d'aller bien.

— Je vais bien.

Elle tend la main et serre la mienne. Je n'arrive pas à lui retourner le geste. Ses doigts s'attardent et chaque seconde qui passe ressemble à une éternité. Je ne sais pas pourquoi je ne parviens pas à simplement accepter et en profiter d'être avec elle.

Elle serre une dernière fois ma main, puis retire la sienne.

— Tu avais aussi l'air à ta place sur la glace, hier soir. Je n'arrive toujours pas à croire à quel point ton frère et toi êtes devenus doués. Je parviens à peine à marcher droit. Vous avez hérité du côté sportif de votre père. Il serait si fier !

— On peut éviter ?

Elle tressaille et je fais la grimace.

Putain ! Pourquoi ne puis-je tout simplement pas rester assis là et la laisser parler de lui ? C'est en partie parce que j'ai peur que la discussion me conduise à lui dire à quel point je lui en veux. Et qu'est-ce que ça apporterait de bon ? Elle s'est enfin relevée et je la ferais rechuter en lui rappelant à quel point elle m'a fait souffrir quand elle était en train de sombrer ? Hors de question !

— On peut parler d'autre chose ? tenté-je à nouveau.

Elle hoche la tête.

— Bien sûr.

Nous survivons au petit déjeuner en parlant de choses stupides comme la météo et les réparations qu'elle a faites dans notre maison dans le Michigan. Mon humeur se dégrade à chaque bouchée, j'ai bien trop hâte de me rendre à la patinoire quand vient le moment.

Adam arrive juste après moi.

— Salut, mec. Tu étais où, ce matin ?

— Désolé. Je ne savais pas que je devais prévenir avant de partir...

Il hausse les sourcils.

— Merde, désolé ! Je ne suis pas d'humeur. J'ai pris le petit déjeuner avec ma mère, ce matin.

Il hoche la tête et s'installe sur le banc, posant son sac par terre.

— Vous n'êtes pas proches ?

— On l'est... on l'était. Je ne sais pas. À la mort de mon père, ça a été sacrément la merde pendant un moment.

— Désolé, mec. Je ne peux pas imaginer ce que ça ferait si ça arrivait à mes parents. Je peux faire quelque chose pour t'aider ?

— Non. J'ai juste besoin d'aller sur la glace.

Un coin de sa bouche se retrousse en un sourire.

— D'accord.

***

Après le meilleur match de ma vie (apparemment, l'amertume et la frustration fonctionnent bien sur moi), je retrouve ma mère en train de m'attendre devant les vestiaires en compagnie d'autres familles, y compris celle des Scott. Ginny sourit et s'avance vers moi.

— C'était incroyable. Félicitations.

Elle me serre dans ses bras, me prenant par surprise devant

tout le monde, mais c'est bien trop agréable pour que je m'écarte.

— Merci. Avec un peu de chance, ce ne sera pas la dernière fois que j'arriverai à faire un triplé.

Je me penche alors vers son oreille.

— Peut-être qu'on pourrait fêter ça tous les deux avec un triple orgasme.

Elle rougit et s'écarte. J'accepte le câlin de ma mère et le serrage de main de Kevin et de monsieur Scott.

Adam me tape sur l'épaule.

— On devrait fêter ça. Tu as envie de quoi ?

De ta sœur.

Mav s'avance, son sac en bandoulière.

— Fête chez moi. Invitez les parents. Que ce soit bizarre.

— Je crois que ce sera sans nous. On vous laisse fêter ça entre vous.

Monsieur Scott prend sa femme par la taille, qui acquiesce.

— Nous avons réservé pour le dîner.

Elle jette un coup d'œil à ma mère et Kevin.

— Voulez-vous vous joindre à nous ?

— Je trouve que c'est une très bonne idée, dit Kevin. Tu en dis quoi, Lana ?

D'autres parents font des projets et les garçons commencent à partir.

Ginny se tient toujours à mes côtés, je ressens l'envie irrépressible de lui prendre la main.

— Je vais aller retrouver Reagan et Dakota. On se voit plus tard ?

— Fais le trajet avec moi.

— Mais...

Elle scrute les alentours.

— Tu es sûr ?

— Oui, personne ne remarquera ou s'en souciera. Donne-moi juste cinq minutes pour dire au revoir à ma mère.

— D'accord.

Celle-ci s'approche de nous avant que j'aie le temps de la rejoindre.

Ginny lui sourit, puis elle me sourit.

— À toute.

Maman l'observe partir, elle ne prend la parole qu'une fois que nous sommes seuls. Le visage triste, sa voix est basse.

— J'aurais dû venir toute seule, sans Kevin. Je voulais que tu le rencontres pour que tu voies que je suis heureuse. J'ai cru que ça t'apaiserait, mais je vois maintenant que c'était un raisonnement égoïste et je te demande pardon. Je ne voulais pas que le week-end se passe comme ça.

— Ce n'est pas Kevin. C'est nous. Je ne sais pas comment faire avec toi. Tout est si différent ! dis-je en nous désignant.

— Je sais. Mais je t'aime toujours autant. Je suis tellement fière de toi !

Aimer. Je déteste ce foutu mot. Pourquoi ça a toujours l'air d'une excuse ? Quand elle le dit, tout ce que j'entends, c'est : « Je t'aime, donc ce n'est pas grave si j'ai merdé. »

— Merci, maman. Je suis content que tu sois venue.

Kevin approche derrière elle.

— Beau match, Heath.

— Merci.

Le couloir s'est vidé et nous nous dirigeons vers la porte. Ma mère me serre fort avant que nous partions chacun de son côté.

— Fais attention à toi.

Je lui rends son étreinte. Elle est plus lourde à présent, elle n'est plus la petite chose fragile qu'elle était.

— D'accord. Je t'appelle la semaine prochaine.

Elle hoche la tête et sourit, croyant sans doute que je ne le ferai pas.

Ginny est appuyée contre ma voiture, le téléphone à la main. Il fait sombre et elle est toute seule, je me sens mal de l'avoir fait attendre dehors comme ça.

J'appuie sur la clé pour déverrouiller et elle lève les yeux, ces yeux brun clair croisant les miens sous les lampadaires fluorescents du parking. Au lieu de me rendre du côté conducteur, je me dirige vers elle, l'embrassant avec fougue alors que tout le monde pourrait nous voir.

Elle ne semble pas non plus s'en offusquer cependant, car elle enroule les mains autour de mon cou et presse son corps contre le mien. C'est le meilleur moment de la journée. Bon... à moins qu'elle me laisse lui donner trois orgasmes tout à l'heure.

VINGT-TROIS
GINNY

LE WEEK-END SUIVANT, les garçons sont partis pour deux matchs. Je suis assise par terre chez Reagan et Dakota. Reagan apporte deux sachets de chips et un ramequin de sauce et elle les pose entre Dakota et moi.

Celle-ci se lève.

— Je vais aller chercher la bouteille de vin pour éviter de me lever à nouveau. Tu restes dormir, pas vrai ? demande-t-elle.

— Oui, pourquoi pas ? Ava est partie voir Trent, dis-je avant de plonger ma chips dans le fromage fondu.

Elle attrape la bouteille de vin et nous nous installons.

— Alors, Heath reste avec toi le week-end ou vous restez chez lui, avec ton frère de l'autre côté du mur ? questionne Dakota.

Je fais la grimace et lui jette une chips.

— Dégueu ! Et Adam n'est pas de l'autre côté du mur, heureusement. Maverick traîne toujours dans le salon, cependant, et parfois, des filles lui tiennent compagnie. Je ne sais pas pourquoi il ne va pas chez lui. Oui. Je l'ai entendu dire bien trop de cochonneries à mon goût.

Reagan se gratte le nez.

— Il dit des mots cochons en le faisant ? Maverick ? s'étonne Dakota. Ça me surprend un peu.

— Pas exactement des mots cochons. Et je crois qu'il pourrait tout aussi bien se parler à lui-même.

Je fais la grimace.

— Il est bizarre.

— Allez, raconte-nous quelque chose. N'importe quoi. On meurt d'envie d'avoir des détails. Tu nous as à peine parlé de cette nouvelle relation torride entre Heath et toi.

Dakota ramène ses cheveux roux sur une épaule.

Je regarde tour à tour les visages impatients de mes amies.

— Il n'y a pas grand-chose à dire.

— Je ne te crois pas, rétorque Reagan. On aurait dit que vous alliez arracher vos vêtements pendant qu'on jouait aux jeux vidéo, hier soir.

— Certains vêtements ont été arrachés, mais on n'a pas encore fait l'amour.

— Intéressant.

Elle le dit d'une façon qui sonne mal ou étrange. Ça l'est ? Nous nous embrassons dès que nous en avons l'occasion. Il m'a donné plus d'orgasmes tout habillée que je n'aurais cru possible. Techniquement, nous n'avons pas encore couché ensemble, mais c'est amusant et torride. Rien de tout ceci ne semblait bizarre auparavant, mais maintenant, je m'inquiète qu'il pense peut-être aussi que c'est étrange.

— C'est pas bien ? Je devrais m'inquiéter ?

— C'est mignon, répond Reagan.

Dakota boit une gorgée de son vin.

— Ce n'est pas du tout le genre de Heath.

— Dakota ! crie Reagan d'une voix perçante.

— Quoi ?

Elle me regarde.

— Tu sais qu'il n'est pas innocent, hein ? Je veux dire, je n'appellerais pas Heath une salope parce que je n'étiquette pas les gens, maaais... il ne s'est pas caché de se faire des gonzesses. Et par se faire, j'entends coucher.

— Non, je sais.

Reagan pose une main sur mon genou et le serre.

— Mais il n'est jamais sorti avec personne, que je sache.

— Depuis quand sortir ensemble est devenu plus romantique que le sexe ? Si je vous raconte un truc, les filles, vous promettez de ne pas rire ?

— Promis, déclare Reagan.

Au même moment, Dakota s'exclame :

— Impossible !

— Kota, la réprimande Reagan.

— Quoi ? Si c'est drôle, je ne serai pas capable de me retenir. J'essaierai.

— Ça me va, j'imagine.

Je prends une gorgée de vin.

— Mon dernier copain, Bryan, il a rompu avec moi juste après.

— Après ?

— Après qu'on a fait l'amour. Genre, encore en moi.

Les yeux de Dakota s'écarquillent.

— Oh merde !

Je cache mon visage derrière mes mains.

— Maintenant, je regrette que vous n'ayez pas juste ri.

— Attends, attends, attends ! Il faut que tu nous racontes tout, réclame Reagan.

Alors, je leur explique. Que Bryan et moi avions prévu d'aller à l'université de Valley ensemble, mais qu'ensuite, il a reçu une proposition pour jouer pour Boise et la façon dont il m'a annoncé la nouvelle juste après que nous avions fait l'amour pour la première fois.

— Quel connard !

— Il ne l'est vraiment pas, pourtant. C'était mon idée. J'étais prête et j'ai pensé que ça nous rapprocherait avant que nous nous lancions dans cette grande aventure ensemble. Après ça, il m'a dit qu'il ne viendrait pas à Valley et qu'il pensait qu'il valait mieux qu'on rompe plutôt que d'essayer que ça fonctionne.

J'ai ressassé ce jour-là des millions de fois, à la recherche d'indices de ce que j'aurais loupé. Cependant, j'étais prête et excitée, je crois que même s'il m'avait démontré des signes avant-coureurs de rupture, je les aurais ignorés.

Dakota me caresse le bras.

— Désolée, ma chérie. Pour ce que ça vaut, même Heath n'est pas aussi froid.

— Non, je sais. Et j'avais déjà fait l'amour avant Bryan. Juste une fois avec un gars que j'avais rencontré en colonie de vacances. C'était juste avant que Bryan et moi sortions ensemble. Aucune des deux fois n'a été géniale. J'ai fait patienter Bryan parce que je voulais que ça ait plus de signification que la première fois. Je crois que je reproduis le même schéma avec Heath. Est-ce que ça me rend trop idéaliste ?

Reagan secoue la tête.

— Non, bien sûr que non, mais attendre ne veut pas dire que ça aura plus de sens... simplement que tu accordes trop d'importance à cet acte.

— Je n'avais pas vu les choses comme ça, admets-je.

Nous vidons deux bouteilles de vin et regardons un film avant de nous décider à aller dormir.

Reagan m'apporte une couette et un oreiller de sa chambre.

— Merci.

Le son de la télévision a été coupé, mais je m'allonge et

regarde *Les Craquantes* avec les sous-titres. Je suis sur le point de m'endormir quand mon téléphone vibre.

BEAU GOSSE DU CAMPUS

Tu dors ?

MOI

Non.

BEAU GOSSE DU CAMPUS

Moi non plus.

MOI

Tu n'as pas un match important demain ?

BEAU GOSSE DU CAMPUS

Maverick ronfle.

MOI

Pas moi et tu me manques.

BEAU GOSSE DU CAMPUS

Maintenant, je regrette vraiment que tu ne sois pas dans cette chambre d'hôtel avec moi, à la place.

MOI

Ah oui ? Besoin d'un câlin ?

BEAU GOSSE DU CAMPUS

Oui, mais ne le dis pas à Mav. Il croit que je ne fais des câlins qu'à lui.

MOI

Ton secret est en sécurité avec moi.

BEAU GOSSE DU CAMPUS

T'as fait quoi, ce soir ?

MOI

Je suis restée avec Reagan et Dakota chez elles. Tu reviens demain soir ?

BEAU GOSSE DU CAMPUS

Oui, mais tard.

MOI

Je pourrai rester dormir ?

BEAU GOSSE DU CAMPUS

Pas besoin de demander, bébé.

Je souris et ferme les yeux. Mon téléphone vibre quand je reçois un autre message.

BEAU GOSSE DU CAMPUS

Triple orgasme ?

Je tape une douzaine de réponses différentes, essayant de savoir si je devrais répondre à la perche qu'il me tend ou en profiter pour me confier à lui. Il prend la décision à ma place en m'envoyant un autre message, comme je mets trop longtemps à réagir.

BEAU GOSSE DU CAMPUS

Merde ! Désolé. Je t'ai fait peur ?

MOI

Honnêtement ? Un peu peut-être. Je veux dire, j'ai envie de faire toutes ces choses. VRAIMENT. Mais je suis nerveuse aussi. Mes expériences sont… limitées et n'étaient vraiment pas ouf.

BEAU GOSSE DU CAMPUS

Je trouve ça très dur (jeu de mots intentionnel) de croire que le sexe n'est pas ouf avec toi.

MOI

C'est sûrement plus grâce à toi qu'à moi. Tu es marrant et sexy.

BEAU GOSSE DU CAMPUS

Je te renvoie le compliment, poupée.

VINGT-QUATRE

HEATH

Je m'écroule dans le siège à côté de Rauthruss lorsque mon téléphone vibre dans ma poche.

— Payne, ça va, tes côtes ? C'était un vilain coup.

Coach Meyers se tient dans l'allée centrale du bus, les mains sur les sièges en face de moi.

— Ça va. Rien de cassé.

Je ris et fais ensuite la grimace lorsque mon flanc crie. J'ajuste le bloc de glace attaché autour de ma taille.

— Vas-y mollo, ce soir. Va voir l'infirmier demain matin.

Je hoche la tête et il s'éloigne. J'attends d'être sûr qu'il ne me regarde pas avant de me pencher en arrière et de grogner. Je sors mon téléphone, le souffle coupé par l'effort que ça me demande.

Je lis le message de Ginny qui me demande mon autorisation pour se faufiler dans ma chambre avant mon retour. Elle ajoute trois émojis d'aubergines et putain de merde... je ne crois pas pouvoir tenir la route dans ce domaine ce soir.

Je lui envoie une langue, une pêche et une aubergine parce que je ne suis pas idiot, ça pourrait valoir le coup de mourir pour ça.

Une autre victoire, ça fait du bien, même si mon corps

souffre. J'ai pris un vilain coup à la fin du match et mes côtes me font affreusement mal.

— Ça va ? demande Rauthruss sur le siège à côté de moi.

Je grogne en guise de réponse et ferme les yeux. Curieusement, cela semble atténuer la douleur.

— Je vais appeler ma copine en visio. Ça te gêne ?

J'agite la main pour lui faire savoir que je m'en fiche.

Rauthruss est le genre de gars qui ne se préoccupe pas qu'on entende ses conversations avec Carrie, donc il ne prend même pas la peine de mettre des écouteurs.

— Salut, bébé, répond-elle. Félicitations pour votre victoire.

Je n'ai vu Carrie que deux fois. Elle a l'air OK. Je ne comprends pas pourquoi Rauthruss est si accro à elle, mais il ne m'a pas demandé mon avis, alors je ne le lui ai pas donné.

— Merci. Comment se passe ta rédac' ?

Elle soupire et se lance dans une longue explication. Rauthruss écoute attentivement, poussant des « mmh » et des « ah oui » au bon moment. Il est doué pour écouter. Il est obligé de l'être, apparemment. Elle reprend à peine son souffle entre deux phrases.

Je m'assoupis et lorsque je me réveille, nous quittons l'autoroute de Valley. Le gars est toujours au téléphone et c'est toujours elle qui parle le plus.

Je me redresse en faisant la grimace et regarde mon téléphone. Je n'ai reçu que deux messages de ma mère et de Nathan me félicitant pour le match et vérifiant si je vais bien. Je leur réponds à tous les deux, le temps qu'il faut à Carrie pour formuler une seule phrase à rallonge.

Comment deux personnes peuvent-elles avoir autant de choses à se dire ? Ce n'est pas comme s'ils ne s'étaient pas parlé depuis des semaines ou quoi. Elle est venue à Valley le week-end dernier !

Alors que le bus se gare sur le parking, ils se disent au revoir et promettent de se rappeler avant d'aller dormir. Quand il raccroche, je lui demande :

— Sérieux ? Tu vas lui reparler tout à l'heure ?

Son regard bleu, dur comme l'acier m'étudie avant qu'il ricane.

— Tu ne comprends pas, mais ça t'arrivera un jour.

Comme je ne réponds pas, il s'explique :

— Tu vas devenir tellement fou d'une fille que tu voudras lui parler toute la journée, tous les jours.

— De quoi vous pouvez bien discuter après une si longue relation ? Même Scott ne reste pas aussi longtemps au téléphone que toi.

Je jette un œil de l'autre côté de l'allée centrale, où Scott regarde par la fenêtre.

— C'est différent pour lui. Il va descendre de ce bus et aller voir Taryn. Je dois me contenter de ce que j'ai pour l'instant.

— Ça a l'air horrible, dis-je sincèrement.

À quoi ça sert d'être en couple si c'est pour vivre la relation à travers un appareil électronique ?

Nous descendons du car, je suis bien plus lent que les autres. Mav, une boisson énergisante à la main, s'approche de moi.

— Eh, mon pote, comment tu te sens ?

— Comme si j'avais été frappé très fort dans les côtes.

Il sourit.

— Tu veux que je conduise ?

Je lui jette les clés et parviens à me glisser sur le siège passager en grimaçant fortement.

— Envoyer un message à Ginny, dis-je au Bluetooth une fois que Mav roule vers chez nous.

Une fois mon téléphone prêt pour le message, je dis :

— De retour. En chemin.

Et je l'envoie.

Sa réponse se fait entendre dans les haut-parleurs et la voix féminine anglaise demande si j'aimerais qu'elle le lise à voix haute. Je jette un coup d'œil à Mav.

— Bouche-toi les oreilles, lui ordonné-je avant d'accepter.

— Déjà là, lit la voix anglaise.

Cependant, c'est la voix pétillante de Ginny que j'entends.

Je lâche une expiration. Fatigué, mais excité de la voir.

— Ginny est chez toi en train de t'attendre ? Comment elle est entrée ?

— Son frère lui a filé un double.

Je souris. N'était-ce pas sympa de sa part ? Et très pratique pour moi.

— Je déteste gâcher l'ambiance, mec, mais tu ne crois pas que tu devrais le lui dire ?

— Quoi ? Non ! Pour quoi faire ?

— Écoute, au début, je comprenais pourquoi vous vouliez le lui cacher pendant que vous essayiez de savoir quelle relation vous aviez. Mais ça fait des semaines et vous passez énormément de temps ensemble. Il va finir par comprendre.

— Ginny ne veut pas. D'autre part, il ne comprendra pas. Tu sais comment il est en couple. Il donne tout. Il s'investit entièrement.

Je serre le téléphone dans ma main.

— Il ne comprendra pas, répété-je.

— Peut-être pas. Je pense tout de même que ça devrait venir de toi.

— Salut, Scott, devine quoi ? Je couche avec ta sœur, mais ne t'inquiète pas, ce n'est pas si sérieux.

Je lance un regard noir à Maverick.

— C'est ce que tu avais en tête ?

Il rit.

— Travaille peut-être la façon de le lui annoncer.

Une goutte de sueur est apparue sur mon front au moment

où nous arrivons à l'appartement, pourtant, c'est Mav qui porte mon sac.

— Pose-le juste là.

Je pointe l'endroit dans le salon où nous avons l'habitude de laisser nos sacs.

— Je le prendrai demain. Merci, mec.

Il sourit, sachant exactement pourquoi je ne veux pas qu'il l'emporte jusqu'à ma chambre. Adam est directement parti chez Taryn et Rauthruss file dans sa chambre pendant que je boitille jusqu'à la mienne. La lumière est éteinte et je me demande comment elle arrive à supporter d'être dans le noir. J'ouvre la porte et la trouve assise sur le lit avec son ordinateur portable ; la luminosité est basse, mais diffuse une lumière douce.

J'allume la lumière au plafond, elle ferme son ordinateur et se redresse. Quand je marche, ses yeux se plissent, inquiets.

— Qu'est-ce qui ne va pas ?

— Douleurs aux côtes.

Elle se met à genoux et lève les mains pour me toucher.

— Doucement.

— Pourquoi tu ne m'as pas dit que tu étais blessé ?

— Je vais bien.

— Allonge-toi.

Autoritaire. Je laisse passer pour cette fois.

Avec précaution, je m'assieds, puis me penche en arrière.

— Je suis quasiment sûr que je ne pourrai plus bouger dans cette position.

Je me débarrasse de mes chaussures et elle s'allonge à côté de moi.

— Merde, j'ai oublié la glace !

— Elle est où ? demande-t-elle en s'inclinant comme si elle allait la chercher pour moi.

— Je l'ai laissée dans la voiture.

— Je peux aller la chercher.

— Non, je gère. Il y en a d'autres dans le congélateur.

Je me relève d'un centimètre, mais Ginny est déjà debout, se dirigeant vers la porte.

— Je reviens.

Elle l'ouvre et scrute le couloir.

— La voie devrait être libre, lui dis-je en sachant que Rauthruss est très certainement encore au téléphone.

Elle hoche la tête et me sourit.

— D'accord. Je reviens.

Je parviens à retirer mon jean même si j'ai bien peur de devoir garder mon t-shirt, lever les bras me fait bien trop mal. J'ajuste l'oreiller derrière ma tête lorsqu'elle revient.

Elle se penche sur moi, lève mon t-shirt et dévoile mon ventre. Elle pousse un cri devant la peau rouge et violacée.

— Pas sûr de pouvoir gérer un triple orgasme ce soir.

Je tente de rire, mais mes côtes n'aiment vraiment pas ça.

— Ce n'est pas grave. J'ai mon ordinateur pour mater du porno. Je peux emprunter ta main, par contre ?

Le sérieux de son regard me fixe assez longtemps pour que ma verge se mette à se faire des idées.

— Oh, mon Dieu, je déconne !

— Pas mal, comme idée, cependant.

Je dois ensuite m'éclaircir plusieurs fois la gorge. Pas mal du tout, comme idée.

Cependant, lorsqu'elle pose la glace sur ma peau, ces idées disparaissent très vite.

— Tu veux regarder un film ? propose-t-elle en se levant et en retirant son pantalon.

Putain, je suis à nouveau dur, maintenant ! Mon corps ne comprend plus rien. Elle s'installe à côté de moi et place son ordinateur entre nous.

— Lequel ?

Elle hésite entre deux films. Je commence à ressentir l'épuisement de cette journée, donc je la laisse choisir.

Une fois que le film commence, elle pose sa tête sur mon torse. Ses cheveux sentent la pomme et me chatouillent le visage. C'est agréable, dois-je admettre. Peut-être que je comprends Rauthruss et son désir de parler à Carrie tout le temps. Même si je n'arrive pas vraiment à envisager d'être en couple au travers d'un portable. Avec Ginny, en revanche ? Mon esprit commence à réfléchir à toutes sortes d'idées pour faire l'amour par téléphone.

Traîner avec Ginny est toujours agréable. Je ne suis même pas déçu que nous ne fassions pas l'amour. Bon, je ne suis pas *trop* déçu. Quand nous le ferons enfin, je veux qu'on soit à l'aise. Surtout en sachant que ses expériences passées n'étaient pas incroyables. Sérieusement, n'importe quoi ! Comment est-ce possible ?

Il y a tellement de passion en Ginny ! L'embrasser est enivrant. Rien qu'être allongé à côté d'elle, une énergie se répand dans mes veines alors que celle-ci n'existe pas quand je ne suis pas avec elle. Faire l'amour avec Ginny, pas grandiose ? Si je n'étais pas aussi fatigué, cette pensée me ferait rire.

VINGT-CINQ
GINNY

Le jeudi soir, Heath et moi nous rendons à la *Maison Blanche* avec Maverick et Dakota. Nous sommes à l'arrière, la grande main de Heath est posée sur mon genou. Son autre main est occupée à écrire des messages.

— Désolé, il se marie l'été prochain et, pour une raison que j'ignore, je dois décider de quel smoking je veux porter tout de suite.

Ses doigts n'arrêtent pas de taper sur l'écran tandis qu'il dialogue avec son frère.

— Un smoking ? Hmmm !

L'image de Heath dans un beau costume ou smoking n'est pas pour me déplaire.

Il lève la tête et me fait un clin d'œil.

— Tu aimes les mecs en costard, hein ?

— J'aime *toi*.

Mav râle.

— Vous deux, vous gâchez tout. Vous auriez dû rester à la maison et niquer, laissez les célibataires faire la fête !

— Ne sois pas méchant avec ma nana, lui dit Heath en fixant toujours son téléphone.

Maverick se tourne dans son siège.

— Vous gâchez tout pour les autres. Les filles vous voient ensemble et vous leur donnez de l'espoir et des illusions sur ce dont nous avons envie. Moi, tout ce dont j'ai envie, c'est une bonne pipe !

— J'espère que ce n'est pas ta réplique pour draguer, lui dis-je.

Heath et Dakota rient. Maverick secoue la tête, mais sourit.

— Quel menteur ! déclare Heath en rangeant enfin son téléphone dans sa poche. Si une fille approche sa bouche de ton paquet, tu la demanderas en mariage.

— Pas faux, soupire Mav. Je suis un romantique dans l'âme.

La façade de la *Maison Blanche* la fait passer pour une belle et respectable maison familiale, mais une fois qu'on met les pieds à l'intérieur, c'est bondé d'étudiants. Cependant, heureusement, ce n'est pas aussi bondé qu'à la pool party. J'arrive d'ailleurs à voir à un mètre, ce soir.

En entrant, je scrute les alentours pour m'imprégner des lieux. La dernière fois que je suis venue, il y avait tellement foule que j'avais du mal à distinguer la beauté de la maison.

— Je sais, hein ? Mon frère vivait ici.

Heath me prend la main. Les deux autres sont déjà partis loin devant.

Vu que mes interactions avec Heath ont été limitées principalement à l'équipe de hockey et à la cafétéria, je ne me suis pas rendu compte à quel point il connaissait du monde. Des gars de l'équipe de basket s'exclament :

— Bébé Payne !

Ils lui posent des questions sur Nathan et quelques filles demandent des nouvelles de Chloé, la fiancée de son frère. Chaque fois qu'il parle à un groupe, Heath me présente, nous discutons et on nous offre verre après verre. À Heath plus qu'à moi.

Résultat, les jambes d'un Heath bourré flageolent grandement au moment où nous arrivons dehors, là où le gros de la fête bat son plein.

Il me prend par les épaules et s'appuie sur moi.

— Je crois bien que je suis saoul.

Je boitille en direction de mes amis, qui sont assis. Dakota a trouvé Reagan et elles ont rapproché deux chaises longues. Elles s'en partagent une et Maverick est sur l'autre, face à elles.

Lorsqu'ils nous aperçoivent, en particulier moi qui tente désespérément de me décharger d'un Heath très lourd, Mav se déplace pour s'asseoir avec Reagan et Dakota et je parviens à nous faire asseoir.

Maverick lève son verre avec un sourire.

— Tiens, le Confident. Comment ça va, mon pote ? Tu vas bien ? Tu as envie de nous raconter tes plus grands secrets ?

Heath mime l'acte de sceller ses lèvres et de jeter la clé, il manque de perdre l'équilibre et s'écrase contre le dossier de la chaise.

— Comment arrives-tu à finir aussi bourré en étant si lourd ? râlé-je en le redressant.

— J'ai envie de t'emmener au *Jardin des oliviers*, dit-il en chancelant un peu et en me fixant. Tu mérites *Le jardin des oliviers*.

Nos amis rient. Toutefois, même ivre et délirant, je ne parviens pas à quitter Heath des yeux.

— Je suis quasiment sûre qu'ils sont fermés à cette heure-ci, mais ce n'est pas une mauvaise idée de manger.

Je regarde Reagan.

— Tu as quoi dans ton sac pour absorber tout cet alcool ?

Tandis qu'elle sort des friandises, tout le monde a tout à coup envie de grignoter. J'arrive à attraper une barre de céréales et un petit sachet de bretzels pour Heath.

— Je crois bien que tu es la femme de mes rêves, déclare

Maverick à Reagan pendant qu'il ouvre un cookie au beurre de cacahuète et qu'il mord dedans.

Il l'engloutit, ainsi que deux autres barres de céréales.

— Allons manger. On peut aller bouffer des pancakes ou commander un fast food et retourner à l'appart. Ooooh, un taco...

Il ferme les yeux et gémit.

— 'Peux pas, interrompt Heath. Je veux passer du bon temps avec ma nana.

Il me prend à nouveau par les épaules.

— Tu pourras passer du bon temps avec elle à l'appart. Nu.

Maverick se lève et tous les autres le suivent.

— Il ne s'agit pas de sexe, dit-il en me regardant d'un air absent.

Mon estomac fait plusieurs bonds.

Nous ne faisons pas l'amour, donc même si nos amis réagissent en poussant des « Oh ! » et en riant, il ne fait qu'exposer les faits. Il ne s'agit pas de sexe, mais je crois que ça va vite devoir changer.

Je me lève et le tire vers le haut.

— Allez.

— On va au *Jardin des oliviers* ?

Le lendemain matin, Heath se réveille tandis que je m'habille et me prépare à me faufiler hors de sa chambre.

— Tu crois aller où comme ça ?

Il me recouche et me serre contre son torse.

— Je dois aller en cours.

— Dans trois heures.

Il a les yeux à peine ouverts, mais apparemment, il sait l'heure.

— Je veux partir avant que les autres se réveillent.

L'appartement est encore silencieux, mais il y a match, aujourd'hui. Je sais que les gars se lèveront bientôt pour aller patiner.

— Tout ira bien. Viens te coucher, murmure-t-il au-dessus de ma tête.

Je me tourne afin que nous soyons face à face, je dessine de petits cercles sur son torse.

— Tu dois te lever dans une demi-heure.

Je décide de tenter une autre approche. En glissant une jambe sur lui, je me place au-dessus. Il pousse un cri étranglé entre un grognement et un soupir. Je l'inonde de bisous, sur sa mâchoire, dans son cou, sur sa poitrine. Ses mains viennent dans mon dos, l'une remonte et empoigne mes cheveux. Il tire juste assez fort pour lever mon menton.

— Tu fais quoi, Ginny ?

Au lieu de répondre, je réduis l'espace entre nos bouches et l'embrasse avec force. Je le sens sourire, jusqu'à ce que j'ondule les hanches contre la bosse dans son jogging.

D'un mouvement fluide, il me met sur le dos et se place au-dessus de moi. Il abaisse le bas de son corps pour se frotter contre le mien.

— C'est ce que tu veux, Geneviève ?

Mes joues s'enflamment. Oui, mais soudain, je me sens très timide.

Il lève mon menton du doigt.

— Pas besoin d'être gênée. Tu peux sentir à quel point j'ai envie de toi, mais tu veux quoi, Geneviève ?

J'ai du mal à trouver la parole.

— Pas besoin de se presser.

Ses mots doux me réconfortent, mais putain, comme j'aimerais être prête ! Ce n'est pas que je n'ai pas envie de faire l'amour avec Heath. J'en ai envie. Beaucoup. Mais c'est important pour moi, encore plus peut-être maintenant que je sais que par le passé, ça ne l'était pas pour lui. Et à cause de mes anciennes expériences.

Je hoche la tête et son pouce glisse sur ma lèvre inférieure avant qu'il m'embrasse à nouveau. Mon esprit émet peut-être des réserves, mais pas mon corps. Un quart d'heure plus tard, nous sommes sommairement en train de nous frotter l'un à l'autre lorsque Heath remonte ma jambe. Ses doigts effleurent le tissu en dentelle entre mes cuisses et un frisson parcourt tout mon corps.

Son pouce frotte le petit nœud de nerfs par-dessus ma culotte pendant qu'un autre doigt se glisse dessous. Je gémis, puis plaque une main sur ma bouche.

Heath dégage ma main.

— Je veux entendre à quel point je te fais du bien.

Il entre et sort son doigt plusieurs fois avant de décider que ma culotte le gêne trop et de la descendre à mes chevilles. Je crois qu'il se déplace pour me l'enlever et la jeter par terre, ce qu'il fait, mais alors ses épaules larges écartent davantage mes jambes et il enroule un bras autour de moi pour que je reste ainsi.

Je me cambre jusqu'à sa bouche, en désirant plus tandis que sa langue s'aplatit sur mon clitoris palpitant.

Il donne tout, suçant et léchant. Lentement au début, mais lorsque je me fais plus bruyante et que l'orgasme approche, il écarte encore mes jambes et intensifie la pression. Quand je commence à basculer, j'empoigne ses cheveux et chevauche son visage.

Lorsque mon orgasme se termine, un autre grandit. Il grogne quelque chose qui vibre contre mon sexe et s'accroche, suçotant mon clitoris quand la deuxième vague me submerge.

Mon corps s'affale sur le matelas. La tête de Heath est encore entre mes jambes et il dépose des baisers chastes à l'intérieur de mes cuisses et sur mes hanches. Je tends le bras, m'aventurant sous son survêtement.

Il ne porte pas de sous-vêtements, ce qui signifie que j'ai facilement accès pour enrouler les doigts autour de son membre durci. Il siffle et bouge les hanches. Un rythme lent avant qu'il se mette à baiser ma main, ses coups de reins rapides. Il gronde en éjaculant à l'intérieur de son pantalon.

Nous nous tenons épaule contre épaule en reprenant notre souffle.

— Tu viens te doucher avec moi ? propose-t-il en dégageant les cheveux dans mon cou et en me l'embrassant.

Nous traversons le couloir jusqu'à la salle de bain à pas de loup. Il démarre la douche pendant que je contemple mes cheveux rebelles dans le miroir.

Il se retourne et baisse son pantalon. Je ne me lasserai jamais de le voir nu. Ma gorge se ferme et je me contente de l'admirer. Il s'avance, m'embrasse, puis retire mon t-shirt.

— Tu es magnifique.

Je touche sa verge à nouveau dure en déglutissant.

— Tu es énorme.

Il rit.

— Viens.

Il me laisse grimper dans la douche la première et me suit, tirant le rideau.

Je me lave les cheveux. Heath nous badigeonne ensuite de son gel douche. C'est curieusement amusant et ridicule de me laver avec lui. Il est adorable avec ses cheveux plaqués. Son membre rigide n'arrête pas de me toucher, mais il ne fait aucune avance.

Nous nous séchons et retournons dans sa chambre avant que j'entende les autres commencer à s'affairer dans la maison.

Je m'assieds sur le lit et brosse mes cheveux mouillés avec

mes doigts tout en observant Heath enfiler un t-shirt gris des Coyotes.

— C'était comment quand tu as été recruté ?

— Cool.

— Cool ? C'est tout ?

Il m'adresse un sourire prétentieux sexy.

— Vraiment cool ?

— Je suis sérieuse.

— C'était incroyable et surréaliste. Sûrement l'un des plus beaux jours de ma vie.

— Je suis jalouse que tout soit tracé pour toi. Je n'arrive même pas à décider quels cours j'ai envie de suivre au prochain semestre.

— Je crois que tu rates la meilleure partie de la fac.

— Qui est ?

— S'amuser et ne pas trop penser à l'avenir.

Je grogne.

— Dixit le gars qui connaît son destin.

— Peut-être, mais il n'y a aucune garantie que, quand le moment viendra, je jouerai. Des millions de choses peuvent se passer d'ici là qui peuvent tout faire foirer.

Je ne pensais pas que Heath se préoccupe de son avenir alors que celui-ci est déjà écrit. Je ne stresse pas au sujet de la vie après l'université, je planifie seulement. Je suppose qu'une fois qu'on sait, la seule chose inquiétante, c'est que ça puisse tourner mal.

— Tu viens d'arriver. Laisse-toi un peu de temps pour simplement profiter et laisser la vie suivre son cours. Tu n'as pas besoin de planifier les trois prochaines années ou au-delà. Quel amusement y aurait-il à ça ? Il y a quatre mois, je ne te connaissais pas et maintenant oui.

Il réduit l'espace entre nous et pose les mains sur le matelas, de chaque côté de moi.

— Ne pas savoir peut être excitant.

On frappe à la porte et la voix de Maverick se fait entendre.

— Eh, Payne, on y va ?

Heath approche sa bouche de la mienne et m'embrasse tendrement.

— Je crois que je vais attendre que vous soyez partis, chuchoté-je.

— Comment tu vas retourner à la cité U ?

— Je marcherai.

— Non.

— Non ?

Il trouve les clés de sa voiture sur son bureau et me les jette. Il m'embrasse une dernière fois avant de partir.

VINGT-SIX
HEATH

Nous nous posons dans l'appartement avant de partir à la patinoire pour le match de ce soir. Rauthruss est en visio avec Carrie et ça ne m'embête pas autant que d'habitude. Mav partage son traditionnel sandwich au beurre de cacahuète avant un match avec Charli et Adam fixe la télévision, l'air très concentré.

Je sais qu'il porte le poids du monde sur ses épaules avant les matchs, s'inquiétant de la façon dont nous allons jouer. Il se met beaucoup de pression, ce n'est sûrement pas vraiment nécessaire, mais j'imagine que c'est la raison pour laquelle il est capitaine.

— Scott, tu vas faire quoi après ton diplôme ? demandé-je, surpris de ne pas savoir.

Mav a déjà signé chez les Cats de Boston et la famille de Rauthruss gère une école de hockey où il souhaite prendre la relève.

— Je suis en prépa médecine, mec. Je vais partir en école de médecine.

— Sérieux ?

Les autres me regardent avec des expressions tout aussi surprises.

— Je ne savais pas.

Ou peut-être que si et que j'avais déjà oublié. Je ne passe pas beaucoup de temps à penser à la semaine prochaine. Même réfléchir à mon propre avenir paraît bizarre. J'ai accepté de devenir joueur professionnel, mais je n'ai pas vraiment l'impression que ça va se réaliser. Deux ans et demi, ça a l'air si lointain !

— On va massacrer des gens et il va les rétablir, dit Mav, la bouche pleine de beurre de cacahuète.

— Je te vois bien en médecin sportif, ce serait cool.

Il rit.

— Merci. Je n'y avais pas pensé, dit-il d'un ton sarcastique.

— Désolé. Tu en as sûrement déjà parlé et c'est entré par une oreille et sorti par l'autre. Faire des projets n'est pas vraiment mon truc.

— En parlant de projet, ça vous gêne si je dors ici, ce soir ? demande Maverick. Je vais voir cette fille tout à l'heure, Holly, et je ne veux pas qu'elle sache où je vis.

— Mec, c'est dégueu, arrête de baiser sur notre canapé. Tu as ton propre appart pour ça, dit Adam en riant, d'humeur légère, avant que nous devenions sérieux et prêts pour le match.

Il me regarde.

— Et toi ? Je n'ai vu aucune fille partir en courant le matin.

— Tu n'es jamais là, signale Rauthruss, parvenant curieusement à suivre deux conversations, la sienne avec Carrie et la nôtre.

— Bon, oui, c'est vrai, mais je ne les vois pas non plus se glisser dans ta chambre le soir, avant que je parte chez Taryn.

Mav arbore un large sourire moqueur.

— Oui, Heath, t'en es où ?

Bon, maintenant, je sais pourquoi je n'essaie pas d'échanger des banalités avec Adam.

Je me lève et me dirige vers ma chambre.

— Contentez-vous de vous concentrer sur le hockey.

Je reviens avec mon sac. Il est un peu tôt, mais j'ai besoin de quitter cette conversation.

— Vous êtes prêts à y aller ?

Aucun d'eux ne mentionne l'heure. Ils sont simplement aussi prêts à partir d'ici que moi.

— Eh, tu peux m'emmener au *Repaire* ? demande Maverick après le match.

J'enfile un t-shirt et un jean, mais je jette un coup d'œil en direction d'Adam pour m'assurer qu'il est hors de portée avant de répondre.

— Je peux te déposer, mais je ne reste pas.

— Pourquoi ?

— Je sors avec Ginny.

— Un rencard ? questionne-t-il, trop fort à mon goût.

Adam ne nous prête toujours pas attention, alors j'acquiesce.

— Oui, un rencard, une sortie, peu importe.

— Vous allez où ?

— Je ne sais pas. Peut-être à *La figue de Barbarie* vu que tous les gars seront au *Repaire*.

La figue de Barbarie est notre deuxième lieu de prédilection dans le coin, mais le week-end. Il est souvent bondé d'habitants de la ville, donc nous avons moins de chance de tomber sur une connaissance.

— C'est nul, comme rencard.

— Alors je suppose que ce n'en est pas un.

— Eh, Scott, lance Mav et je résiste à la tentation de le rouer de coups. C'est où, le meilleur endroit à Valley pour emmener une fille en rencard ?

— Le vendredi soir ? demande Adam, les sourcils froncés pour réfléchir. Le drive-in sur Mount Loken ou presque partout au centre-ville. *Araceli* a un joli patio extérieur et on y mange bien.

— Je ne te savais pas romantique, Mav, commente Jordan.

Mav rit.

— Les gens sont surprenants, n'est-ce pas ? Merci, Scott, je savais que tu m'aiderais.

Maverick ferme son casier et se tourne vers moi avec un air satisfait.

— Prêt ?

***

Je passe prendre Ginny à la cité universitaire. Elle se glisse sur le siège passager, vêtue d'une robe courte et sentant les pommes et la cannelle. Je ne peux m'empêcher de l'embrasser en stationnant sur l'arrêt-minute. Quelqu'un klaxonne et je m'écarte à contrecœur, puis je retourne sur la route.

— On va où ?

Ginny rayonne et je suis tout à coup content d'avoir une meilleure alternative que *La figue de Barbarie*.

— Tu verras.

Je pose la main sur sa cuisse et sors de la ville.

Je roule en direction de la périphérie, là où les maisons sont plus grandes, construites au bas de la montagne et à l'écart les unes des autres.

Les routes sont presque désertes, il y a autant de gens à vélo ou à pied que de voitures. Il fait encore beau et chaud en Arizona. Les feuilles de certains arbres sont en train de roussir, mais la plupart sont, comme d'habitude, vert et marron terne. Ça n'a rien à voir avec ce à quoi je suis habitué dans le Michigan.

Même au plus froid de la saison, les journées sont trop chaudes en Arizona pour considérer cela comme un vrai temps automnal.

Il nous faut presque une heure pour monter jusqu'au sommet de la montagne. La route sillonne entre les arbres et nous suivons une longue rangée de voitures, toutes ayant la même idée.

Je me gare et nous sortons prendre à manger avant le début du film.

— Il fait tellement plus frais en altitude, dit-elle en enroulant les bras autour de son corps tandis que le vent balaie le parking.

Ah, merde ! Je n'avais pas pensé à ça. Je fais demi-tour et attrape un pull dans la voiture. Elle l'enfile par-dessus sa robe. Il est presque aussi long que celle-ci et elle est tellement sexy ! Je dégage son visage et dépose un baiser sur ses lèvres.

— Tu as faim ?

Elle presse sa bouche contre la mienne et hoche la tête. Je la blottis derrière moi jusqu'au stand de nourriture. Nous commandons des hot dogs, du pop-corn, du soda et plein de bonbons, plus que deux personnes ne devraient manger (d'après Ginny, évidemment), avant de retourner au véhicule. Le film vient de commencer, j'ouvre l'arrière et l'aide à monter dans la remorque de mon SUV.

— Comment toi, tu connais cet endroit ?

— Moi ?

Elle sourit.

— C'est bien ce que j'ai dit.

— En fait, ton frère en a parlé, avoué-je en riant.

Son nez se plisse.

— Mon frère ? Beurk ! Il amène ses rencards ici, c'est ça ?

— C'est pas mal comme endroit, je dois admettre.

J'étale un plaid et nous nous asseyons, elle se blottit contre moi.

— Allez, ça va être marrant.

Nous attaquons notre repas en regardant la première demi-heure. C'est un vieux film de Cary Grant auquel je n'accroche pas trop, mais Ginny sourit et elle se trouve pratiquement sur mes genoux, donc ça me va très bien.

Lorsque nous perdons de l'intérêt pour le film, nous nous allongeons dans le SUV, la tête vers l'extérieur pour pouvoir contempler les étoiles.

— C'est vraiment sympa, ici, dit-elle.

— Oui, je crois que je vais y amener d'autres rencards.

Elle tourne la tête pour me regarder. Nous sommes tous les deux en train de sourire.

— Connard !

Ses yeux pétillent et la satisfaction m'envahit quand j'approche doucement ma bouche de la sienne.

Embrasser Ginny est la meilleure chose au monde. Elle est amusante et sexy, quand nous sommes ensemble, tout est simplement naturel. Son nez est froid, je ramène le plaid contre nous et la tiens tout contre moi.

— Tu étudies quoi ?

Elle rit un peu, prise au dépourvu par ma question alors que ma verge s'agitant contre elle lui fait comprendre à quel point j'aimerais être en elle.

— Je n'ai pas encore décidé. Pourquoi ?

— Simple curiosité. Je me suis rendu compte aujourd'hui que je ne suis pas doué pour m'intéresser aux gens. Je ne savais même pas que ton frère était en prépa médecine.

— Adam n'en parle pas beaucoup, étrangement. Il est discret sur tout ce qu'il fait, vraiment. Il prend les choses en main et s'occupe de tout pour que personne d'autre ne se sente responsable. Je sais que je me plains qu'il s'immisce dans ma vie, mais il a toujours veillé sur moi, toujours prêt à me sauver des problèmes. Il ferait tout pour moi, sans poser de questions.

Tenterait-il de la sauver du problème que je suis ? Le trou dans mes entrailles me dit que oui.

Ses cheveux virevoltent devant mon visage et elle essaie de les dompter.

— La façon dont tu parles d'Adam me rappelle beaucoup Nathan. Toujours à veiller sur moi, même quand je n'en avais pas envie.

— Peut-être qu'on est juste bons à leur donner des raisons de s'inquiéter pour nous.

— C'est sûrement vrai.

Je repense à toutes les fois où j'ai donné à Nathan des raisons de s'inquiéter.

— Et toi ? Tu vas devenir une grande star du hockey quand la fac sera terminée. Ça fait bizarre d'avoir son avenir tout tracé ?

— Ça semble dans si longtemps que ça n'a pas encore l'air réel, je suppose.

— Tu m'obtiendras des billets pour que je vienne t'encourager ?

J'aime l'imaginer présente aux matchs même si c'est peu probable que ça arrive.

— On pourrait faire du troc.

— Ah oui ? Tu as quoi en tête ?

Cette lueur sexy est revenue dans son regard.

— Rien de convenable pour les enfants assis dans le minivan à côté de nous, lui dis-je en me redressant.

Je prends sa main et l'approche de moi. J'embrasse son front et dis :

— On pourra en discuter chez moi.

VINGT-SEPT
GINNY

Le dimanche, je traîne Heath jusqu'à ma chambre universitaire pour passer du temps avec lui. Ava est encore absente, donc nous nous asseyons sur mon lit. Nous regardons la télévision, nous embrassons, regardons la télévision, faisons la sieste, nous embrassons... parfait pour la fin d'un week-end génial.

— Tu pourrais rester dormir, proposé-je alors qu'il s'habille pour partir.

— J'aimerais bien, mais j'ai promis à Maverick qu'on bosserait Shakespeare. Son devoir est demain.

Je pousse un soupir.

— Je devrais probablement faire mes devoirs, moi aussi. Quelqu'un m'a distraite tout le week-end.

Il se penche pour m'embrasser.

— Ça ne semblait pas trop t'embêter quand tu te frottais à mon visage.

Un nouveau désir naît en moi, il doit le lire sur mon visage, car je me retrouve tout à coup sur le dos, lui sur moi. Il m'embrasse comme si le monde allait s'effondrer s'il ne le faisait pas.

Un cri et le bruit d'une porte qui se ferme nous séparent.

Je fais un sourire d'excuse à Ava. Peu importe le nombre de fois où elle croise Adam ou Heath, elle devient toujours toute timide en leur présence.

— Salut, Ava, dit-il à ma camarade de chambre.

Il s'écarte alors lentement de moi, mais pas sans un autre baiser rapide.

— Salut, bébé. On se voit à la cafèt' demain ?

— Euh... oui.

Je réfléchis à mon emploi du temps.

— Seulement pour le petit déjeuner par contre, je travaille au Hall of Fame l'après-midi.

— Dommage.

Il me fait un clin d'œil, puis s'en va.

Le lundi après-midi, j'ai trois visites à la suite. Ce n'est que la deuxième fois que je travaille seule. Généralement, nous le faisons à deux, mais aujourd'hui, je suis la seule disponible.

J'ai un collégien, une recrue de football et enfin, une recrue de hockey. Savoir que je verrai sûrement Heath avant ou après la dernière visite rend les heures très longues. Il fait cependant beau, aujourd'hui. L'Arizona et son temps parfait, avec son ciel bleu et une légère brise automnale. J'emmène Andi, la footballeuse, sur le terrain d'entraînement et nous nous asseyons pendant que je la laisse me poser des questions et profiter de cette expérience.

Nous revenons juste à temps pour ma dernière visite. Je la confie à une fille de l'équipe de Valley quand Rauthruss et Maverick entrent avec la recrue de hockey, Tom.

— Geneviève ! lance Maverick, sa voix résonnant sans le vaste hall.

J'agite la main et m'avance.

— Salut, ravie de te rencontrer.

Je souris et tends la main à Tom.

— Tu es entre de bonnes mains, lui assure Mav. Ginny est la sœur d'Adam et Heath est son...

Il se reprend à temps, mais ma pression sanguine grimpe tout de même en flèche. Mav tousse.

— ... ami.

— Merci, les gars.

J'évite l'atmosphère gênante en m'éloignant et en invitant Tom à me suivre, la tête inclinée vers notre destination.

Tom est un type calme qui ne dit pas grand-chose pendant que je lui fais faire le tour. Nous passons par les lieux habituels de la visite, mais je n'arrive toujours pas à savoir ce qu'il pense, jusqu'au dernier arrêt.

— Et voici la salle high-tech.

Je fais de mon mieux pour jouer les présentatrices tandis qu'il contemple la salle sombre avec de grands yeux et un sourire excité. De la musique entraînante résonne déjà et, en appuyant sur un seul bouton, l'écran prend vie, diffusant le message de bienvenue habituel dans toute la pièce.

Tom entre, se laissant aller petit à petit et s'émerveillant un peu.

— C'est tellement cool !

— Pas vrai ?

Je le suis et nous enferme à l'intérieur.

Je lance la vidéo sur l'équipe de hockey et me retire vers le fond pour le laisser apprécier le clip de cinq minutes le plus tranquillement possible.

La salle high-tech est toujours la partie préférée de mon travail. Je pourrais rester assise là toute la journée. Même moi, je me sens invincible après avoir visionné les vidéos. Pourtant, je n'ai pas hérité du goût pour le sport comme mon frère.

J'attends les passages avec Heath, j'ai presque retenu les moments où son visage ou une de ses actions apparaît.

Ça se passe super bien. Bien que je n'aime pas le cacher à mon frère, c'est sympa de passer du temps avec Heath sans qu'on nous juge ou nous pose des questions. J'adore mon frère et je comprends son désir de me protéger, mais je n'ai pas besoin de lui dans cette histoire, et je n'ai pas envie de parier que ça ne le gênera pas. Heath et moi nous amusons. Beaucoup. Oui, peut-être que mes sentiments sont devenus plus forts que ça, mais je refuse de m'étendre là-dessus en les analysant. Mais alors que le visage de Heath s'étale sur l'écran, arborant un sourire prétentieux et désarmant, mon corps fond.

D'accord, il me plaît beaucoup. Qui aurait cru que sortir avec quelqu'un serait aussi amusant ? Je n'ai jamais autant ri ou ne me suis sentie aussi désirée. Et je n'entends pas par là son plaisir évident pour mon corps. Nous passons beaucoup de temps ensemble et seulement la moitié nus. Soixante-dix pour cent du temps.

Lorsque la fin de la vidéo approche, je m'avance et prépare ma tablette. C'est la dernière visite de la journée et je dois effectuer plein de manipulations différentes que je n'ai jamais faites pour tout éteindre. Dakota m'a montré plusieurs fois et elle m'a envoyé les instructions plus tôt dans la journée pour m'aider.

L'université a dépensé une belle somme pour la salle et je ne veux rien casser.

Quand l'image se fige enfin sur l'écran au bout, Tom se tourne vers moi.

— Génial, pas vrai ? demandé-je devant son sourire captivé.

J'ai déjà vu cette expression. Il est totalement conquis.

— Laisse-moi juste tout éteindre et des garçons devraient t'attendre à la réception pour t'emmener à la patinoire.

Je tape sur l'écran et commence à tout éteindre. Je transpire un peu avec Tom qui me fixe pendant que je jongle entre mon téléphone et la tablette.

— Désolée, c'est la première fois que je ferme pour la nuit.

— Pas de problème.

Il fourre les mains dans ses poches. Je me tourne légèrement et me dirige vers la porte. Il ne fait pas nuit noire là-dedans, mais la luminosité n'est tout de même pas assez forte pour que je me sente à l'aise. Dakota est bien plus douée pour que tout s'enchaîne bien, il n'y a pas de laps de temps, avec elle.

— OK, je crois que c'est bon, dis-je en appuyant sur le dernier bouton.

Sauf qu'au lieu d'ouvrir la porte, cela éteint tous les écrans et à présent, nous sommes vraiment dans le noir total.

Merde ! J'ai oublié d'ouvrir la porte avant d'éteindre.

Pas de problème. Je gère. Les mains tremblantes, j'essaie d'allumer les écrans, mais ça ne marchera pas tant que le système n'aura pas redémarré. Je cherche un autre bouton, espérant en trouver un qui allumerait la lumière.

Oh merde ! Merde, merde, merde, merde, merde !

— Une seconde. Je suis vraiment désolée.

Ma respiration est rapide, je halète en envoyant un message à Dakota, puis appuie au hasard sur les boutons de la tablette, espérant avoir de la chance. Je suis sûre que la solution est très simple, mais je panique. Oh mon Dieu !

— Ça va ? demande Tom.

Je crois que je hoche la tête, mais ce n'est pas très crédible, car je me recroqueville sur moi-même contre le mur.

Un, deux, trois...

VINGT-HUIT
HEATH

Quand Adam et moi arrivons au Hall of Fame, le chaos règne. Une foule s'est amassée au fond de la grande salle et plusieurs agents de sécurité se tiennent devant la salle high-tech.

— Qu'est-ce qui se passe ? s'enquiert Adam.

Mon pouls s'enflamme et l'adrénaline monte alors que nous nous dirigeons vers tout ce remue-ménage.

— Que se passe-t-il ? demandé-je à l'un des footballeurs présents, observant les agents qui parlent dans leurs talkies-walkies.

— Deux personnes se sont retrouvées enfermées dans la salle high-tech.

À ce moment-là, les portes s'ouvrent et une Ginny éreintée apparaît. Sa respiration est si laborieuse que je peux voir sa poitrine se lever et se baisser, son regard affolé, la tablette plaquée sur son ventre. Adam et moi nous approchons d'elle et, lorsqu'elle nous aperçoit, elle accélère le pas.

J'entends Adam jurer silencieusement dans sa barbe.

Il est juste devant moi et je suis tellement soulagé qu'il soit là, parce qu'elle a l'air d'avoir besoin de lui. Elle est à deux doigts de craquer. Mais quand nous la rejoignons enfin, elle ne se jette pas dans ses bras, mais dans les miens.

Son corps est flasque tandis qu'elle inspire de façon éraillée. Ma gorge est serrée et ma poitrine se fend en deux, je la laisse se glisser en moi. Je ressens sa peur avec une telle force, c'est comme si un camion m'avait percuté et m'avait traîné sur deux kilomètres. Je ne trouve pas l'oxygène pour parler, donc je la prends dans mes bras et blottis sa tête sous mon menton.

Je jette un œil à Adam, sa présence est tel un nuage sombre au-dessus de nous. Son regard noir passe de confus à furieux, mais ce n'est ni le moment ni l'endroit pour avoir cette conversation.

Il pense la même chose, je la garde contre moi pendant qu'il nous octroie un peu d'intimité, disant à tout le monde d'aller se faire voir de façon à peine plus polie.

— Ginny. G, ça va ?

Son attention à nouveau tournée vers nous. Sa voix est douce, je m'attendais à ce que sa rage explose.

Elle s'écarte de moi, ne croisant pas mon regard, et part se blottir dans ses bras. Il paraît soulagé lorsqu'elle se colle à lui.

— Qu'est-ce qui s'est passé ? demande-t-il gentiment en prenant sa tête dans ses mains.

Elle tente de parler, mais sa voix tremble. Il lui fait signe de se taire.

— Plus tard, G. Détends-toi.

Il est calme et adorable avec elle, je suis soulagé qu'il soit là et qu'il trouve les mots justes, même si ça signifie qu'il va me botter le cul tout à l'heure.

La mâchoire d'Adam se contracte et il désigne quelque chose par-dessus ma tête.

— Tu peux emmener Tom à la patinoire ?

Le visage de Ginny est blotti contre lui, je la vois de profil.

Elle ne pleure pas, mais ses yeux sont fermés et ses cils sombres effleurent sa peau douce.

— Heath, menace Adam d'une voix tranchante.

Je fais un pas en arrière.

— Oui. Oui, d'accord.

Adam ne se pointe pas à la patinoire pendant que je montre les vestiaires et l'équipement d'entraînement de l'équipe à Tom. Les gars libres cet après-midi traînent dans le coin, y compris Maverick et Rauthruss. Ils me demandent où se trouve Adam. Je hausse les épaules et me concentre pour en finir avec cette visite.

Quand le coach arrive, je lui laisse Tom et décide d'aller patiner un peu pour m'éclaircir les idées. Je suppose qu'Adam va venir et me jeter contre la barrière à tout moment, mais il ne le fait pas.

Je rentre d'un pas lourd à la maison, la peur et la culpabilité me tenaillant. Peu importe le nombre de fois où je me dis que ça ne le regarde pas, je n'y trouve aucun réconfort.

Adam est au téléphone sur le canapé quand j'arrive à l'appartement. J'hésite, mais finis par décider que j'ai besoin de prendre une douche avant qu'il se défoule sur moi. Une fois propre et habillé, il est toujours au même endroit, mais n'est plus au téléphone. Il ne me regarde même pas lorsque je le rejoins dans le salon.

Je suis déjà en nage, incertain de savoir comment aborder la discussion. Rapide et sincère, crever l'abcès.

— Ce n'est pas ce que tu crois.

Un grondement se fait entendre dans sa poitrine et ses yeux deviennent deux petites fentes. Furieux. Putain ! D'accord, pas super pour commencer, je l'admets.

— D'accord, c'est ce que tu crois.

— De toutes les filles, mec. Tu peux avoir n'importe laquelle, mais pas elle. Pas mon bébé de sœur.

— Je suis désolé si ça t'énerve. J'aurais peut-être dû te le dire. Non pas parce que je crois avoir besoin de ta permission, mais par respect. J'en suis désolé, mais je ne suis pas désolé de kiffer ta sœur. Elle est géniale et elle me plaît énormément. Je n'ai pas besoin de ta permission. Ginny non plus, quel que soit le gars avec qui elle décide de sortir.

— Ginny a tenu le même discours.

Il se lève. Il fait facilement huit centimètres de plus que moi et il profite de chacun d'eux.

— Dis-moi honnêtement que tu te considères comme assez bien pour elle. Putain, mec, je sais comment tu es avec les femmes ! Je ne veux pas qu'elle subisse ça, c'est si dur à comprendre ?

Il n'attend pas que je réponde, il se dirige vers sa chambre et claque la porte.

— Taryn et lui montent la garde dans le salon, dis-je à Ginny au téléphone plus tard.

Ils ne restent jamais à l'appartement. Ça fait partie de l'expérience quand Adam Scott est en couple : il se plie en quatre pour sa petite amie et dort toujours chez elle. Du moins, c'est ce qu'on m'a dit. Vu que c'est la première année que je vis avec lui, je ne sais pas vraiment, mais un jour, Rauthruss a lâché avec désinvolture qu'Adam invitait rarement ses copines à dormir.

— Et alors ? Je passe, c'est tout. Il va faire quoi ? Me virer de chez vous ?

— Non, mais il pourrait me virer moi.

Elle râle.

— C'est stupide. Je peux sortir avec qui j'en ai envie.

— Il veille simplement sur toi.

— Je n'ai pas besoin qu'il veille sur moi, soupire-t-elle. J'imagine qu'il vaut mieux lui laisser quelques jours pour digérer.

Ma poitrine se comprime, je me demande si dans quelques jours, elle décidera que ça ne vaut pas le coup de se prendre la tête avec lui. Peut-être que ce serait pour le mieux.

Cependant, le lendemain matin, elle m'attend devant la cafétéria. Un sourire bête apparaît sur mon visage.

Je la prends dans mes bras et elle rit.

— Je t'ai manqué ?

— Oui.

Je m'empare de sa main et fais la queue avec elle pour les omelettes.

— J'ai besoin de ma main, dit-elle.

Je prends conscience que je la tiens toujours.

Nous nous installons à notre table habituelle. Cinq minutes plus tard, Mav s'assied à côté d'elle.

— Salut, Roméo et Juliette.

Ginny rit.

— Leurs familles étaient ennemies. Ce n'est pas vraiment ça.

— Eh bien, c'est tout de même une tragédie shakespearienne. Vous allez faire quoi ?

Je hausse les épaules. J'y ai songé toute la nuit et je n'ai toujours pas de réponse.

— Je rentre chez moi ce soir, annonce-t-elle. Je suis sûre qu'à mon retour dimanche, il s'en sera remis.

Je n'en suis pas si certain.

Après les cours du matin, je retourne à l'appartement. Ginny est en chemin pour profiter du week-end de

Thanksgiving chez ses parents. La perspective de passer autant de jours sans elle m'agace réellement.

Rauthruss est au téléphone avec Carrie. Mav et Adam sont encore sur le campus. J'ai reçu un tout nouveau colis de la part de Chloé et Nathan, je le prends et vais dans ma chambre.

J'appelle mon frère en ouvrant le carton.

— Salut, répond-il à la deuxième sonnerie.

— Salut. J'ai reçu ton dernier colis.

— Et ?

Dès que j'ouvre le paquet, un rire rauque s'échappe de ma gorge.

— Celui-là vient de toi.

— Quoi ? Comment tu le sais ?

— On dirait que tu es allé au supermarché et que tu t'es contenté de prendre un peu de tout.

Je sors un déodorant, du gel douche, des préservatifs (oh, sérieusement ?), du dentifrice, des crayons, une énorme bouteille de mes protéines préférées et une carte cadeau Xbox.

— En plus, tout a juste été mis dans le carton comme ça. Les paquets de Chloé sont bien plus soignés que les tiens.

— Je savais que j'aurais dû lui demander de tout empaqueter.

Je ris à nouveau.

— Merci. Ça me fait plaisir.

M'asseyant à mon bureau, je m'appuie contre le dossier de la chaise pendant qu'il me raconte les derniers détails du mariage. Se marier demande d'affreux préparatifs, apparemment.

— Alors, crache le morceau, finit-il par dire quand il en a terminé avec l'énumération des plats du repas et la dégustation de gâteaux. Tu as pensé quoi de Kevin ?

— Ça va, dis-je en haussant les épaules même si Nathan ne peut pas le voir. Maman est heureuse donc c'est bien, pas vrai ?

— Oui, je suppose. Ça fait bizarre de la voir avec quelqu'un d'autre quand même. Qu'il soit gentil ou non.

J'acquiesce d'un petit bruit de gorge.

— Tu continues à l'appeler et à prendre de ses nouvelles ?

— Non. Je veux dire, on parle une ou deux fois par mois, mais elle n'a plus besoin que je le fasse. Elle a Kevin. En plus, Oncle Doug prend encore de ses nouvelles.

— Oui, j'imagine. Chloé et moi allons aller passer Thanksgiving avec elle. Dommage que tu ne puisses pas venir.

— Je suis sûr que vous vous amuserez bien.

Nous avons un match le samedi, donc ce sera un jeudi comme un autre ici, même si ça fait plaisir d'avoir quelques jours de vacances.

— Je ne pourrai jamais la faire sourire comme toi. Tu te souviens de la fois où on est allés au parc aquatique dans le Wisconsin ?

Je souris, sachant exactement de quoi il va me parler.

— Elle est montée au sommet de ce gros toboggan et elle ne voulait pas bouger. La queue s'allongeait et les gens lui criaient de se dépêcher. Des gosses de six ans prenaient ce toboggan.

— Elle a le vertige.

— Oui. Je ne sais même pas pourquoi elle a essayé, déjà.

— Parce que j'avais trop peur d'y aller tout seul et que tu te plaignais que je te suivais partout, toi et ce type avec qui tu traînais...

— Lee.

Je hoche la tête.

— Elle est montée pour moi. Je savais qu'elle avait peur elle aussi, mais je m'en fichais.

— Mec, tu avais quoi, neuf ans ?

— Je savais tout de même que c'était une mauvaise idée.

— Tu as chanté pour elle de tout ton être pour qu'elle descende.

— Je devais hurler pour qu'elle m'entende par-dessus tous les cris.

Il rit.

Je souris à présent, mais j'avais si honte à l'époque ! Nathan s'est moqué de moi durant des semaines.

— Tu as toujours été doué pour la calmer, tu étais son roc. Tu l'es toujours. Elle va peut-être mieux, mais personne ne peut la rendre aussi heureuse que toi. Appelle-la.

En raccrochant avec Nathan, j'envoie un message à ma mère pour prendre des nouvelles et je me promets de l'appeler demain. La carte cadeau à la main, je pars dans le salon. Tout le monde est revenu du campus, Adam est à nouveau en mode chien de garde entre la porte d'entrée et ma chambre.

Je jette la carte cadeau sur la table basse.

— J'allais commander des pizzas et acheter le nouveau *Call of Duty*. Ça vous dit ?

Rauthruss s'empare de la carte.

— C'est pas vrai ! Génial, mec, je suis partant !

Nous regardons tous les deux Adam. Celui-ci hausse ses larges épaules. J'imagine que c'est un début.

VINGT-NEUF
GINNY

Salut, ma belle. Pourquoi tu n'es pas dans mon lit ?

J'ai reçu une meilleure offre.

Putain, meuf ! Ça fait mal !

Je me suis dit que tu comprendrais mieux que quiconque. Ma mère cuisine depuis des jours. TELLEMENT DE BOUFFE !

Mon ventre vient de gargouiller, sérieusement. En plus, ma verge est dure rien que quand je t'écris.

Des preuves ou je ne te crois pas.

BEAU GOSSE DU CAMPUS

Des photos de verge… jamais une bonne idée,
Geneviève.

MOI

Comme les photos de minou *frisson*

BEAU GOSSE DU CAMPUS

Ça n'a rien à voir. En parlant de ça… n'hésite
pas à m'en envoyer.

MOI

Un prêté pour un rendu.

BEAU GOSSE DU CAMPUS

Les nénés, c'est bien aussi. Assure-toi d'avoir
des photos de face et de profil… j'aime
beaucoup les seins de profil.

MOI

Comment ça va à Valley ?

JE N'AI PAS VRAIMENT envie de demander directement
comment ça se passe avec Adam, mais il semble lire entre les
lignes.

BEAU GOSSE DU CAMPUS

Ça va. On est restés à l'appart ce soir et on a
joué à la Play. Adam ne m'a pas encore frappé.

MOI

J'ai entendu ma mère dire que vous alliez faire
un repas avec l'équipe pour fêter
Thanksgiving. C'est sympa.

BEAU GOSSE DU CAMPUS

Mieux que la cafèt'. Ne le dis pas à Brenda.

MOI

Brenda ?

BEAU GOSSE DU CAMPUS

Ma cantinière préférée.

MOI

Évidemment, tu as une cantinière préférée.

BEAU GOSSE DU CAMPUS

Mes yeux se ferment tout seuls. Je vais me coucher. N'oublie pas (o) (o)

Le soir suivant, je suis allongée sur le canapé, en train de regarder la télévision, quand j'entends du bruit dehors. Une portière qui claque suivie de voix graves. Je me lève et regarde par la fenêtre. La Jeep d'Adam est garée dans l'allée. Je vois son imposante silhouette descendre du côté conducteur. Heath, Rauthruss et Mav l'imitent.

Je cours à la porte et l'ouvre à la volée alors qu'ils approchent.

— Qu'est-ce que vous faites là ?

J'enlace Adam en premier. Tout excitée que je sois pour l'homme derrière lui, ça fait trois ans qu'Adam et moi n'avons pas célébré Thanksgiving ensemble. Il est toujours resté à Valley à cause de ses matchs de hockey.

— On a décidé de venir passer la soirée ici, nous régaler de la tarte aux pommes au babeurre de maman. Il faudra qu'on reparte demain soir pour le dîner avec l'équipe.

— Tu as donc trouvé le moyen d'assister à deux repas de Thanksgiving.

Adam entre, Mav et Rhett sur ses talons. Heath s'attarde, un sourire sexy aux lèvres.

— Salut, Geneviève.

Je me jette à son cou.

— Canapé, Payne, prononce la voix d'Adam derrière moi. Mav et Rhett, vous pouvez prendre la chambre d'amis.

Adam va chercher un oreiller et une couette pour Heath, je reste en bas tandis que celui-ci s'affale sur le clic-clac.

— Pourquoi tu ne m'as pas dit que tu venais ?

— Je voulais te faire la surprise. Et puis, je ne l'ai su qu'il y a trois heures. Ton frère a dit qu'il partait et a demandé si on voulait venir avec lui, explique-t-il en haussant les épaules. Je m'attendais à moitié qu'il s'arrête sur l'autoroute et qu'il me jette de la voiture.

— Alors, tu es là grâce à mon frère ?

Je faufile une main sous son t-shirt et remonte sur son torse.

— Oui. Il l'a vraiment fait pour moi.

Il fait la grimace.

— Merde, je n'arrive même pas à en rire tellement je suis dur !

— Monte dans ma chambre.

Je commence à me lever, mais il ne bouge pas d'un pouce.

— Je ne crois pas que je devrais.

— À cause d'Adam ? Il y a eu plus de filles dans sa chambre qu'à Sephora pendant les soldes.

— Je ne sais pas trop ce que ça veut dire, mais j'imagine que c'est beaucoup.

— Oui.

Je le tire à nouveau, mais il secoue la tête.

— Ce n'est pas qu'à cause d'Adam. Je suis un invité, je ne veux pas que tes parents pensent que je suis venu pour me glisser dans le lit de leur fille.

— Oh mon Dieu ! Depuis quand tu es devenu un gars bien ?

— Ne t'inquiète pas, bébé. Je reste un bad boy.

Il m'attire sur lui et me plaque rapidement sur le clic-clac.

Il ne m'embrasse pas cependant, il se contente de me fixer.

— Je suis tellement excitée que tu sois là !

Il sourit.

— Moi aussi.

Je me réveille en sentant la citrouille et la dinde et je ne tiens déjà plus en place. Un vrai Thanksgiving avec toute la famille. Et Heath.

Adam et les garçons sont déjà levés, leurs portes sont ouvertes et leurs chambres vides tandis que je passe devant pour descendre. Je ralentis à la dernière marche. Heath est en train d'enfiler un t-shirt gris, le téléphone à l'oreille.

Il m'aperçoit et sourit. Je me transforme en guimauve.

— Bon, je dois y aller. Les gars m'attendent.

Il continue à me fixer alors qu'il dit au revoir à la personne à l'autre bout du fil. Je pars à sa rencontre tandis qu'il range son portable.

— C'était ta mère ?

— Oui.

— Ça doit lui manquer que tu ne sois pas là pour les vacances. Ma mère est folle de joie qu'Adam soit là. Elle est restée dans la cuisine toute la matinée pour cuisiner d'autres tartes.

— J'espère que ça ne la gêne pas qu'on soit venus.

— Tu plaisantes ? Elle est ravie. Ma mère est la plus heureuse quand il y a plein de monde à dorloter.

Il enroule ses bras autour de ma taille.

— T'as prévu quoi, ce matin ? Tu peux me trouver une excuse pour le match de foot bidon dehors ?

Je pousse un cri.

— Bidon ? C'est une tradition !

Je le prends par la main et l'attire vers la porte.

— Tu peux être dans mon équipe. Je n'ai jamais perdu.

Le match de foot du quartier le matin de Thanksgiving est une tradition depuis mes plus lointains souvenirs. Quand j'étais petite, je m'asseyais sur la ligne de touche et encourageais mon père, Adam et le garçon pour qui je craquais à l'époque. Toutefois, à un moment donné, au collège, j'ai décidé de rejoindre les autres filles courageuses sur le terrain. J'adore !

— Bonjour, mes soleils, dit Mav en courant vers nous.

— Bonjour, répond Heath d'une voix éraillée.

Il s'éclaircit la gorge plusieurs fois. Sa voix rauque du matin est ma préférée.

— Content que tu aies levé ton petit cul sexy, on a besoin d'un quarterback.

Heath secoue la tête.

— Je n'ai jamais joué au football américain.

Mav le frappe.

— Je sais, mais tu as les airs d'un quarterback, comme Tom Brady.

— Ils ont déjà fait les équipes ? demandé-je.

— Non. Ils se battent pour avoir Adam.

— Avec vous quatre, ça fait longtemps qu'on n'a pas eu de personnes aussi athlétiques.

Je parcours le terrain des yeux pour voir qui joue cette année. Mon regard tombe sur une personne que je ne m'attendais pas à voir.

— Bryan est là ?

Je pose plus la question à moi qu'aux garçons, mais Heath s'enquiert :

— C'est qui, Bryan ?

— Mon ex.

Bryan et moi nous croisons du regard et il s'élance vers moi.

Le voir pour la première fois après trois mois fait valser mes émotions comme sur un manège.

— Salut, Ginny.

Il me prend dans ses bras, pressant son corps robuste contre le mien et me serrant fort. Apparemment, il ne ressent pas la même gêne que moi. Je n'arrive pas à savoir si c'est rassurant ou non.

— C'est si cool de te voir !

— Je ne m'attendais pas à ce que tu rentres à la maison pour les vacances.

— Juste pour la journée. Je repars ce soir.

— Oh !

Je m'agite, mal à l'aise, et entortille mes mains pour trouver une occupation.

— C'est comment, l'Idaho ?

— Ben... tu vois.

— En fait, non.

— Eh bien, ce n'est pas l'Arizona. C'est comment, Valley ?

Je glisse un regard sur le côté, en direction de Heath. Il a les bras croisés et le visage dur.

— C'est génial. J'adore.

— Ah oui ?

Je hoche la tête.

— C'est super.

Il me jette un rapide coup d'œil flagrant.

— Tu es canon.

— Merci.

Je souris poliment.

Il a l'air d'aller bien lui aussi, mais je n'ai pas pour autant envie d'arracher ses vêtements. Le gars à qui j'ai envie de faire ça se tient à mes côtés. Je me tourne vers lui.

— Bryan, je te présente mon ami, Heath.

Bryan baisse le menton pour le saluer.

— Salut, mec. Tu joues au hockey avec Adam, c'est ça ?

— C'est ça.

— Les gars parlaient de toi tout à l'heure. On dirait bien que tu vas être le quarterback de l'autre équipe. J'essaierai de ne pas trop t'amocher.

Il fait un pas en arrière et me fait un clin d'œil.

— Ravi de t'avoir vue, bébé. Je t'appellerai. Peut-être qu'on pourra se voir un peu quand on sera tous les deux en ville pour les vacances de Noël.

J'attends qu'il soit parti avant de me tourner vers Heath, prête à le brosser dans le sens du poil, mais il... sourit ?

— Ton ami, hein ?

— Tu voulais que je te présente comme mon pote à qui je roule des pelles ?

Il rit et fait la grimace en même temps.

— Je suppose que non. Tu es sortie avec ce débile ?

— Il... il n'est pas si débile.

Je minimise toute rancœur restante parce que la dernière chose que je veuille, c'est que Heath ou mon frère fassent une scène. Honnêtement, il n'y a plus vraiment de rancune, simplement de l'aversion pour le type. Bien sûr qu'il avait ses raisons pour mettre un terme à notre relation, mais soyons clairs, il s'y est vraiment mal pris. Je le vois bien plus nettement à présent.

— C'est un débile.

— Est-ce un Heath jaloux ?

J'agite la main devant sa silhouette taciturne. Il jette un regard noir en direction de Bryan, qui s'éloigne.

— Quoi ? Non, bien sûr que non !

Cependant, il ne s'éloigne pas trop de moi pendant que nous nous préparons pour le match.

Nous sommes assez nombreux pour former deux équipes

avec quelques remplaçants. Rauthruss et Heath finissent dans mon équipe et Adam et Mav dans l'autre avec Bryan.

— On attend juste mon père, dit Adam en regardant vers la maison. Ginny, tu l'as vu quand tu es sortie ?

— Non, je ne l'ai pas vu, ce matin.

Les sourcils d'Adam se froncent.

— C'est bizarre.

— Il a sûrement dû partir en ville acheter un ingrédient que maman a oublié. Démarrons le match, je suis sûre qu'il va venir.

Adam ne bouge pas d'un iota.

— Je vais aller voir, dis-je avant de donner un coup de coude à Heath. Ne gâche pas ma série de victoires, Payne.

Je retourne en courant à la maison et jusque dans la cuisine, où j'entends maman et sa sœur, Zoé, qui discutent et cuisinent. Maman porte un demi-tablier et coupe des oignons pendant que Zoé est assise sur un tabouret, en train de peler des pommes de terre.

— Salut.

Elles lèvent toutes les deux la tête quand j'entre.

— Bonjour. Le match est déjà terminé ? demande ma mère.

— Non, on n'a pas encore commencé. On attend papa. Tu sais où il est ?

Maman et Zoé échangent un regard.

— Quoi ? questionné-je quand aucune des deux ne répond.

Ma mère secoue la tête.

— Je ne sais pas où il est parti, mais ça ne lui ressemble pas de rater le grand match. Commencez sans lui, je lui enverrai un message et lui ferai savoir qu'il manque à l'équipe.

Je souris.

— D'accord. Merci, maman. Tu restes dîner, tante Zoé ?

— Non, ton oncle Wyatt et moi allons chez sa mère. Je passerai dimanche, avant que tu retournes en cours.

Alors que je sors, papa se gare dans l'allée. J'accours vers lui, ravie de constater qu'il est habillé pour jouer, avec son vieux short et son t-shirt.

— Tu es en retard.

— Comment est l'équipe, petite ?

Il m'enlace avec un bras tandis que nous marchons vers le terrain.

— On a quelques défenseurs grâce à Adam et ses amis.

Au sifflet suivant, mon frère nous aperçoit sur la touche, mon père et lui se prennent dans les bras. Adam est plus grand et plus imposant que lui désormais, une autre chose qui a changé ces trois dernières années.

— Content de te voir, fiston.

— Tu es prêt à te faire botter le cul, vieil homme ?

Adam et mon père se lancent des piques comme s'ils avaient tous les deux douze ans, mais c'est si bon de les voir ensemble ! Toute notre famille réunie à la maison.

— Tu es dans l'équipe de Ginny, lui annonce Adam.

Notre équipe se rassemble et papa et moi entrons sur le terrain.

En jouant, j'éprouve le sentiment grandiose de complétude absolue. Comme si je n'avais jamais été aussi heureuse. Peut-être est-ce juste de la nostalgie et la sensation qu'il s'agit d'un moment unique. Adam va avoir son diplôme, devenir un docteur avec un emploi du temps très chargé et se marier ou déménager loin. Qui sait quand nous serons tous à nouveau réunis ici ? Peut-être pas avant trois ans. Voire plus.

Heath n'est pas aussi bon quarterback que Bryan, aussi douloureux soit-il de l'admettre, et Adam est bien plus doué que dans mes souvenirs. Pendant que nous faisons une pause pour boire, Heath me fait un sourire triste.

— Tu pourrais envisager d'échanger si tu veux continuer à gagner.

— Je n'abandonnerai jamais mon équipe au dernier quart temps ! dis-je en feignant d'être choquée.

J'enroule ensuite les bras autour de son cou transpirant. Il sourit et je l'embrasse devant tout le monde. C'est bien moi qui ai le meilleur quarterback et je n'ai pas peur de le faire savoir à l'autre équipe.

TRENTE
HEATH

L'ex de Ginny est un gros tas de merde. *Salut, jalousie, ravi de te rencontrer...* Mais sérieusement, ce type ? Je vois bien la façon dont il essaie de la draguer ou les petites blagues privées qu'il lui balance. J'ai envie de jeter le ballon, un lancer parfait tout droit sur son visage... ou peut-être dans ses couilles.

Je me rappelle que Ginny a dit que le sexe avec ce gars n'était pas folichon. Moi, jaloux ? Si peu !

Adam marque le dernier point et son équipe fête sa victoire. Je m'approche de Ginny, un sourire contrit sur les lèvres.

— Désolé, poupée.

Ma nana est une compétitrice, je trouve ça aussi amusant que sexy. Sa bouche fait une moue déçue.

— Ce n'est rien. Il était temps que je perde. D'autre part, j'ai été plus distraite que d'habitude.

Je m'inquiète une seconde que ce soit à cause de Bryan. Mais alors, ses lèvres se retroussent et elle empoigne mon t-shirt pour m'attirer près d'elle.

— Tu m'as déstabilisée, Payne. D'habitude, tu es couvert de protections et je ne te vois pas vraiment quand tu es sur la glace, mais là, je voyais chaque goutte de sueur.

— Ces protections me maintiennent en vie.

Elle porte ses lèvres aux miennes et soupire contre ma bouche.

— Dommage pour moi, tant mieux pour toi.

— L'allure d'un quarterback, mais sans leurs bras, déclare Maverick en posant les deux mains sur les hanches lorsqu'il s'arrête à côté de nous.

— Oui, ben, j'aimerais bien t'y voir, passer la défense d'Adam et Rauthruss, grommelé-je.

Ginny me fait un autre rapide baiser, puis recule.

— Je ferais mieux d'aller rejoindre ma mère aux fourneaux.

Une fois que tout le monde est parti, les gars et moi nous asseyons dans le jardin et buvons une bière. Adam et son père se font des passes. Leur relation a l'air simple. Je vois qu'Adam le respecte, mais son père a arrêté de jouer le parent strict maintenant que son fils est plus âgé. Ils semblent simplement apprécier de passer du temps ensemble.

Je n'ai jamais connu ça. Je ne savais même pas que c'était possible jusqu'à maintenant. J'ai passé de bons moments avec mon père, mais j'étais encore un enfant ; nous ne parlions pas des filles ou de la vie, rien de tout ça. Perdre un parent est l'une de ces épreuves avec lesquelles, dès qu'on croit qu'on s'en est remis, quelque chose t'arrête en chemin et la blessure est aussi vive qu'au début. J'ai l'impression que je ressentirai cela toute ma vie. Mais bien que ça m'attriste de savoir ce que j'ai manqué, j'apprécie de passer du temps avec la famille de Ginny. Ce sont les premières vacances depuis longtemps où mes inquiétudes se limitent à mon ventre et à la quantité de nourriture que je peux y fourrer.

— On mange dans une demi-heure, annonce Ginny en nous rejoignant dehors.

Elle sort de la douche et a enfilé un jean et un t-shirt très décolleté à jabot. Impossible de ne pas reluquer ses seins tout en jouant le rôle de l'ami respectable.

Elle n'a pas arrêté de se montrer affectueuse en public depuis mon arrivée hier soir, mais je veux tout de même respecter le fait qu'Adam n'est pas vraiment d'accord pour nous. Elle se met sur mes genoux et je jette un œil autour de moi pour voir si quelqu'un nous fusille du regard, mais monsieur Scott et Adam semblent à peine remarquer.

— Je devrais aller me doucher.

Je suis sale et transpirant, et sûrement pas présentable pour Thanksgiving.

— Oui, on devrait tous aller se laver, dit monsieur Scott en lançant une dernière fois le ballon à Adam avant d'entrer dans la maison.

— Adam, je pourrais t'emprunter des fringues ? demande Mav. J'étais si excité quand j'ai fait ma valise que je n'ai pensé qu'aux chaussettes et aux caleçons.

Adam rit, mais hoche la tête.

— Je vais voir ce que mon père a.

Ils rentrent tous, mais Ginny ne se lève pas pour me laisser partir.

— Je pense à plusieurs choses qu'on pourrait faire avant que ce soit ton tour d'aller à la douche.

— Ah oui ?

Du doigt, je tire sur son décolleté pour voir à l'intérieur.

— Mhmm !

Elle m'embrasse, puis effleure mon nez du sien.

— J'ai, euh, pris une décision, hier soir.

— Laquelle ? demandé-je en l'embrassant à nouveau.

— Je n'ai plus envie d'attendre.

— Attendre de faire quoi ?

— L'amour, patate ! Je suis prête.

Il y a quelques mois, j'aurais pensé que ne pas faire l'amour pendant si longtemps aurait été un vrai sacrifice, mais l'appétit sexuel de Ginny est vorace... simplement sans pénétration. Quand nous avons commencé à nous explorer, j'avais hâte d'être en elle. Cependant, Ginny est créative, je mentirais en disant qu'elle ne m'a pas satisfait. Toutefois, à présent que j'ai son feu vert, je suis prêt à sauter le repas et à me contenter d'être avec elle à la place.

Tout mon sang afflue dans ma verge face à toutes les nouvelles portes que cela nous ouvre. Je suis tellement impatient ! Je l'embrasse fort, lui montrant à quel point cette nouvelle m'excite.

— Payne ! beugle Adam à l'intérieur. Arrête d'aspirer le visage de ma sœur et viens ici.

Je souris contre sa bouche et nous arrêtons de nous embrasser.

Nous rentrons, Ginny part aider sa mère dans la cuisine. J'attrape mes affaires et Adam et moi montons à l'étage.

— Tu peux prendre une douche dans ma chambre. Il devrait y avoir tout ce dont tu as besoin.

Il s'arrête devant la pièce et me fait signe d'entrer.

— Merci, mec.

— Pas de problème. Verrouille les deux portes.

— Quoi ? demandé-je, confus.

— Tu verras.

J'entre et pose le sac d'affaires par terre, puis j'erre dans la salle de bain. Il y a une autre chambre de l'autre côté. Je souris en ayant pour la première fois un aperçu de l'enfance de Ginny. Je pénètre carrément dans sa chambre et effectue un cercle. Les murs sont d'un bleu sarcelle et le lit possède une couette blanche, des dizaines de coussins empilés dessus. Des cadres photos sont alignés au-dessus de son bureau. Même sans m'approcher, je vois que Bryan est présent sur de nombreux clichés.

Son ex est peut-être meilleur au football américain, mais Ginny l'a à peine regardé durant le match. Je sais que c'est vaniteux de dire qu'elle craque à fond sur moi, mais je sais que c'est le cas. Moi aussi. Pourtant, je retourne le plus grand cadre pour ne pas avoir à contempler leurs visages heureux.

Quand je rejoins la salle de bain, Adam entre dans sa chambre, les sourcils froncés.

— Tu as des habits à prêter à Mav ?

— Non, ma poule, j'ai juste apporté une tenue de rechange.

Il part à sa commode et fouille dans le peu d'affaires à l'intérieur.

— Mon père n'a pas un seul vêtement dans son armoire.

Je hausse les épaules et lui aussi.

— J'imagine que Mav devra porter de vieilles fringues à moi.

Après m'être douché, je redescends. La table de la salle à manger des Scott est remplie de nourriture, les hommes sont déjà assis, salivant presque. Il y a une place libre entre Ginny et Mav et je la prends.

Madame Scott pose le dernier plat sur la table et sourit.

— Je crois que c'est tout. Vous pouvez attaquer.

Pendant cinq minutes, personne ne parle sauf pour complimenter la cuisinière entre deux bouchées. Même ma gentille petite Ginny, qui mange à peine la plupart du temps, engloutit l'équivalent de son poids en dinde et purée.

J'ai l'impression de ne plus rien pouvoir avaler, mais alors, madame Scott apporte des tartes et je ne peux résister.

— Je crois que je vais être malade, dit Mav après s'être resservi.

Il s'appuie contre le dossier de sa chaise et se frotte le ventre.

— C'est quoi, que tu portes, Mav ? questionne Ginny. Ce n'est pas le t-shirt d'Adam pour la rentrée du lycée ?

Il baisse les yeux et hausse les épaules.

En face de nous, Adam prend la parole.

— Oui, papa. Je suis allé voir dans votre armoire avec maman pour prêter un t-shirt à Mav, mais je n'ai rien trouvé. Elle a enfin pris l'armoire pour elle toute seule et banni tes vêtements au sous-sol ?

Adam rit de cette idée, mais ensuite, un silence gênant s'installe lorsque monsieur et madame Scott se jettent un regard nerveux.

Ma peau picote en comprenant, avant même d'avoir assemblé les pièces du puzzle. Je suis doué pour sentir les mauvaises nouvelles arriver. L'air confus de Ginny me fend le cœur, je pose la main sur sa jambe sous la table.

Madame Scott fronce les sourcils, puis dit :

— Nous voulions attendre la fin du week-end pour vous le dire.

— Nous dire quoi ? interroge Adam d'un ton dur et impatient.

Un silence pesant emplit la pièce.

— Votre mère et moi nous sommes séparés, finit par répondre monsieur Scott.

Mav est pris d'une quinte de toux, incapable de cacher sa surprise. Je lui assène un coup de coude dans les côtes. Il grogne fortement, mais personne ne lui prête attention de toute façon.

— Séparés ? répète Adam. Vous allez divorcer ?

Madame Scott parcourt la table du regard.

— On devrait peut-être en parler plus tard.

— Maman ?

La voix de Ginny tremble et ma poitrine... ma poitrine me fait un mal de chien.

La bouche de madame Scott se retrousse en un sourire, un sourire très triste.

— Nous vous aimons énormément tous les deux. Ça n'a pas changé et ça ne changera pas. Nous restons une famille.

Rauthruss se racle la gorge.

— Peut-être qu'on devrait vous laisser en discuter.

Il jette un regard à Mav et moi, nous commençons à nous lever, mais Adam nous coupe l'herbe sous le pied.

— Non, restez. J'ai besoin de prendre l'air.

Ginny pousse sa chaise si rapidement qu'elle crisse contre le parquet.

— Moi aussi.

Elle disparaît à sa suite.

— Nom d'une chauve-souris ! chuchote Mav.

— Je vais aller leur parler, dit monsieur Scott en regardant sa femme, peut-être pour avoir son approbation.

Celle-ci hoche la tête et il les suit dehors.

Ce n'est que lorsque madame Scott se lève et s'excuse pour sortir de table que les garçons et moi soufflons.

— Putain, c'était chaud ! dit Rauthruss en faisant la grimace. On fait quoi ?

— Aucune idée, lui dis-je honnêtement.

ADAM et moi sommes assis dans le garage après le départ de papa.

— Il a son propre appartement. Ça fait tellement bizarre ! dis-je, presque à moi-même.

— Tu n'en avais vraiment aucune idée ?

Adam me regarde à nouveau, comme si j'étais censée le savoir et le prévenir. Peut-être aurais-je dû, mais ce n'est pas le cas.

Je secoue la tête.

— Je ne savais pas. Papa était à Scottsdale pour le travail quand je suis arrivée cette semaine.

Je réfléchis, pas seulement aux jours depuis mon retour pour Thanksgiving, mais aussi aux derniers mois.

— Ils partaient en voyage et...

Cela me frappe, ces voyages étaient sûrement une dernière tentative pour sauver leur mariage. J'ai l'impression que je vais vomir.

À un moment donné, mon frère est allé chercher une bouteille de vin dans la cuisine et nous sommes sur le point de la finir. Adam est bien ivre. Il semble le vivre plus mal que moi. Je me sens insensible, mais lui... eh bien, je n'ai pas vu mon frère aussi dévasté depuis que je me suis retrouvée enfermée dans le cellier. Il avait alors neuf ans et prenait son rôle de grand frère protecteur très au sérieux, son dévouement était exceptionnel. Depuis cette époque, je l'avais cru indéfectible.

Cependant, il ne peut pas me protéger de ça et moi non plus. Tout sera différent, que nous le désirions ou pas.

Rauthruss sort, les mains dans les poches, lorsque Adam jette la bouteille vide à la poubelle.

— Ça va ?

— On y vient.

Adam lève son verre de vin et prend une gorgée purificatrice.

— On a pensé que tu voudrais peut-être rester une nuit de plus, qu'on rentre demain matin.

Adam hoche la tête et son expression s'adoucit.

— Oui, merci, j'apprécie. Désolé pour le drame familial.

Mav et Heath nous rejoignent. Les yeux bleus de Heath sont fixés sur moi.

— Vous voulez qu'on aille faire un tour ? propose Adam. J'ai besoin de sortir prendre un peu l'air.

Ils acceptent tous et je baisse les yeux sur mon vin.

— Tu viens, petite Scott ? demande Mav.

— Je crois que je vais rester.

Heath s'attarde tandis que les autres se rendent à la Jeep d'Adam. Rauthruss se met derrière le volant, heureusement. Je sais qu'il s'assurera qu'ils sont en sécurité.

— Tu veux que je reste ? propose Heath.

— Non. Je crois qu'Adam a plus besoin de toi que moi, là, tout de suite. Je vais aller voir comment va ma mère.

Il serre ma main et m'embrasse sur le front.

— Désolé, poupée. Envoie-moi un message si tu as besoin et je reviendrai.

Je lui adresse le plus grand sourire de remerciement possible, qui ne doit sûrement pas être très grand. Il part en courant et grimpe dans la Jeep, je les observe s'éloigner.

Je trouve maman dans la cuisine en train d'essuyer le plan de travail. Elle s'arrête quand elle me voit et me fait un sourire triste.

— Ça va ?

Je me glisse sur l'un des tabourets en face d'elle.

— C'est drôle, j'allais te poser la même question.

Elle lâche un soupir et hoche la tête.

— Oui, c'est la meilleure chose à faire pour ton père et moi, mais je sais que ce n'est pas facile à comprendre pour Adam et toi.

— Que s'est-il passé ? C'est gênant de demander ?

Son sourire est doux et chaleureux, elle tend les bras. Je descends de mon tabouret et la rejoins, je la laisse me prendre dans ses bras rassurants.

— Ce n'est pas grand-chose, chérie. Nous nous sommes éloignés et avons commencé à voir l'avenir différemment.

Je lève la tête pour la regarder dans les yeux. Elle me caresse les cheveux comme elle le faisait quand j'étais petite.

— Je t'aime. Ton père t'aime. Nous restons une famille, même si c'est un peu différent à présent.

— Ça fera bizarre de retourner à Valley et de savoir que papa et toi ne vivez pas ensemble.

— Pour moi aussi. Ça prend du temps de m'habituer à vivre ici toute seule.

Je scrute la cuisine en me demandant si elle restera dans cette grande maison sans lui. Je ne trouve pas assez de courage pour lui poser la question. Je ne pourrai pas supporter une autre épreuve aujourd'hui.

— Je te promets que nous serons toujours là pour toi et que

nous ne serons pas ces affreux parents qui ne supportent pas d'être dans la même pièce.

Mon cœur saigne en imaginant tous les scénarios différents de ce à quoi je suis habituée. Tout va changer.

— Adam est dévasté.

— Ton frère est un romantique.

Je lâche un petit rire.

— Adam ?

— C'est vrai. Quand il a commencé à parler, il disait à tout le monde qu'il voulait être un mari plus tard, tout comme son papa.

— Je ne m'en souviens pas.

— Au collège, il a ensuite décidé de devenir docteur, et il n'a pas changé.

— Mais il change de copine plus vite que toutes les personnes que je connais.

— C'est un romantique, mais il reste un jeune homme.

Elle sourit et je remarque à quel point elle a l'air fatiguée. Je me demande comment j'ai pu ne pas le remarquer.

— Je devrais lui parler.

— Ils sont partis boire un coup.

— Même Heath ?

— Oui, il a proposé de rester, mais je me suis dit qu'Adam avait plus besoin de lui que moi.

Elle touche mon visage.

— Tu es une bonne sœur. Je lui parlerai avant qu'il parte, mais tout ira bien. Pour tout le monde.

J'espère.

— J'allais manger de la tarte devant *La Vie est belle*. Tu veux te joindre à moi ?

— Il en reste à la citrouille ?

— Tu ne pensais tout de même pas que j'allais mettre toutes les tartes sur la table, si ?

Elle sourit et secoue la tête en se rendant au four et en sortant une tarte à la citrouille.

J'ai à peine mangé tout à l'heure et mon ventre gargouille à l'odeur délicieuse de citrouille et de muscade.

— Dans ce cas, je veux deux parts.

Maman et moi mangeons la tarte, blotties sur son grand lit. Allongée là, je sens encore le parfum de mon père dans leur chambre et je me demande si elle aussi. Je suis triste, mais je sais que mes parents n'ont pas pris cette décision à la légère, donc je fais de mon mieux pour ne pas trop le montrer.

Maman s'endort juste après le film et je vais dans ma chambre. Les garçons ne sont pas encore revenus, le dernier message que j'ai reçu de Heath disait qu'ils pensaient rentrer tard.

Adam a toujours été mon protecteur. Jamais je n'aurais pensé devoir lui rendre la pareille. Cependant, on dirait bien que c'est le moment. À moi d'être forte, cette fois-ci.

Je m'assoupis après une heure du matin et me réveille en sentant le matelas s'enfoncer sous le poids de Heath. Son parfum familier mêlé d'alcool m'enveloppe.

— Tu es rentré, dis-je d'une voix pleine de sommeil. Comment va Adam ?

— Il a fallu qu'on le porte à trois jusqu'à sa chambre. Rauthruss dort par terre à côté de lui pour monter la garde.

— Je suis vraiment contente que tu sois là pour lui.

— Moi aussi.

Il me serre fort contre lui et me fait de longues et douces caresses dans le dos.

— Ça va ? Ça m'embête de ne pas avoir été là pour toi ce soir.

— Eh bien, j'ai connu de meilleurs Thanksgiving, mais j'ai mangé une tonne de tarte, donc ça va pour l'instant. Ça n'a pas encore l'air réel. Vingt-trois ans... tu imagines ?

Il secoue la tête presque imperceptiblement. La télévision est toujours allumée et illumine son visage de couleurs vibrantes. Sa chaleur réchauffe l'espace entre nous.

— Tu peux éteindre la télé si ça te gêne, lui dis-je.

— Ça ne me dérange pas, et je sais que tu préfères dormir avec.

— C'est la honte d'avoir peur du noir. Peut-être même encore plus que l'annonce du divorce de mes parents au dîner de Thanksgiving, mais je me suis habituée à dormir sans la télé à Valley.

— Je sais que ça ne t'aide sûrement pas, mais tu n'as pas à te sentir honteuse avec moi. Pour quoi que ce soit.

— Ça aide, en fait. Merci. Ce qui pourrait m'aider aussi, c'est de savoir tes plus noirs secrets et tes plus grandes peurs.

Il rit.

— J'ai peur de plein de choses.

— Comme ?

— Les vers de terre.

Je ris.

— Quoi ? Pourquoi les vers de terre ?

Il frissonne.

— On les utilise comme appât pour pêcher. Je n'ai jamais aimé les toucher et quand Nathan l'a remarqué, il a commencé à me poursuivre avec ces petits trucs visqueux devant mon visage.

Il frissonne à nouveau.

— Les vers de terre sont répugnants, mais pas effrayants.

— Les phobies n'ont pas à être rationnelles.

— C'est vrai.

— Pourquoi as-tu peur du noir ? Il t'est arrivé quelque chose ou ça a toujours été le cas ?

— Quand j'avais cinq ou six ans, Adam et moi jouions chez mes grands-parents. C'était une vieille maison avec du plancher qui craque et des portes qui ne se ferment curieusement plus bien, donc on devait y mettre tout notre poids pour les fermer. Ils avaient un super jardin avec une cabane dans les arbres et un trampoline. Avant la mort de ma grand-mère, toute la famille du côté de mon père se réunissait. Les adultes s'asseyaient sur des chaises longues dehors et les enfants pouvaient courir partout.

— On dirait une série des années cinquante.

— Eh bien, ce n'était pas aussi idyllique. Oncle Walter se pointait généralement défoncé et ma cousine Tillie nous apprenait toujours des gros mots. Ma mère a failli faire une attaque en entendant ceux que j'avais appris. Bref, un jour, toute la famille était là, je crois que c'était l'anniversaire d'un de mes cousins. Tout le monde était dehors et les cousins ont décidé de jouer à cache-cache. Je suis le bébé de la famille et j'avais réellement envie de prouver que je savais bien me cacher ! Donc, j'ai étudié les cachettes pendant des semaines et j'ai fini par trouver la meilleure. Dans le cellier, il y avait ce placard où ma mamie rangeait les balais et les serpillières. Il était vraiment petit, je savais que j'étais la seule à pouvoir y entrer et que personne ne penserait à regarder là. Par conséquent, quand tout le monde est parti se cacher, j'ai attendu un peu pour ne pas dévoiler ma cachette et ensuite, je suis allée m'enfermer à l'intérieur.

Heath me caresse le bras quand ma voix se met à trembler. Une partie de ce souvenir est si vive que j'arrive presque à sentir la poussière et le nettoyant du minuscule placard. L'autre partie, c'est comme si je regardais la scène d'un point de vue externe, comme la façon dont j'ai enroulé les bras autour de moi, me serrant fort et pleurant entre deux cris.

— Je ne sais pas combien de temps j'y suis restée. Pendant un moment, j'ai fait attention de rester silencieuse. Je ne voulais pas me trahir. J'entendais Adam m'appeler et je me suis simplement sentie si fière, tu vois ? Il a toujours été un Monsieur Je-Sais-Tout. Prétentieux et juste meilleur dans tout, donc j'étais vraiment heureuse de l'avoir battu à quelque chose. Bref, mes cousins ont fini par se lasser du jeu. Une fois certaine d'avoir attendu assez longtemps et de ne jamais être trouvée, j'ai poussé la porte pour l'ouvrir, prête à me vanter de mes talents pour me cacher. Seulement, je n'ai pas pu sortir. Le côté extérieur de la porte possédait l'un de ces crochets qui se rabattent tout seuls quand on la ferme. J'ai crié et hurlé jusqu'à en perdre la voix. C'était si sombre et si étroit !

— Putain, Ginny !

Je hoche la tête.

— D'après tout le monde, je suis restée coincée deux heures avant que ma mère remarque qu'elle ne m'avait pas vue depuis un moment, elle est partie à ma recherche. Ils ont appelé une ambulance parce que je n'arrivais pas à contrôler ma respiration. Adam a paniqué. Il savait que j'avais disparu, mais il ne pensait pas que c'était grave, donc ça l'a traumatisé plus que les autres. Il ne m'a pas quittée d'une semelle durant des semaines.

Heath resserre son étreinte et je me blottis contre lui.

— Je sais que j'aurais probablement déjà dû m'en remettre.

— Je ne crois pas que les phobies fonctionnent ainsi. Je crois qu'on les a tant qu'on ne les affronte pas d'une façon ou d'une autre, en creusant des trous dans la blessure et en laissant apparaître la lumière.

Il rabat le drap sur nous et me sourit dans le noir presque complet.

— Créons de bons souvenirs dans le noir.

Le drap fin n'empêche pas la lumière de la télévision de passer, mais c'est un début.

TRENTE-DEUX
HEATH

Je sors de sous la couette juste le temps d'attraper un préservatif, puis je me dépêche de retourner dessous, où une Ginny très impatiente retire ses vêtements en se tortillant. J'avais le grand projet de la déshabiller avec les dents, mais je suis trop occupé à admirer la vue pour me plaindre.

— Tu es tellement belle !

Son sourire, même dans l'obscurité presque totale, est lumineux et sincère. Elle regarde le préservatif dans ma main.

— Je prends la pilule. On peut...

Elle hésite.

— Je veux dire, si tu es partant pour le faire sans, alors, moi aussi.

Ma verge déjà palpitante est à présent plus dure que jamais. J'enlève mon t-shirt et Ginny s'affaire sur le bouton de mon jean. Ensemble, nous le retirons, ainsi que mon caleçon. Avant même que j'aie le temps de m'en débarrasser, la bouche de Ginny recouvre déjà mon gland.

— Seigneur ! Ralentis, bébé. Je ne vais jamais durer, sinon, lui dis-je en guidant sa tête de haut en bas.

Sa bouche chaude est divine. Elle se retire avec un bruit de succion et je grogne de ne plus la sentir. Je la remonte et essuie ses lèvres de la main. Elle a l'air d'hésiter, je cale une mèche derrière son oreille.

— Tu es sûre d'en avoir envie ?

— Oui, mais je suis un peu nerveuse. Je pourrais être nulle.

— Eh bien, dans ce cas, tu n'auras qu'à continuer à me sucer avec ta putain de bouche sexy !

Je lui fais un clin d'œil afin qu'elle sache que je plaisante. Ensuite, je me déplace pour me retrouver au-dessus, sans m'affaler de tout mon poids sur sa fine silhouette.

— Bébé, ne te pose pas de questions, c'était un compliment, rien d'autre. Impossible que tu sois mauvaise au lit. Tu es la partenaire la plus sexy et la plus enthousiaste que j'aie jamais connue.

Cela me vaut un sourire, je m'empare de sa bouche pour un baiser ardent. Et juste comme ça, la Ginny sauvage que j'ai appris à connaître est de retour. La couette tombe, mais elle ne semble pas le remarquer ou s'en soucier. Elle tire mes cheveux et griffe mes épaules. Je jure que je pourrais lui donner un orgasme rien qu'en l'embrassant, si j'arrivais à me limiter à ça.

Il n'y a aucune partie de son corps que je préfère à une autre. J'aime tout et je le lui montre en prenant soin de caresser et d'embrasser chaque centimètre.

Elle se tortille sous moi lorsque je descends, sillonnant du doigt son ventre, son nombril, jusqu'à son sexe mouillé. Elle lève les hanches pour m'offrir un meilleur accès et je plonge la tête.

Ses mains trouvent mes cheveux et ses doigts glissent sur mon crâne et tirent sur mes mèches pendant que je la savoure. Elle gigote et gémit, c'est tellement sexy que du liquide s'écoule de mon membre désespéré. J'attends qu'elle soit si proche de l'orgasme qu'elle crie mon nom, avant de coller enfin mon sexe contre l'entrée de son vagin. Je la pénètre lentement, son intimité serrée se contractant.

J'ai peur de lui faire mal pendant deux secondes, avant que le plaisir remonte ma colonne vertébrale et me grille le cerveau.

— Je vais bien, dit-elle quand je m'immobilise.

— Ça fait au moins l'un d'entre nous.

Elle rit et le léger mouvement de son corps me fait presque basculer. Je dois fermer les yeux et serrer les dents une seconde pour me calmer. Je bouge à un rythme qui m'empêche de jouir, mais, curieusement, cela suffit pour que Ginny s'embrase. Elle lève la tête vers moi, les yeux écarquillés et magnifique, tout en consumant son premier orgasme.

Putain, elle est tellement belle !

Je ressors, dépose un baiser sur ses lèvres, puis la retourne sur le ventre et relève ses hanches.

Je mords une de ses fesses et l'embrasse. J'introduis ensuite mon gland en elle. Elle se recule vers moi.

— Accroche-toi, bébé. Ce ne sera pas aussi doux.

Elle m'adresse un sourire par-dessus son épaule. Une main sur sa hanche et l'autre autour de sa nuque, je m'enfonce dans sa douce chaleur.

Nous tremblons tous les deux. Mes testicules sont lourds, je résiste à l'envie de la pilonner comme avec un marteau-piqueur. Lentement, j'entre et sors, trouvant un bon rythme.

— Plus fort, murmure-t-elle si bas qu'il me faut une seconde pour prendre conscience de ce qu'elle demande.

— Tu es sûre ?

Elle hoche la tête.

— Prends-moi fort, je sais que tu en as envie.

Des étoiles apparaissent dans mon champ de vision et ma voix se fait rauque.

— Tiens-toi à la tête de lit.

Ses doigts la trouvent en une seconde. Son désir et le nouvel angle me procurent un nouveau plaisir atroce. *Uuh mun Diiuu !*

Je la prends fort, comme dans mes fantasmes. Cependant, à chaque coup de reins et claquement, cela devient étrangement plus significatif. Je n'ai jamais autant été dévoré par le plaisir auparavant. Je connais Ginny d'une façon dont je n'ai jamais connu quiconque et cela rend l'expérience d'autant meilleure. Je sais lire son corps et les émotions sur son visage.

Je succombe lorsqu'elle jouit sous moi pour la deuxième fois. Je tente de contenir mon orgasme afin de continuer à la regarder, mais après deux autres va-et-vient intenses, mes yeux se ferment et je la suis.

Je la prends par la taille et m'écroule sur le lit, elle blottie contre moi. Nous haletons tous les deux. J'ai l'impression d'avoir basculé dans une autre dimension. Cette fille... putain, *cette fille !*

Je n'ai vraiment pas envie de bouger, mais j'ai besoin de me nettoyer et je sais qu'elle le voudra aussi.

Je commence à me détacher, mais elle m'attrape par le bras.

— Ne pars pas. Pas encore.

— Je vais juste me nettoyer. Je reviens.

Je me glisse hors du lit et me dirige lentement vers la salle de bain pour me rincer, prendre un gant humide et le lui apporter. Elle se redresse et tend la main.

— Je m'en occupe.

Elle se rallonge sur les deux coudes pendant que je m'occupe d'elle. Elle m'observe avec un sourire endormi. Après m'être débarrassé du gant, je grimpe à nouveau dans le lit.

Aucun de nous deux ne parle pendant que nous nous assoupissons. Une sensation de paix, inattendue après les événements des la journée, s'installe.

— Heath, prononce-t-elle alors que je suis sur le point de m'endormir.

— Oui ?

— Je ne me trouve plus nulle au lit.

— Non, poupée, dis-je en ricanant. Certainement pas.

Elle bâille, se colle à moi et s'endort dans mes bras.

***

Le lendemain matin, je me réveille avant Ginny et descends. Rauthruss est déjà dans la cuisine, une tasse de café à la main. Il a l'air fatigué avec des épis partout.

— Longue nuit ?

— Oui, mec. Très longue.

— Comment va Adam ?

— Il dort profondément. Mais il va bientôt falloir qu'on s'en aille.

Je hoche la tête et me sers également du café.

Son téléphone sonne et il lâche un soupir.

— Quel week-end !

— C'est Carrie ?

— Oui, elle est énervée parce que j'ai oublié de l'appeler hier soir.

— T'étais un peu occupé.

— Sans blague ! soupire-t-il. Je devrais l'appeler, la laisser me crier dessus et s'en remettre, avant de commencer à ramper pour elle.

— Génial, comme programme !

Je ris alors qu'il sort.

J'essaie d'imaginer Ginny et moi comme ça, mais je n'y parviens pas.

Je monte avec mon café, prêt à réveiller ma nana et à profiter de nos derniers moments ensemble avant notre départ. En entrant dans la chambre de Ginny, je l'entends parler dans celle d'Adam à travers la porte de salle de bain. Je jette un œil et vois ses jambes pendues au bord du lit et les pieds d'Adam.

— Ça va aller ? lui demande-t-elle.

— Oui, je n'arrive tout simplement pas à y croire. Ils ont toujours paru si solides. J'ai l'impression que toute ma vie est un mensonge.

— C'est un peu exagéré.

— Mais sérieusement, s'ils n'arrivent pas à faire en sorte que ça fonctionne, quel espoir avons-nous ?

— Oh, arrête ! Taryn et toi, vous êtes super. Heath et moi... ça peut marcher.

— Heath et toi.

S'ensuit un rire rauque et sarcastique.

— Écoute, je sais que tu repousses l'amour en ce moment, mais ne fais pas ton rabat-joie. Heath est génial.

— Bien sûr qu'il l'est, Ginny. Mon problème avec vous deux n'a jamais été que ce n'est pas un mec bien, non. Heath est drôle et toujours prêt à passer du bon temps, mais je l'ai vu avec beaucoup de femmes. Certaines avec qui il couchait de temps en temps, la plupart juste une fois, mais finalement, c'était aussi facile pour lui de passer à autre chose que de changer de caleçon. Je n'ai simplement pas envie que tu souffres à nouveau.

Il n'a pas tort, mais il oublie l'élément qui fait à présent la différence : Ginny.

— Relax, on est bien ensemble. Heath et moi sommes...

Je retiens mon souffle, attendant qu'elle termine sa phrase, mais Adam lâche un grognement qui l'interrompt.

— Oh putain ! Tu es amoureuse de lui !

— Arrête ! dit-elle d'un ton taquin.

Elle semble lui jeter un coussin, son rire léger résonne dans l'autre chambre.

— Mais vu que tu fais le fouineur, oui, c'est vrai. Je l'aime et je pense sincèrement que ce que nous vivons est spécial.

Ma main se penche en avant et renverse du café sur mes pieds nus. *Putain !* Je pose la tasse sur la commode de Ginny, nettoie et m'habille rapidement. Je parviens à attraper mes affaires et à descendre, le cœur serré, avant que Ginny ou Adam me remarque.

TRENTE-TROIS
GINNY

Je sors avec les garçons tandis qu'ils remplissent la Jeep d'Adam. Mon frère a autant la gueule de bois qu'il en a l'odeur. Il se glisse sur le siège passager, Rhett se met derrière le volant et Maverick monte à l'arrière.

Je suis Heath de l'autre côté.

— Fais-moi savoir comment il va, demandé-je en désignant Adam du menton.

— On gardera un œil sur lui, promet-il. On a entraînement cet après-midi. Avec un peu de chance, ça aidera.

— S'il ne vomit pas sur la glace.

Il affiche une mine dégoûtée et sautille d'un pied sur l'autre. Je m'appuie contre lui et ferme les yeux, il me prend dans ses bras. Malgré toutes les choses affreuses qui se sont passées ce week-end, j'ai aimé le passer avec Heath.

La Jeep démarre et je sais que les garçons doivent partir.

— À plus.

Heath m'embrasse sur le front et je recule.

Le reste du week-end se déroule sans incident, un changement bienvenu. Maman et moi regardons des films, je vois quelques amis du lycée, j'écris à Heath entre deux entraînements et je déjeune même avec maman et papa le dimanche, avant mon départ.

Après avoir déposé mes affaires dans ma chambre, je me rends chez Reagan et Dakota.

— Tout ce que j'ai fait, c'est manger de la dinde et regarder du foot universitaire, dit Reagan une fois que j'ai fini de leur résumer mon week-end de folie.

— J'ai vu Adam tout à l'heure, dit Dakota en rangeant les courses dans la cuisine tandis que Reagan et moi sommes assises au salon. Taryn et lui avaient l'air d'avoir une discussion sérieuse et déprimante sur la terrasse. Des ennuis au paradis ?

— Oh non ! Je devrais probablement aller le voir. J'espère qu'il n'a rien fait de stupide.

— Eh bien, ça fait quoi... trois ou quatre mois ? Il est temps qu'il change de copine.

Dakota arbore un sourire narquois.

Peut-être suis-je en train de devenir la nouvelle romantique de la famille, mais je trouvais sincèrement que Taryn et lui formaient un joli couple.

Reagan tapote mon pied.

— Je veux plus de détails sur Heath et toi. Alors, il a rencontré toute la famille ?

— Techniquement, oui. Mais ce n'est pas vraiment comme ça. Il était là en tant qu'invité d'Adam, pas de moi. En plus, avec tout ce qui s'est passé, je crois que mes parents ne se sont même pas rendu compte qu'il s'est faufilé dans ma chambre.

Le regard de Dakota s'illumine de l'autre côté de la pièce.

— Ooooh ! Une soirée pyjama ! Cool. Vous avez enfin...

Elle agite les sourcils d'un air lubrique.

Mon visage rougit lentement et je regarde mes amies tour à tour.

— Oooh ! s'exclame Reagan.

Elle incline la tête avec un air rêveur. Bon, c'est peut-être elle, la romantique.

Dakota nous rejoint dans le salon.

— Tu es vraiment à fond sur lui.

Rien ne sert de le nier. J'enfouis la tête dans mes mains.

— Totalement. Il est juste si... parfait.

Les sourcils de Dakota s'arquent brusquement.

— Bon, d'accord, pas parfait, mais ce que je ressens quand on est ensemble... ça, c'est parfait. Ne vous inquiétez pas. Adam m'a déjà fait son sermon. « Heath ne se met jamais en couple », bla-bla-bla.

— C'était avant toi, insiste Reagan.

Je jette un œil à Dakota. Je sais qu'elle ne prendra pas de pincettes. Elle hausse les épaules.

— Si tu m'avais demandé avant, je t'aurais ri au nez. Maintenant, je n'en suis plus sûre. Il n'y a qu'une seule façon de le découvrir.

— Vous croyez que je devrais le lui dire ? m'écrié-je.

— Pourquoi ? C'est si fou ? rit Reagan.

— Je ne veux pas gâcher ce qu'on a. Et si c'est trop tôt ?

— Tu serais d'accord pour continuer à coucher avec lui si tu savais que ça ne représentait que ça pour lui ? Qu'il ne ressentait pas la même chose ?

Un grand trou s'installe dans mon ventre.

— Non, sûrement pas, mais ça se passe super bien. Je ne veux pas tout gâcher.

Dakota ricane.

— L'amour n'est-il pas censé tout rendre meilleur ?

— Oui, oui.

Je m'appuie contre le dossier et agite la main en signe d'indifférence.

— Eh bien, je pense que tu devrais le lui dire et vite.

Reagan se lève.

— J'ai l'air bien ?

Je hoche la tête. Même si je ne pouvais pas la voir, je saurais qu'elle l'est. Reagan est toujours belle.

— Rencard ?

— Oui, un gars de mon cours d'art dramatique. On va aller dîner.

Ses pommettes ressortent.

— Tu es magnifique, comme d'habitude, bébé, lui dit Dakota. T'as des capotes ? Ton téléphone est chargé au cas où tu aurais besoin de te faire la malle ?

Reagan lève les yeux au ciel.

— Tout est prêt.

Son téléphone vibre.

— Il est là. Salut !

Dakota et moi l'observons partir. Je lâche ensuite un soupir et pose la tête sur son épaule.

— Tu veux regarder un film ou tu vas voir Heath ? demande-t-elle.

— Non, il a un truc avec l'équipe, ce soir. Ils s'entraînent ou matent un film, je ne sais plus. Je suis tout à toi.

***

Le lendemain, je coince Adam devant son dernier cours de la matinée. Il m'adresse un sourire peu enthousiaste qui me dit tout ce que j'ai besoin de savoir sur son état d'esprit.

— Que fais-tu là ? demande-t-il en me faisant un câlin avec un seul bras.

— Tu n'as pas répondu à mes messages.

Je le prends par la taille et le serre fort.

— Désolé.

Il ne prend pas la peine de trouver une excuse.

— Ce n'est rien.

Nous longeons lentement le trottoir.

— Tu as parlé à papa et maman depuis ton retour ?

— Pas encore. Maman m'a appelé pendant que j'étais en cours.

Les rôles sont étrangement inversés, je m'inquiète, mais je veux être là pour lui comme il a toujours été là pour moi. Je lui donne un coup de coude.

— Ça va aller. Je sais que ce ne sera plus pareil, mais ils seront toujours là pour nous. En plus, tu m'as, moi.

Il sourit.

— Bref, la véritable raison pour laquelle je suis venue te voir, c'est pour savoir ce que tu fais ce soir. On a besoin de sortir. Une soirée sympa avec tous nos amis pour se lâcher et oublier le drame familial.

— Je ne sais pas. Peut-être. Laisse-moi voir ce qui se passe, ce soir. C'est lundi soir après tout.

— Lundi est un jour parfait pour boire. Vis un peu, frérot.

— Frérot ?

Il remonte son sac à dos sur son épaule.

— On dirait Heath qui parle.

Nous arrivons à sa voiture, il arque un sourcil en me voyant ouvrir la porte passager.

— Je me suis dit que, vu que tu rentres de toute façon, autant que tu m'emmènes, non ?

Il secoue la tête.

— Monte.

À l'appartement, je me rends dans la chambre de Heath. Il est assis à son bureau, devant son ordinateur.

— Salut, dis-je joyeusement en entrant.

Un coin de sa bouche se retrousse.

— Salut. J'ai oublié qu'on devait se voir ?

— Non, j'ai pensé te faire une surprise. Je n'ai pas eu de nouvelles après ton truc avec l'équipe hier soir.

— Oui, désolé, je me suis endormi.

Je vais vers lui, il pivote pour me faire de la place sur ses genoux.

— Sortons ce soir.

— On est lundi.

— Pourquoi tout le monde sort cette excuse ?

Il rit doucement.

Je prends une grande inspiration. Les filles ont raison. J'ai besoin de m'assurer qu'on est sur la même longueur d'onde.

— D'autre part, j'aimerais te parler de quelque chose après.

Il se raidit sous moi. D'accord, ce n'était sûrement pas la meilleure des approches.

— Ne t'inquiète pas, ce n'est rien de fou. Une proposition, en quelque sorte.

Putain, maintenant, il croit sûrement que je veux l'enchaîner au lit et prendre le rôle de l'homme !

Son téléphone sonne sur son bureau. Le nom de Maverick apparaît sur l'écran avec un message.

— D'accord, pas de problème. Je t'écrirai plus tard. Je dois passer voir Maverick. Il n'est pas venu à l'entraînement ce matin. Il a un rhume ou je ne sais pas quoi. Je ne l'ai pas vu de toute la journée.

Je me lève pour le laisser se redresser.

— Alors il doit vraiment être malade.

Il s'avance vers la sortie pour ensuite faire demi-tour. Il effleure mes lèvres avant de se dépêcher d'aller voir Maverick.

TRENTE-QUATRE
HEATH

— Mav ? T'es où, mec ? lancé-je en entrant dans son appartement.

Il habite un T2 au rez-de-chaussée. La journée, il y fait déjà plus sombre que chez nous à l'étage, mais aujourd'hui, toutes les lumières sont éteintes, la télévision également, donc on dirait une grotte.

L'endroit est génial. De beaux meubles en cuir, une énorme télévision qui prend la majorité du mur, il a même des coussins décoratifs. Pourquoi il veut toujours traîner chez nous ? Ça me dépasse !

Charli aboie et je suis le bruit dans la chambre, là où mon pote est sur le dos, le dessus-de-lit et la couette jetés du lit et un bras sur les yeux. Charli est couchée au bord du matelas, près de ses pieds.

— Tu n'as pas l'air d'aller si bien.

Je fais un pas en avant, puis me ravise.

— Ni ne sens très bon.

— Je crois que j'ai vomi un rein.

Sa voix est rauque et affligée.

— Qu'est-ce que je peux faire ? Tu as soif ? Tu veux de la

soupe ? Je peux passer un coup de fil pour qu'on te donne un nouveau rein.

Un coup à la porte me fait me retourner vers le salon et la porte d'entrée.

— Tu attends quelqu'un d'autre ?

— C'est à manger. Tu peux récupérer la commande ?

Je traverse l'appartement et ouvre la porte, inspirant profondément l'air propre et non contaminé. Après avoir remercié le livreur, j'apporte le sac de nourriture dans la chambre du malade.

— Tiens.

— Ce n'est pas pour moi.

Sa poitrine se soulève.

— Oh, rien que l'odeur me donne envie de gerber à nouveau ! C'est pour toi, pour que tu restes avec moi.

— Tu n'avais pas besoin de me soudoyer.

— Écoute, je sais que je suis ta personne préférée, mais ton ventre aurait fini par te convaincre de m'abandonner.

Je ris et emporte le sac dans la cuisine.

— Il y a une tonne de trucs, là-dedans.

— Tu es un morfal.

Il est dans la même position, mais Charli s'est posée sur sa hanche et Maverick la caresse avec sa main la plus proche.

— Tu as besoin de quoi ?

— Je veux juste rester allongé jusqu'à ce que la pièce arrête de tourner. Raconte-moi une histoire.

Je m'installe par terre près de la porte et m'appuie contre le mur. Je l'aime bien, mais son odeur... Je ne veux pas attraper ce qu'il a.

— Une histoire ?

— N'importe quoi pour me distraire.

Il soulève le bras, puis prend le Shakespeare sur son chevet et me le jette.

— Fais-moi la lecture. Avec tes drôles de voix.

— Je croyais que tu en avais terminé avec Shakespeare.

— Oui. On est sur Shelley, maintenant, mais le bouquin est dans mon sac.

J'hésite.

— Allez. S'il te plaîîîît ! J'adore le rythme, c'est trop beau.

— D'accord, d'accord.

J'ouvre le livre et commence.

Maverick s'endort au bout de cinq minutes, une bonne nouvelle parce que lire des répliques mièvres sur l'amour est la dernière chose que j'aie envie de faire. Je pars dans le salon et mange, nourrit Charli, puis l'emmène rapidement en balade.

À mon retour, je reprends ma place dans sa chambre, assis par terre, et je dois m'assoupir, car juste après, Charli est en train de me lécher le visage et Maverick se tient devant moi, un sourire aux lèvres.

— Tu te sens mieux ? demandé-je en repoussant Charli et en frottant ma joue baveuse.

— Je crois. Je vais essayer de manger.

Je le suis dans la cuisine, il réchauffe un peu du chinois qu'il a commandé. Nous nous asseyons aux tabourets du comptoir. En sentant le plat, j'ai également réchauffé une assiette cinq minutes plus tard. Ginny m'a écrit pendant que je dormais pour me faire savoir le programme de ce soir : rendez-vous au *Repaire* avec nos amis. Je suis très stressé à l'idée de ce dont elle veut me parler, mais je fais de mon mieux pour repousser ça dans un coin de ma tête pour l'instant.

Mav termine la moitié de son assiette et se tapote ensuite le ventre.

— Merci d'être resté.

— De rien, pas de problème.

— Tu n'es pas aussi sexy que ma nounou Laura, mais ça a bien fonctionné.

— Ta nounou Laura ?

— C'était ma préférée. Elle avait des seins énormes, de vrais coussins.

Il incline la tête sur le côté, comme plongé dans son souvenir.

— Elle chantait pour moi quand j'étais malade ou que j'étais contrarié... généralement à cause de papa qui faisait toujours de la merde. Je crois qu'elle m'a fait plus de câlins en un an où elle a été ma nounou que lui dans ma vie. Les parents, c'est de la merde !

Je demeure silencieux. Je ne sais pas vraiment quoi dire. Malgré tous les trucs pourris qui me sont arrivés en grandissant, je n'ai jamais manqué de contact physique. Parfois, ma mère s'agrippait à moi toute la journée, comme si j'étais la seule chose qui la maintenait connectée à la réalité.

Mon ventre se tord et je repousse mon assiette.

— Désolé, mec, je ne voulais pas casser l'ambiance.

— Non, ce n'est rien. Je ne me sens pas très bien.

Je me lève, ayant tout à coup des sueurs froides, ma bouche salive.

— Ah merde ! dit Maverick avant que je me précipite à la salle de bain.

* * *

Après avoir vomi pendant presque trois heures, je rejoins Maverick dans le salon. Je me mets en caleçon... tout le reste est trempé de sueur.

— Putain, tu ne plaisantais pas ! J'ai l'impression que tous mes organes ont bougé. C'est normal ?

— Aucune idée.

Il désigne la cuisine de la tête.

— Ginny a apporté de la soupe et de la gelée.

— Ginny est passée ?

— Ton téléphone n'arrêtait pas de sonner, alors, je lui ai envoyé un message.

Je trouve mon portable sur le comptoir et vois qu'elle m'a effectivement envoyé plusieurs SMS à propos de ce soir. Puis elle me souhaite un bon rétablissement et me demande de lui faire savoir si j'ai besoin de quoi que ce soit.

— Elle voulait que je te dise qu'elle passerait prendre des nouvelles plus tard.

Il secoue la tête.

— Cette Ginny, c'est une perle !

— C'est la meilleure, dis-je, car bien que je sois un peu en panique, je sais que c'est vrai.

Je lui envoie un message pour la remercier pour la soupe et lui dire de ne pas prendre la peine de repasser tant que nous ne sommes pas guéris. La dernière chose que je veuille, c'est qu'elle attrape ce que nous avons. J'ai l'impression d'avoir été piétiné par un bus. Je m'installe dans le fauteuil relax. Le cuir froid est agréable contre ma peau. Je suis quasiment certain que j'ai de la fièvre.

— J'ai besoin d'une Ginny, soupire Maverick.

Charli pleurniche.

— Je crois que Charli le vivrait mal d'être chassée du lit pour une gonzesse.

Nous passons la fin de l'après-midi et la soirée à regarder la télévision. Pile quand je pense que nous allons un peu mieux, l'un de nous a de nouveau la nausée. Nous empestons. Probablement l'appartement entier aussi, mais j'ai perdu l'odorat.

Ginny continue à m'écrire, mais je ne réponds pas. Personne n'a envie de subir ça. Elle me manque, cependant. C'est étrange d'avouer à quel point je me suis habitué à sa présence. Et même si je panique de savoir qu'elle m'aime, j'ai quand même envie d'être avec elle.

J'ai déjà traîné avec des filles. Ce n'étaient pas exactement des amies, soit elles faisaient partie de mon cercle d'amis, soit je couchais avec elles pendant un mois ou deux, mais je n'en ai jamais connu une qui cochait les deux cases. J'ai suffisamment de fièvre pour penser à l'appeler et le lui dire, mais quelque chose me dit que je gâcherais tout. *Merci de m'avoir donné ton feu vert, et aussi, merci d'être suffisamment cool pour que j'aie envie de passer du temps avec toi même quand on n'est pas nus. Ne changeons rien, d'accord ?*

Je ne suis pas Shakespeare.

Allongé là, alternant entre sueurs froides et frissons, je pense à elle et à ce que je lui répondrai quand elle me dira qu'elle m'aime. C'est ce dont elle veut me parler, n'est-ce pas ? S'attend-elle à ce que je le lui dise en retour ? Et si je ne le fais pas, qu'est-ce que ça change réellement ? Rien ? Tout ?

Ma mère me disait facilement qu'elle m'aimait, c'est toujours le cas aujourd'hui. Et, oui, je la crois, même quand elle ne savait pas quel jour on était. Toutefois, j'avais toujours l'impression que « je t'aime » était le synonyme de « je vais faire ce qu'il faut pour toi. »

Avec Ginny, c'est incroyable. Je ne veux pas que cette belle relation sincère que nous avons se transforme en une excuse pour nous faire souffrir quand on pourrait faire mieux que ça.

Putain, je ne sais même pas si ce que je dis est logique ! Mon esprit est troublé et mon ventre me fait mal.

Je me réveille plus tard dans la nuit, collé au fauteuil. Mav a dû jeter une couette sur moi et partir au lit parce qu'il n'est pas là et que j'ai été bordé comme un enfant.

Les quarante-huit heures suivantes sont à peu près semblables. Je me réveille jeudi matin, me sentant enfin capable de me lever, mais tout mon corps souffre. Je reste couché là, à contempler le plafond, quand je remarque Ginny sur le canapé.

— Tu es en vie.

— À peine.

Elle se redresse.

— J'ai essayé de t'envoyer des messages pour prendre des nouvelles.

— Mon téléphone n'a plus de batterie. Je n'étais pas assez en forme pour parler de toute façon.

— Tu veux que je reste avec toi ? Je t'ai encore apporté de la soupe et de la gelée. C'est dans la cuisine, dit-elle en pointant dans cette direction avec le pouce. Tu en veux ?

— Tu n'y étais pas obligée. Je vais bien. J'ai juste envie de rester allongé une minute avant de partir à l'entraînement.

— Tu vas t'entraîner ? Tu ne peux pas prendre un jour de congé ?

— Je pourrais, mais j'ai joué dans de pires états. Ça ira.

Nous jouons contre le Vermont ce week-end et je ne veux pas rater ça.

Elle sourit et cela me va droit aux tripes. Soit c'est son sourire, soit je vais à nouveau vomir.

— D'accord. Bon, je vais retourner à ma chambre avant les cours. Tu m'appelles plus tard ?

Elle a l'air incertaine et je déteste ça. Je déteste ça, mais je ne semble pas être en mesure de la rassurer. Je refuse également de m'approcher au cas où je serais encore contagieux.

— Oui, bien sûr, je t'appelle plus tard ce soir. J'ai le sentiment qu'après l'entraînement, je vais avoir besoin de faire une sieste.

— D'accord.

Elle recule et m'adresse l'un de ses doux sourires.

— Bon rétablissement.

TRENTE-CINQ
GINNY
DÉCEMBRE

Je suis assise au bar du *Repaire*, attendant mes amies et mon frère. Reagan est la première à arriver. Je me lève pour la prendre dans mes bras.

— Salut. Où est Dakota ?

— Elle n'avait pas fini d'étudier pour son devoir de biologie. Elle m'a dit de te dire qu'elle était désolée et qu'elle se rattraperait.

— Nul. J'espérais qu'elle viendrait. Adam finit tard et les autres gars ne se sentent pas de sortir. On dirait que tout le monde se désiste.

Lundi soir a été un fiasco après que Maverick et Heath sont tombés malades, mais j'espérais qu'on pourrait enfin sortir tous ensemble ce soir.

— En fait, je suis contente qu'il n'y ait que toi. J'ai besoin de te parler.

— D'accord.

Nous nous asseyons et quand le barman vient, elle commande deux shots de RumChata.

— Tu me stresses, Rea.

Les shots arrivent et elle en boit un cul sec sans m'attendre.

Je me mets à rire.

— Waouh ! Eh, ça ne peut pas être si...

— Ton frère me plaît.

Je digère ses paroles lentement, mais elle ne me laisse tout de même pas le temps de répondre.

— Pardon d'avoir menti, mais on venait juste de se rencontrer et je ne voulais pas que tu me trouves bizarre ou que tu croies que je faisais semblant d'être ton amie à cause d'Adam.

La mention de son nom me fait enfin percuter.

— Le mec pour qui tu craques, le joueur de hockey, c'est mon frère ?

— Oui, et je vais le lui dire ce soir, mais je voulais te l'annoncer d'abord.

Elle reluque le deuxième shot.

— Tu en veux ou je peux ?

— Je ne t'en veux pas. Adam aurait de la chance d'avoir quelqu'un comme toi, mais tu ne peux pas le lui dire ce soir.

— Pourquoi ?

Le coin de ses yeux bruns se plisse tandis qu'elle fronce les sourcils.

— Parce que j'ai invité Taryn et qu'elle vient d'arriver. Désolée. Je ne savais pas.

En me levant pour saluer la petite amie de mon frère, je vois Reagan descendre le dernier shot.

— Salut, dit Taryn avec hésitation.

— Salut, Taryn, dis-je en la prenant dans mes bras. Merci d'être venue.

Elle rit légèrement.

— Tu ne m'as pas vraiment trop laissé le choix. Tu as dit que c'était une question de vie ou de mort.

— C'était peut-être un peu exagéré, mais c'est important.

Je regarde des deux côtés, mais elle ne peut s'asseoir nulle part.

Reagan descend de son siège.

— Tiens, prends le mien. Je vais... y aller. Je viens de me rendre compte qu'on m'attend quelque part.

— Tu es sûre ? demandé-je.

Je me sens affreuse, non pas que j'aurais pu prévoir cette situation.

— Je t'appelle plus tard.

Taryn s'installe et je lâche une longue expiration. Autant se lancer tout de suite.

— Quoi que mon frère ait fait ou dit... c'est un idiot. Il traverse une épreuve difficile en ce moment, donc il ne faut pas le prendre au sérieux.

Son visage se tord, surpris.

— Tu veux parler de tes parents qui se séparent ?

— Il te l'a dit ?

— Oui, bien sûr. Il est vraiment bouleversé.

— Exactement. Ne le laisse pas te repousser à cause de ça. Je crois qu'il a juste besoin de temps.

Elle sourit gentiment.

— Je suis d'accord, mais ce n'est pas la raison pour laquelle nous nous sommes séparés.

— Ah bon ?

Elle secoue la tête.

— Non. C'était sûrement le catalyseur, mais pas la raison.

Merde, alors ! J'imagine que c'est ce qu'on récolte quand on se mêle des histoires des autres. Je m'avachis sur mon tabouret.

— Oh ! Tu es sûre ? Vous sembliez être bien ensemble.

— C'est vrai. Ton frère est génial et il me plaît beaucoup, mais je pars le semestre prochain et on n'a pas vraiment envie de tenter une relation à distance.

— Oh ! Je ne savais pas.

Merde alors !

— J'ai pris ma décision juste avant Thanksgiving. J'ai été

acceptée dans un programme de design très concurrentiel dans la fac de mes rêves.

Son visage s'illumine.

— Waouh ! Eh bien, félicitations !

— Merci.

La demi-heure suivante, je l'écoute parler de ses projets et du programme de sa nouvelle école. Plus nous parlons, plus je l'apprécie et plus je suis triste qu'elle s'en aille. Nous nous prenons dans les bras en partant et promettons de rester en contact. Je ne sais pas si nous le ferons réellement, mais ce n'est pas rien, car je n'ai jamais vraiment été amie avec les autres ex d'Adam.

J'ai reçu plusieurs messages de mon frère s'excusant de ne pas pouvoir venir. Cette soirée est un véritable échec.

J'appelle Heath en me rendant à son appartement, mais il ne répond pas. Depuis qu'il est tombé malade, il me maintient à distance parce qu'il a peur de me contaminer, mais là, je suis prête à prendre le risque d'être dans ses bras.

J'entends du bruit, des rires et des voix fortes, tandis que je monte l'escalier menant à chez eux. Je frappe deux fois avant d'entrer. Rhett, Maverick et Heath sont dans le salon. Tous les regards sont braqués sur la télévision, sur le jeu vidéo auquel ils jouent. Des bières sont alignées sur la table basse. J'étais loin de m'attendre à ça.

Quand ils me remarquent enfin, les yeux vitreux et les grands sourires de Maverick et Rhett me donnent une indication sur la quantité d'alcool qu'ils ont bu. Heath n'a pas l'air ivre, mais je suis tout de même un peu fâchée qu'ils soient tous ensemble alors que j'ai essayé de planifier une soirée avec tout le monde.

— Geneviève ! s'exclame Maverick.

Il tient une bouteille dans une main et une manette dans l'autre.

— Viens dans mon équipe. Ils me bottent le cul.

Rhett pose sa manette et passe une main dans ses cheveux châtain clair.

— Tu peux prendre ma place. J'y vais, les gars. Je dois appeler Carrie.

Il se lève et se dirige vers sa chambre, me laissant avec Heath et Maverick.

— T'en veux une autre ? propose Mav en se levant.

Il chancelle, puis se rend dans la cuisine. Il attrape une bière et la lève.

— Non merci, répond Heath.

Il me fait signe et tend les bras.

Je m'approche et grimpe sur ses genoux. Tandis qu'il me prend dans ses bras, je me blottis contre lui et inspire son parfum.

— Salut, murmuré-je contre sa mâchoire.

Il n'est pas rasé et j'adore la sensation de sa barbe courte sur ma peau douce.

— Tu te sens mieux ?

— Mhmm !

Du pouce, il lève mon menton et porte ma bouche à la sienne. Il m'embrasse rapidement. Je fonds contre lui.

— Je n'ai bu que deux bières et regarde-moi, je suis un petit joueur, à présent. Désolé qu'on ne soit pas venus. C'était comment ?

— Un vrai fiasco. Tu n'as rien loupé.

— Vous voulez qu'on se fasse un câlin ? Me prendre en sandwich ? demande Maverick.

— Tu rêves ! répond Heath en se levant, me tenant dans ses bras.

Il titube, mais curieusement, il me porte sans me lâcher ni me faire tomber.

— Bonne nuit, Mav, lancé-je par-dessus l'épaule de Heath.

Il ferme la porte avec le pied et me dépose sur son lit. En se plaquant contre moi, il enfouit sa tête dans mon cou et m'embrasse.

— Tu sens bon.

— C'est bon de te sentir, dis-je en levant les hanches contre la bosse dure dans son pantalon.

Je glisse les mains sous son t-shirt et sur ses pectoraux. Il se redresse suffisamment pour que je le passe par-dessus sa tête. J'adore le corps de Heath. Chaque muscle et chaque sillon. Le petit duvet recouvrant sa poitrine, ses abdominaux dessinés et le V qui disparaît dans son jean.

Un frisson de plaisir me parcourt alors qu'il embrasse mon cou et ma clavicule, d'un côté puis de l'autre.

Je déboutonne son jean et ouvre sa braguette. Lorsque mes paumes se retrouvent contre de la peau, je ris.

— J'ai dû laisser mon paquet à l'air libre, dit-il en se redressant avec un sourire penaud. Je n'ai pas fait la lessive depuis mon retour.

Je libère sa verge de son pantalon.

— Pratique.

Il souffle, puis gémit lorsque je fais glisser ma main sur son membre.

— Je pourrais ne plus jamais porter de caleçon. Putain ! Tu m'as manqué !

Je deviens une vraie guimauve quand il m'avoue ses sentiments. Même si je touche son sexe lorsqu'il me les dit.

— Ça ne fait que quelques jours.

— Et ?

Les yeux fermés, il agite les hanches contre ma main.

Je fais une pause, ses yeux s'ouvrent et se braquent sur les miens. C'est l'occasion de lui dire ce que je ressens, mais au lieu de le faire, je descends du lit et prends son gland dans ma bouche.

Après ça, nous sommes allongés sur le lit, l'un contre l'autre. Les paupières de Heath n'arrêtent pas de se fermer, bien qu'il me dise qu'il n'est pas fatigué.

— Je vais te chercher de l'eau et du paracétamol.

Je m'apprête à me lever, mais il s'empare de ma main et me plaque à nouveau contre lui.

— Non. Ce n'est pas la peine. Les gens essaient toujours de prendre soin de moi. J'ai juste envie de rester allongé là avec toi.

— Tu es vraiment têtu.

Sa bouche s'étire en un sourire, les yeux toujours fermés.

— Tu sais, ce n'est pas grave de laisser les gens être sympas avec toi. Ça ne veut pas dire que tu es un incapable. C'est comme ça que les relations fonctionnent.

Je me mords la commissure des lèvres.

— En parlant de ça, j'essaie de te parler depuis notre retour de vacances, mais avec tout ce qui s'est passé, nous n'en avons pas eu l'occasion. Peut-être qu'on pourrait se voir demain rien que nous deux ?

Ses paupières s'ouvrent lentement et ses yeux bleu sombre se braquent sur moi.

— Ce n'est rien, Ginny. Je suis déjà au courant. Je t'ai entendue parler à Adam.

— Tu sais quoi ?

— Chez tes parents. J'étais dans ta chambre le matin de notre départ, et je t'ai entendue dire à Adam que... ce que tu ressentais pour moi.

— Oh !

Merde ! Gênée, un rire faux m'échappe et je me redresse.

— Pourquoi tu n'as rien dit ?

— Je ne savais pas quoi dire.

Ses lèvres se recourbent vers le bas, puis sa langue pointe pour les humidifier.

— Ginny... tu me plais beaucoup.

Mon visage perd toute couleur. La façon dont il le dit et son expression... c'est insoutenable. « Tu me plais beaucoup ». Il ne me dit pas qu'il m'aime parce qu'il ne ressent pas la même chose.

Absolument horrifiée, fuir est la première idée qui me vient. Partir avant de me mettre à pleurer.

— J'avais oublié à quel point tu es honnête quand tu bois.

Je tente de le prendre à la rigolade, mais mes yeux picotent de larmes. Je me lève et cherche mes vêtements.

— J'y vais. On en parlera demain quand tu seras sobre.

— S'il te plaît, ne pars pas. C'est pour ça que je n'en ai pas parlé avant. Je ne voulais pas que tu le dises et que tu sois blessée si je ne te le disais pas en retour. Ce qu'on a est super et c'est juste une phrase bidon.

Il passe une main dans ses cheveux, puis la deuxième, relevant ses pointes sombres. J'adore ses cheveux. Ils sont toujours ébouriffés de manière si parfaite. Même maintenant alors qu'il me brise le cœur.

— L'amour, c'est bidon ?

Je secoue la tête, n'en croyant pas mes oreilles.

— C'est pour ça que je l'ai dit à Adam et pas à toi. J'ai pensé que c'était peut-être trop tôt, je ne voulais pas te mettre la pression ou rendre la situation bizarre. Je n'avais pas l'intention de te dire que je t'aime.

Je déglutis. Je ne peux décrire à quel point je déteste que la première fois que je le lui dis se passe comme ça. J'ai le cœur brisé de ne pas m'être rendu compte que je lui faisais pitié, alors qu'il essayait secrètement de trouver un moyen de me rejeter facilement.

— Non, ce n'est pas ce que je dis. Ce n'est pas ce que tu...

Il fait une pause.

— Attends, tu n'allais pas me le dire ? Mais tu as dit que tu voulais parler. Je me suis dit que c'était pour ça. J'ai rongé mon frein toute la semaine.

— Oh mon Dieu !

Je contemple le plafond et essaie d'apaiser ma colère grandissante. Quand je le regarde à nouveau, je n'arrive plus à me retenir de pleurer, des larmes chaudes de rage.

— Merde, je ne voulais pas le dire comme ça !

— J'allais te proposer qu'on se mette en couple, gros débile !

Ses sourcils se froncent.

— Oh !

— Mais c'est très bien de savoir que tu stressais de m'entendre prononcer le mot avec un grand A, Dieu m'en garde. Quelle affreuse chose à supporter pour toi !

La colère. Oui, j'ai besoin d'être en colère pour ne pas ressentir la tristesse.

Il se lève. Son jean déboutonné glisse sur ses hanches quand il s'avance vers moi.

— Putain, Ginny ! Je pensais qu'on était déjà ensemble.

— Oui, eh ben, on n'en a jamais parlé. D'où la discussion.

— Désolé.

— De quoi ? De ne pas m'aimer ou de trouver le concept absurde ?

Ma voix se brise.

Il râle et passe à nouveau ses grandes mains dans ses cheveux en essayant de trouver les bons mots. Mais c'est trop tard. Que pourrait-il bien dire maintenant ? Toute illusion qu'il pourrait ressentir la même chose, aujourd'hui ou un jour dans le futur, a maintenant disparu. Sortir avec un homme qui n'est pas prêt à s'engager sérieusement est une chose, mais une fois qu'on leur dit qu'on les aime (même par accident), impossible de revenir en arrière et de prétendre que ce n'est qu'une simple amourette.

— Ça ne va pas le faire.

— Ne dis pas ça. Oublie tout ce que j'ai dit ces cinq dernières minutes. Recommence. Demande-moi d'être ton petit ami.

Il réduit l'espace entre nous et prend mon visage dans ses mains.

— Demande-le-moi, Geneviève, supplie-t-il.

Un son étranglé profond s'échappe de sa gorge lorsque je m'écarte et termine de m'habiller, jetant son t-shirt que je portais sur le lit, enfilant mes vêtements et mes chaussures à la va-vite. J'ai l'impression qu'il pourrait essayer de m'arrêter, mais non. Il se contente de m'observer pendant que je me prépare à partir, l'air impuissant. Avant d'y aller, je dois le dire au moins une fois... à voix haute et à lui, au moins pour moi.

— Je t'aime, Heath.

Il sursaute.

— Désolée si c'est trop dur à gérer pour toi, mais c'est le cas, et je n'ai pas envie d'oublier simplement mes sentiments.

TRENTE-SIX
HEATH

— Voilà des années que je n'ai pas eu la gueule de bois comme ça.

Mav s'écroule sur le canapé et engloutit la moitié de son Gatorade en une seule longue gorgée.

— Après avoir été malade et avoir à peine mangé de la semaine, on tient aussi bien l'alcool qu'une lycéenne.

Je demeure silencieux, il me tapote le pied sur la table basse.

— Qu'est-ce qu'il y a ? Tu n'as rien dit de toute la matinée.

— Je vais bien.

— Bien bien ou bien bien ?

— J'ai dit que j'allais bien.

Il hausse les sourcils et sourit, mais il se ravise. Il termine sa bouteille et se lève.

— Prêt à aller à la fac ? Je meurs de faim.

— Allons prendre le petit-déj' ailleurs qu'à la cafèt'.

— Oui, super. J'ai envie de pancakes. Envoie un message à Ginny, on peut passer la prendre.

— Elle ne veut pas venir.

— Quoi ? Bien sûr que si ! Je vais lui envoyer un message.

— Non. On n'est... elle est...

Putain, je n'arrive pas à formuler ce que nous sommes !

Maverick s'arrête dans son geste, la main qui tient son téléphone retombe.

— Qu'est-ce que t'as foutu, Payne ?

J'aimerais lui en vouloir de remettre automatiquement la faute sur moi, mais évidemment, tout est ma faute. Je lâche un énorme soupir.

— Je te raconterai en mangeant des pancakes.

Il ne m'oblige pas à parler avant que nous ayons une pile de pancakes dans nos assiettes. Alors seulement, il me pose la question. Je lui parle d'hier soir, incapable de manger plus d'une bouchée ou deux.

— C'était froid comme réaction.

— J'étais censé dire quoi ?

— Je ne sais pas trop.

Il hausse les épaules et prend une énorme fourchette. Il a l'air songeur en mâchant et en déglutissant.

— Tu trouves vraiment que l'amour est bidon ?

— Pas toi ?

Si quelqu'un devait comprendre, je me suis dit que ce serait Maverick. Son enfance a été aussi pourrie que la mienne, simplement totalement différente.

— Non, mec. L'amour, c'est magnifique.

— Comment tu le saurais ?

Bordel, j'ai besoin d'une muselière, en ce moment !

— Désolé, ce n'était pas ce que je voulais dire, mais tu vois ce que je veux dire. Qui te l'a déjà dit et ne te l'a pas fait à l'envers ?

— Eh bien, tu ne me l'as jamais dit, mais tu m'aimes et tu ne me l'as jamais fait à l'envers.

— Ce n'est pas pareil.

— Ah bon ?

— À moins que tu sois là, à m'imaginer nu.

Ses lèvres s'entrouvrent et s'étirent en un sourire.

— Détends-toi, tu n'es pas assez coquin pour moi.

— Plus sérieusement, mec, tu crois qu'il existe quelqu'un capable de te le dire et de le penser sincèrement ? Sans réserve, sans arrière-pensée, deux personnes qui se soucient profondément l'une de l'autre et désirent se soutenir ?

— N'est-ce pas, en gros, ce que Ginny et toi viviez avant que tu foutes tout en l'air ?

Il pose un coude sur la table et agite sa fourchette dans les airs.

— Je ne suis pas du genre à essayer d'être à la hauteur des attentes des autres. Je sais ce que ça signifie pour moi, et oui... dit-il en haussant les épaules. Du moins je l'espère. Autrement, on ne sera plus que tous les deux pour se sucer. La seule question que tu dois te poser, c'est : crois-tu que Ginny le pensait ?

— Oui, je crois que oui. Elle ne m'a jamais donné aucune raison de douter d'elle.

Je jette ma serviette sur la table.

— Je n'ai pas faim.

Il s'empare de mon assiette, je l'observe l'engloutir, puis se reculer dans son siège avec un soupir satisfait.

— Je ne sais pas quoi faire. J'ai envie d'être avec elle, mais je ne peux pas lui dire que je... tu sais, quand ces mots me donnent envie de me jeter d'une falaise.

— Mais tu le penses ?

— Si je ne détestais pas ces mots et tout ce que mon passé associe à ça ? Oui, c'est probablement comme ça que je définirais mes sentiments.

— Un grand pas. Énorme. Parole de Kanye West, pas la mienne !

— Je crois que je vais juste essayer de lui parler d'abord.

— Parler t'a foutu dans cette merde, fait-il remarquer.

En arrivant sur le campus, Maverick se dirige vers son cours. Je vais passer à la cité universitaire en premier pour voir si Ginny est là. Quelque chose me dit qu'elle ne s'est pas non plus pointée à la cafétéria ce matin.

— Bonne chance, mon pote. Essaie de ne pas utiliser le mot « apprécier ».

Je lui fais un doigt d'honneur. Il tourne les talons et je l'appelle.

— Eh, Mav !

Mon ami regarde par-dessus son épaule.

— Tu peux toujours compter sur moi si tu veux me sucer. Quoi qu'il arrive !

Je traverse à toute allure le campus et monte en courant l'escalier jusqu'au premier étage.

Je frappe à la porte et attends. Pas de réponse. Je frappe à nouveau.

— Ginny ? T'es là ? C'est Heath. Ouvre si tu es là. S'il te plaît.

Aucun bruit de l'autre côté, j'appuie la tête contre la porte.

— Je suis tellement désolé !

Quelques personnes passent dans le couloir et me lancent d'étranges regards, la porte continue à se moquer de moi en restant fermée. J'expire, l'ampleur de l'erreur que j'ai commise fait souffrir intensément mon corps tout entier.

Je suis pris par surprise quand la porte s'ouvre enfin,

trébuchant en avant. Mon cœur s'envole, puis s'effondre en voyant le visage d'Ava et non celui de Ginny.

— Elle n'est pas là, dit sa camarade timide, ses joues virant au rose.

— Ah, d'accord ! Tu pourrais lui passer un message ?

Elle hoche la tête, me prenant par surprise. Merde, c'est quoi, le message ? « Désolé d'être un énorme connard » ne lui apprend rien de nouveau, même si c'est le cas.

— Dis-lui simplement de m'appeler.

Je recule et ajoute :

— S'il te plaît.

TRENTE-SEPT
GINNY

— Merci de faire celle-ci avec moi, dis-je à Dakota tandis que le groupe de l'école primaire du coin s'aligne pour la visite du Hall of Fame.

C'est la première fois que je retourne au travail après avoir été enfermée dans la salle high-tech. Je suis déjà dans tous mes états à cause d'hier et l'idée d'être à nouveau là seule m'effraie.

— De rien. Ils ont l'air petits, mais crois-moi, il va nous falloir être nous deux et leur maître pour les faire filer droit.

Elle me fait un sourire rassurant, s'avance et se présente.

Je reste en arrière et la laisse parler le plus. Je ne me sens pas particulièrement d'humeur bavarde, mais je réponds aux questions et aide à éviter que les gamins s'éloignent. L'expérience est totalement différente d'avec les recrues, moins concentrée. On laisse davantage les enfants se promener, ébahis en apercevant des athlètes universitaires sur le campus ou en train de s'entraîner. Ils les regardent comme s'ils étaient des célébrités et ça fait plutôt chaud au cœur. Cependant, puisque c'est moins intense que les visites de recrues, j'ai la possibilité de me fondre dans le paysage et aujourd'hui, j'en suis extrêmement reconnaissante.

Nous entrons dans la salle high-tech, Dakota la première, les enfants à sa suite et moi en dernier. Elle me jette un coup d'œil en entrant. Je hoche la tête pour lui faire savoir que ça va. L'anxiété que je pensais ressentir en revenant ici est peut-être atténuée par la profonde douleur que j'éprouve depuis que je suis partie de chez Heath hier soir. Toutefois, je suis capable de rester debout et de regarder la vidéo sans paniquer. C'est un film global, incluant tous les sports, mais vu que le hockey est si important à Valley, le visage de Heath apparaît de nombreuses fois à l'écran. À chaque apparition, j'ai l'impression qu'on verse de l'alcool sur une blessure ouverte.

Je suis triste et en colère, passant de l'un à l'autre si fréquemment que même moi, j'ignore l'émotion que je ressens le plus. Croit-il réellement que nous puissions continuer à sortir ensemble comme si rien ne s'était passé ? Même si j'arrivais à me faire à l'idée qu'il ne ressent pas la même chose, et qu'il ne le ressentira peut-être jamais, je serais une épave en attendant le jour où il paniquerait à nouveau et déciderait de tourner la page. Une relation ne peut aller que dans deux sens et il a supprimé l'une de ces options. Quand on sait comment ça va se terminer, c'est plus difficile de profiter.

Lorsque la vidéo s'arrête sur le dernier plan, un plan de drone au-dessus du campus, les visages des enfants rayonnent de joie et d'émerveillement. Je m'approche de la porte afin d'être la première à sortir.

Dakota et moi les emmenons sur le terrain de football et les laissons courir sur la grande surface ouverte.

— C'était comment ? demande-t-elle alors que nous nous tenons au milieu.

— Je ne sais pas si je ressentirai un jour la même chose pour cette salle, mais ça va.

— Écoute, je gère. Vas-y, va voir Heath, ou va te coucher et pleurer... quoi que tu aies besoin de faire.

— Tu es sûre ?

— Certaine. Encore cinq minutes à courir d'un bout à l'autre du terrain et je pourrai les rendre à leur maître.

Je l'enlace.

— Merci.

Je me rends à ma chambre avec l'intention d'essayer de faire une sieste. Inutile de dire que j'ai passé la nuit à me tourner et à me retourner, donc je ne suis pas seulement épuisée mentalement, mais physiquement aussi. Cependant, dès que je me mets dans mon lit et que je tire la couette, je reçois un SOS de Reagan.

Je me relève et traverse le campus d'un pas lourd. Je la trouve à l'arrière du théâtre, dans les loges. Elle a des bigoudis dans les cheveux et porte un peignoir en soie vert.

— Salut, qu'est-ce qui se passe ?

— Madame Morris est tombée et s'est cassé le poignet. Elle n'est pas disponible et maintenant, je n'ai personne pour me maquiller. Tu peux m'aider ? On a notre répétition en costume dans une demi-heure.

J'ai lu la première partie de son message et suis venue avec mon maquillage, mais une répétition en costume ? L'expression sur son visage se fait cependant suppliante, alors, je prends sur moi.

— Je n'ai jamais fait de maquillage de scène comme ça, mais je peux essayer.

— Merci !

Les loges du théâtre sont une grande salle ouverte avec un comptoir qui longe deux murs et des miroirs éclairés. Des tabourets sont éparpillés dans la pièce. Certains se trouvent sous le comptoir, d'autres sont recouverts de vêtements et de sacs de maquillage. Les autres sont occupés par les filles qui se préparent.

Reagan s'assied, ses cosmétiques jonchent la table devant elle.

— Bon, il s'est passé quoi avec Heath ? Dakota a entendu Rhett dire que Heath n'avait pas l'air bien pendant leur entraînement matinal.

Je pose mon sac à dos et ajoute mon maquillage sur le comptoir.

— La nuit a été très longue après ton départ.

Je la mets au parfum tout en préparant son visage.

— Tout ça s'est passé hier soir ? Et tu n'as pas eu de nouvelles de lui depuis ?

— Ava m'a dit qu'il était passé à la chambre, il me cherchait.

Elle sourit et essaie de me repousser.

— Va-t'en. Je peux m'occuper de mon visage.

— Hors de question ! Je gère. Si on pouvait juste parler d'autre chose.

— D'accord. Comme quoi ?

— Comme le fait que je suis très nerveuse, là.

— Quoi ? Pourquoi ? Tu m'as maquillée plusieurs fois. C'est toujours parfait.

Mes mains tremblent.

— Mais les éclairages et les gens... je stresse et ce n'est pas même moi qui dois monter sur scène.

Son rire doux me détend.

— Ce n'est qu'une répétition en costume.

Alors que je m'affaire, elle étudie le script devant elle. Je l'ai tellement entendue répéter ses répliques avec Dakota que je sais qu'elle a déjà presque tout mémorisé. Cependant, je décide qu'il vaut mieux ne pas perturber son rituel.

Quand elle lève enfin la tête, je suis sur le point d'appliquer une autre couche de mascara.

— Oh, waouh, Ginny !

— C'est trop ?

— C'est incroyable.

Elle tourne son visage pour étudier de plus près ses deux profils.

— Tu fais des miracles.

— Je n'en suis pas certaine, mais merci.

Le mascara en main, je lui ordonne :

— Regarde vers le bas.

***

Au lieu de rentrer à ma chambre ou d'aller en cours, je reste assister à la répétition. La pièce est une version moderne de *Un chant de Noël* de Charles Dickens. Reagan joue l'Esprit du Noël présent. La robe verte qu'elle porte aurait très bien pu être conçue spécialement pour elle. Elle est ravissante. C'est ma première pensée, mais plus elle joue, plus j'aime son personnage.

Je souris lorsque l'horloge sonne minuit, elle incline la tête et recule lentement jusqu'à disparaître derrière le rideau.

Après la répétition, elle descend de la scène et vient me rejoindre au troisième rang.

— C'était comment ?

Je la serre fort.

— Tu es bourrée de talent, Reagan.

Je la lâche pour la regarder dans les yeux, afin qu'elle sache à quel point je suis sincère, puis je la reprends dans mes bras.

Une femme qui était assise dans la rangée devant moi se tourne et se dirige vers nous. Ses cheveux blonds sont attachés en un chignon serré et elle retire ses lunettes à monture rouge quand elle arrive devant nous. Elle a l'air sophistiquée et prête à répliquer si nécessaire.

— C'était vraiment très bien, Reagan. Tu as très bien joué avec l'éclairage au plafond.

Elle s'approche davantage et étudie le visage de mon amie.

— Ton maquillage…

Sa gorge émet un petit son.

— Qui l'a fait ?

— Oh ! Euh, c'est moi. Désolée si ce n'est pas…

— C'est incroyable, m'assure-t-elle en inclinant la tête vers Reagan. Il faudrait que ce soit plus foncé pour qu'on te voie depuis le fond, mais ça te va bien. Beau travail aujourd'hui. À demain.

— Merci, docteur Rossen.

Une fois qu'elle est partie, Reagan m'attrape la main et pousse un cri de joie.

— Tu as géré !

— Cette femme est effrayante. Qui est-ce ?

— C'est la metteuse en scène.

— Eh bien, je ne voudrais pas la froisser !

— Elle a fait pleurer plus d'une personne depuis qu'elle est arrivée l'année dernière. Viens, je t'offre un café pour te remercier.

Nous restons sur le campus et allons à *University Hall*. C'est le rush de fin de soirée, mais nous commandons deux cafés et trouvons une petite table près de la porte.

— Je suis tellement soulagée que ce soit terminé !

— Tu n'as pas deux vraies représentations ce week-end ?

— Oui, mais la répétition est le seul moment qui me stresse vraiment. C'est plus difficile de se mettre dedans quand on fixe une salle vide.

— Je ne comprends tellement pas !

Elle sourit.

— Merci encore. Tu fuyais peut-être la situation avec Heath, mais ça m'a bien aidée.

Je prends une gorgée de café.

— Quand tu veux. Bon, on va parler de ce que tu m'as dit hier soir ?

Elle baisse les yeux sur la table.

— J'espérais qu'on pouvait faire comme si je n'avais rien dit.

— Comme tu as essayé de prétendre que tu ne ressentais rien pour mon frère durant tout le semestre ?

— Ça date de plus longtemps que ça, marmonne-t-elle.

Je souris jusqu'aux oreilles quand elle lève enfin la tête.

— Je pense que tu devrais foncer. Taryn et lui en ont bel et bien terminé. Elle s'en va à la fin du semestre. C'est ta chance.

— Je ne sais pas. Maintenant que toi et moi, on est proches, ce ne serait pas bizarre ?

J'y réfléchis quelques instants.

— Non, je ne crois pas. À moins qu'on rende ça bizarre.

— Ça ne vaut sûrement pas la peine de s'inquiéter pour ça. Honnêtement, il ne m'a pas remarquée en trois ans. Je ne crois pas qu'il me voie comme ça.

— Il n'y a qu'une seule manière de le découvrir.

— Écoute-toi, balançant des conseils alors que tu te caches de ton copain.

— Je ne me cache pas... je nous laisse souffler un peu.

— Et ?

— Je préfère souffler avec lui.

Je mets mon téléphone en mode silencieux, le fourre dans le tiroir de mon bureau et me plonge dans mes devoirs tout l'après-midi. Je ne m'autorise pas à penser à autre chose. Jusqu'à ce qu'un coup fort à ma porte rompe ma concentration. Le cœur serré, j'attends d'entendre la voix de Heath de l'autre côté de la porte, mais c'est Adam qui s'exclame :

— Ginny, ouvre !

Je descends de mon lit et ouvre la porte à la volée.

— Salut, que fais-tu là ?

— Je t'ai appelée toute la journée.

— Oh ! Euh, j'ai mis mon portable en silencieux pour rattraper mes devoirs. Qu'est-ce qu'il y a ?

— On m'a dit pour hier soir.

— Oh, ça !

— Oui, oh, ça !

Il déplace mes livres et s'assied sur mon lit.

— Je suis sûr que tu me rends la monnaie de ma pièce après que je me suis mêlé de ta relation avec Heath, mais je n'arrive toujours pas à croire que tu as insisté pour que Taryn et moi nous remettions ensemble.

Oooooh, d'accord ! *Ça.*

Je m'assieds et prends un oreiller sur mes genoux.

— Je sais que j'ai dépassé les limites. Je croyais que tu réagissais à maman et papa et je voulais aider. Tu as toujours veillé sur moi et je voulais faire de même pour toi, pour une fois.

— C'est ce qu'a dit Taryn.

— Tu m'en veux ?

— Non, je comprends.

— Je suis désolée pour Taryn et toi.

— Oui, moi aussi.

— Le côté positif, c'est que je connais plein de filles qui seront ravies de savoir que tu es à nouveau célibataire. Une en particulier, mais ce n'est pas à moi de te dire qui.

Un rire silencieux agite sa poitrine.

— Je crois que je vais essayer le célibat, pour changer. Avec tout ce qui se passe, je crois que l'univers m'envoie un signe.

— Le célibat, hein ? Je n'arrive pas à t'imaginer célibataire.

— Moi non plus.

Il se penche pour poser le dos contre le mur en béton.

— Je ne pense pas non plus que je gère très bien la situation avec maman et papa. En revenant, je me suis acharnée à faire des projets avec nos amis parce que je voulais plus que tout faire croire que tout était normal. Mais ce n'est pas le cas. Je crois que ça va être bizarre un bon moment, quoi qu'il arrive. En plus, euh, Heath et moi sommes... je ne sais même pas.

— Oui, c'est la raison pour laquelle je suis venu, mais je me suis dit que tu ne m'aurais pas ouvert si je t'en avais parlé.

— Tu es au courant ?

— Un regard vers Heath ce matin et je crois qu'on savait tous que quelque chose n'allait pas. Tu veux me raconter ce qui s'est passé ?

— La version courte ? Il m'a entendue te dire que je l'aimais, il a paniqué, m'a dit que l'amour, c'était bidon, et j'ai fui.

— Pourquoi as-tu fui ? Ça ne te ressemble pas.

— Parce que j'avais honte. Tu sais ce que ça fait de déclarer à quelqu'un que tu l'aimes et qu'il ne te le dise pas en retour ?

Il secoue la tête.

— Non. Mais je suis sûr que plein de gens me l'ont dit sans le penser. C'est un risque dans tous les cas.

— Tu sais, je n'y ai jamais réfléchi auparavant, mais tu es sûrement la personne la plus courageuse que je connaisse. Tu passes de fille en fille...

Il grogne.

— Laisse-moi finir, dis-je en le frappant à la jambe. Tu continues à t'engager, peu importe le nombre de fois où ça ne fonctionne pas. C'est peut-être *un peu* exagéré, mais c'est vraiment courageux.

Il se frotte la nuque.

— Eh bien, j'imagine que c'est une façon de voir les choses.

Nous nous taisons et je pose la tête sur son épaule. Son alarme sonne et je me redresse.

— Je dois y aller. Tu viens au match ?

— Pas sûre. Sûrement.

— C'est marrant que même quand tu es furax, tu ne puisses pas t'empêcher de venir le soutenir.

— C'est *toi* que je soutiens.

— Mmh, mmh !

Je lève les yeux au ciel.

— Ça va aller ?

Il s'arrête à la porte et me regarde d'un air sérieux.

— Oui, soufflé-je. J'étais parfaitement heureuse de notre amusante amourette de fac, jusqu'à ce que je découvre que je l'aimais. Putain d'amour !

Il se gratte le visage.

— Sur ces belles paroles, j'y vais.

Il ouvre la porte et me fait un clin d'œil.

— À plus, G.

TRENTE-HUIT
HEATH

QUAND NOUS ARRIVONS sur la glace, je cherche automatiquement Ginny à sa place habituelle. Elle n'est pas là, le couteau dans ma plaie remue davantage.

Le Vermont est fort. Ils ont un première année, Lex Vonne, presque aussi rapide que moi, et leur défense est énorme et violente.

— J'ai joué contre Vonne au lycée, dit Adam. Ce n'était qu'un maigrichon qui arrivait à peine à tenir droit, à l'époque.

Le week-end dernier, nous avons visionné un match du Vermont, Jordan et Adam nous ont préparé du mieux qu'ils pouvaient. Tous trois viennent d'Arizona et Jordan est allé au lycée avec Vonne, ils ont joué ensemble pendant quatre ans. Personne n'en revient des progrès qu'il a faits. L'air de la Nouvelle-Angleterre semble bien lui convenir, car à chaque match, il s'améliore.

— Oui, eh ben, on dirait qu'il a progressé ! Beaucoup.

— Sans blague !

Adam rit pendant que nous le regardons s'échauffer, l'air réfléchi et vif d'esprit.

Le match convient à notre rythme, il est d'une brutale intensité et c'est exactement ce dont j'ai besoin ce soir. Aucune des équipes ne marque durant le premier tiers-temps. J'ai patiné presque la moitié des vingt minutes et je suis à bout de souffle. Cependant, la brûlure dans mes poumons n'est rien comparée à ce que je ressens quand je regarde le siège vide de Ginny.

Le coach nous fait son habituel discours rapide et direct entre les tiers-temps. Il n'est pas du genre à faire de grands discours, mais ses paroles sont toujours efficaces.

Le gardien du Vermont est l'un des meilleurs du pays, non pas que nous lui rendions la tâche difficile. Nous perdons le palet avant même que nous puissions faire une action avec. Maverick me fait une passe et je me sers de mon agressivité pour faire un vilain lancer frappé. Trop large, je jure que je sens le gardien sourire sous son foutu casque.

Les remplaçants entrent et j'ai un instant pour souffler et me reprendre.

— Ça va ? demande Mav.

— Suffisamment pour terminer, lâché-je.

Puis aller trouver Ginny.

— Allons-y, alors.

Une minute après que nous avons sauté la rambarde, le Vermont marque et les supporters de Valley grognent leur désapprobation.

Nous entrons dans le troisième tiers-temps menés d'un point. Le masochiste que je suis continue à jeter des coups d'œil en direction du siège de Ginny, qui est occupé à chaque match à domicile. Chaque fois que je regarde, c'est comme un autre coup de poing dans le ventre, mais je ne peux m'en empêcher.

— Payne ! lance le coach depuis le banc. Toujours avec nous ?

Je patine comme si la douleur n'importait pas. J'assomme un

défenseur, fais une passe à Jordan sur la gauche et passe devant deux autres joueurs, pile quand il me renvoie le palet. J'aperçois bien les buts, mais je manque le tir. Au moins, le gardien doit employer un peu de sa force de champion, mais le résultat reste le même : Valley perd. Une défaite devant notre public.

Après notre défaite, personne n'a envie de sortir et les gars et moi rentrons à l'appartement.

Je m'installe sur le canapé, le téléphone à la main. Je n'ai pas eu de nouvelles de Ginny et je ne crois pas que ce soit à cause de sa camarade de chambre qui ne lui a pas fait passer le message. J'écris plusieurs messages, mais n'en envoie aucun.

Rauthruss joue aux jeux vidéo.

— Tu veux jouer ?

— Oui.

Je lève la main et il me jette une manette.

Nous jouons en silence quelques minutes.

— Je peux, euh, te poser une question ?

— Bien sûr, dit-il sans quitter l'écran des yeux.

— Carrie et toi, comment vous en êtes venus là ?

— On est allés au lycée ensemble.

— D'accord, mais je veux dire, comment avez-vous officialisé ?

— Elle m'a dit qu'on ne devait plus fréquenter d'autres personnes.

— C'est tout ?

Il met le jeu en pause et me regarde.

— J'ai probablement répondu quelque chose de très éloquent comme « euh, d'accord. » Elle était populaire et pas moi. J'aurais fait tout ce qu'elle me demandait.

La porte de la chambre d'Adam s'ouvre. Ce dernier en sort et s'assied dans le fauteuil en poussant une longue expiration exagérée.

Rauthruss le regarde.

— Tu ne vas pas chez Taryn ?

Adam agite la main.

— Non, c'est terminé.

— Une autre de perdue ? plaisante Rauthruss avant de me regarder. Si tu veux des conseils pour avoir une copine, demande à Scott, dit-il en désignant Adam du menton.

— Tu veux demander à Ginny d'être ta petite amie ? questionne celui-ci.

Oui, ce serait beaucoup moins gênant si je n'avais pas cette discussion avec son frère. Il détestait l'idée avant que je la fasse pleurer, je doute donc qu'il soit pour maintenant.

Je prends des pincettes.

— Pour être honnête, je pensais qu'elle l'était déjà, mais j'imagine que c'est un truc dont on doit parler d'abord.

Le visage d'Adam passe lentement de l'indifférence figée à l'amusement et il rit.

— Tu as déjà eu une copine, Payne ?

Je racle ma gorge et essuie mon front. Putain, il fait chaud, ici !

— Pas du tout.

Il m'étudie et lâche un autre de ses nouveaux soupirs mélancoliques.

— Ginny n'a pas besoin d'un grand geste de ta part, tu as juste à lui dire ce que tu ressens. En fait, non, d'abord, tu dois la convaincre de te reparler.

— Oui, merci beaucoup. Super discussion.

Mav entre.

— Chéri, je suis rentré !

Il s'avachit et nous observe.

— Qu'est-ce qui se passe ?

— Heath va demander à Ginny qu'ils se mettent en couple, déclare Rauthruss avec un sourire narquois.

— Ta gueule ! lui dis-je, mais en souriant.

Putain, j'aurais dû ne rien lui demander ! Rien n'est jamais pris au sérieux, ici.

— Je suppose que *parler* ne s'est pas si bien passé que ça ?

Je l'ignore d'un geste de la main.

— Vous allez m'aider, oui ou non ?

Maverick tape dans ses mains.

— Écrivons des idées sur le tableau.

— On n'a pas de tableau, fait remarquer Adam.

Maverick secoue la tête, tout sourire.

— Grossière erreur, larbin. Premièrement, trouver quelque chose pour y écrire des idées.

Étonnamment, Adam se lève et semble chercher un support. Maverick part au réfrigérateur, attrape quatre bières puis nous les tend.

Adam revient avec un bout de papier et un crayon.

— OK, idées pour sortir avec une fille. J'ai l'impression d'être de retour au collège.

— J'aurais cru que tu avais commencé à la crèche, dit Rauthruss en ouvrant sa bière.

Adam le chasse de la main, puis me regarde, prêt à noter nos idées.

— Tu es d'accord ? lui demandé-je.

Il hausse les épaules.

— Si c'est ce qu'elle veut. D'autre part, ça va être hilarant de te voir essayer de faire l'impossible.

Maverick prend les commandes et je le laisse faire. Il a beau parler en mal de son père, je distingue l'air de famille. Quand il se concentre sur quelque chose, c'est un bon meneur.

Une heure plus tard, nous avons une poignée d'idées et elles sont toutes horribles. Rauthruss est du genre direct : l'emmener dîner, lui acheter des roses. Maverick fait dans le détail et fait tellement de suggestions que seule la moitié sont rédigées. Ça va de louer une salle de cinéma à embaucher un groupe de Mariachis et tout ce qu'on peut imaginer entre. Adam a de bonnes idées et c'est celui qui connaît Ginny le mieux, mais aucune de ses suggestions n'a l'air adéquate.

Je réfléchis peut-être trop. Je ne sais rien de l'amour ou sur le fait d'être un bon petit ami, mais je connais Ginny et je sais que je suis une meilleure personne quand je suis avec elle.

— Alors ? demande Rauthruss une fois que nous n'avons plus d'autres suggestions ni de bière.

— Peut-être un dîner ?

Ce n'est pas très original, mais c'est bien plus simple que de louer une salle de cinéma. J'ignore comment faire ça et j'ai l'impression que c'est le genre de chose qui pourrait prendre des jours, voire des semaines, je ne veux pas attendre aussi longtemps.

— Un dîner ?

Le visage de Maverick se décompose, clairement déçu.

— Un dîner, c'est... un dîner. À moins...

Il se penche en avant, les coudes sur les genoux.

— Que tu réserves le restaurant pour que vous soyez rien que tous les deux et puis...

Je l'interromps.

— Je t'arrête là, mon pote. J'apprécie ton dévouement, mais je ne veux pas avoir l'impression d'être quelqu'un d'autre.

Mes souvenirs préférés avec Ginny ce semestre ont été de traîner avec nos amis ou juste tous les deux. Rien n'était élaboré ou excessif, mais peut-être est-ce différent. Peut-être que je me dois de sortir le grand jeu.

Je me passe une main sur le visage avant de regarder Adam.

— Quelqu'un connaît sa chanson préférée ?

— Tu optes pour *ça* ? s'exclame Rauthruss en haussant les sourcils. Je dois le voir de mes propres yeux.

Maverick serre le poing.

— Oui, j'adore cette idée !

— Évidemment. C'est la tienne !

TRENTE-NEUF
GINNY

Dakota et Reagan sont assises au bout du lit, me fixant avec des visages soucieux. Ava est partie voir Trent ce week-end et quand j'ai dit à mes amies que je retournais seule dans ma chambre après le match, elles ont insisté pour venir avec moi.

Mon téléphone sonne sur mon bureau et Dakota me l'attrape.

— Lis-le-moi.

— C'est Adam. Il dit qu'il ne t'a pas vue au match et il souhaite savoir si tu es dans ta chambre en train de regarder *Coup de foudre à Notting Hill*.

Elle lève les yeux, attendant une explication.

— Quand j'étais en cinquième, mon premier chéri a cassé et j'étais si dévastée que j'ai regardé en boucle *Coup de foudre à Notting Hill* tout un week-end. Environ une vingtaine de fois. C'est devenu mon film de rupture.

Je me sens d'attaque pour regarder ce film en boucle maintenant.

— J'adore ce film, commente Reagan. Julia Roberts est une déesse.

Dakota pose le téléphone sur le lit.

— J'imagine qu'ils ne nous ont pas vues. Tant mieux.

— Oui, affirmé-je.

Du moins, je crois. Je ne suis pas sûre de la différence que ça aurait faite, mais il était hors de question que je m'installe à mon siège habituel, si près du banc de touche qu'il aurait pu voir la tristesse sur mon visage. Le match était déjà bien assez violent comme ça.

À la place, les filles et moi nous sommes assises au sommet des tribunes étudiantes, nous mêlant à la marée humaine bleu et jaune. Ça a été dur de les regarder perdre, mais ça allait bien avec mon humeur déprimante.

Mon portable sonne à nouveau, cette fois-ci, je le prends.

ADAM

Ça va ? Fais-moi juste savoir si tu es dans ta chambre, si tout va bien et je te laisse tranquille.

MOI

Oui, je suis saine et sauve dans ma chambre.

Il ne répond pas tout de suite, je rejette mon téléphone sur le lit. L'avoir dans les mains me rappelle que je n'ai pas parlé à Heath.

— Bon, et si on regardait *Coup de foudre à Notting Hill* ?

Nous venons de mettre le film quand j'entends du bruit par la fenêtre. Ma chambre donne sur le parking, donc c'est habituel qu'il y ait du bruit, mais celui-ci est... eh bien, différent.

— Vous entendez ça ? demandé-je.

— On dirait un groupe de mecs bourrés qui partent en soirée. C'est trop tôt pour être aussi détestable, ça doit être des première année. Sans vouloir te vexer.

Elle se lève et part voir.

— Euh, Ginny, je crois que tu devrais venir voir ça.

Je rampe hors du lit pour aller jeter un œil. Des massifs

bordent l'immeuble, donc les mecs détestables mentionnés plus haut ne se trouvent pas directement sous ma fenêtre, mais ils ne pourraient pas être plus près.

Adam et Rhett sont à quatre pattes par terre, Maverick l'est sur eux et Heath est debout sur son dos. Ils ont fait une fichue pyramide ! Reagan et Dakota rient. Nous ouvrons la fenêtre le plus grand possible, c'est-à-dire seulement de quelques centimètres.

Heath tient son téléphone au-dessus de sa tête et chante les paroles de la musique.

— Qu'est-ce qu'il fout ? demande Dakota.

— Chut ! Il donne une sérénade à Ginny, répond Reagan.

— Pourquoi Mariah Carey ? questionne Dakota dans un murmure.

D'autres résidents ont ouvert leurs fenêtres et crient ou chantent avec lui. Les gens passant par le parking s'arrêtent. Certains filment avec leur téléphone, sans aucun doute.

Heath arbore une expression timide que je ne lui connaissais pas, mais il chante à tue-tête avec assurance. Quand il arrive au deuxième refrain, il s'arrête.

— Elle a entendu ? lance Rhett. Qu'est-ce qui se passe ? Je ne vois rien d'ici.

— Toute la cité t'a entendu, connard ! hurle quelqu'un.

— Qu'est-ce que tu fais ? demandé-je par la fente de la fenêtre.

Mon cœur tambourine dans ma poitrine. L'espoir et l'excitation griffent ma peine et ma colère.

— Je n'ai pas trop planifié. Je ne sais pas quoi faire, maintenant, avoue-t-il avec un sourire penaud.

— Dis-lui ce que tu ressens, le presse Mav.

Il lève la tête vers moi et retire une main pour me saluer, ce qui fait chanceler Heath.

— Tu devrais peut-être descendre d'abord, conseille Adam.

Heath descend et les autres garçons se lèvent. Heath s'approche et lève les yeux vers moi.

— Tu me manques.

— Tu aurais pu me le dire par message.

— J'avais peur que tu ne répondes pas.

— Y'en a qui essaient de regarder un film, ici ! lance quelqu'un depuis une fenêtre proche de la mienne.

Heath regarde en direction de la voix.

— Désolé, mec. J'ai presque fini.

Mav s'impatiente.

— Va le regarder, alors ! Le mec est en train d'avouer ses sentiments.

Il hoche la tête vers Heath comme pour dire : « Je te couvre. »

Celui-ci incline la tête sur le côté et parle un peu plus bas.

— On peut parler ailleurs qu'à travers la fenêtre ?

J'hésite et il ajoute :

— On n'est pas obligés de le faire ce soir. Demain ? La semaine prochaine ? Le mois prochain ? Dis-le et je serai là.

Reagan chuchote derrière moi :

— Descends le voir.

Mon cœur bat si fort, mais le reste de mon corps est figé.

— Je t'appellerai, d'accord ?

Il hoche la tête, l'air résigné en faisant un pas en arrière.

— Allons-y, les gars, dit Adam.

Ils ont tous l'air déçus, mais je n'arrive pas à me résoudre à descendre et à me jeter dans ses bras. Bien sûr que c'est ce dont j'ai envie, mais ensuite quoi ?

Ils se dirigent vers le parking. La Jeep d'Adam est garée sur l'une des places les plus proches de ma cité, celles limitées à un quart d'heure de stationnement.

— Heath, crié-je par la fenêtre.

Ils se retournent tous, le visage plein d'espoir.

— Toi aussi, tu me manques.

***

Hier soir, Reagan et Dakota sont restées pour regarder le film. Elles ne m'ont pas demandé si j'allais appeler Heath ou dire quoi que ce soit, j'en suis heureuse, car je ne connaissais pas la réponse. C'est toujours le cas.

Une fois qu'elles sont parties, je suis restée dans mon lit sur mon téléphone, faisant défiler nos messages, puis nos photos. Il est devenu une si grande partie de mon quotidien que je sais que je ne peux pas le rayer totalement de ma vie. Du moins pour encore un semestre, car il vivra avec mon frère, mais même si ce n'était pas le cas, je le verrais sur le campus. Je l'apercevrais dans la foule ou peut-être que nous nous croiserions dans une fête.

J'ai commencé une douzaine de messages différents, mais je n'ai pas trouvé le courage de les envoyer.

Le samedi après-midi, je pars voir le match avec Dakota. Cette fois-ci, nous nous installons à nos sièges habituels. Nous sommes en bleu et jaune, je fais de mon mieux pour afficher une mine heureuse tandis que l'équipe arrive sur la glace.

Heath regarde directement vers mon siège et quand il me voit, l'ombre d'un sourire s'étire sur ses lèvres. Le match de ce soir est aussi intense que celui d'hier. Nous sommes debout, les poings serrés, excitées et stressées durant presque tout le match.

La défense du Vermont est forte et violente, ils semblent en avoir après Heath en particulier. Il prend coup sur coup.

Je fais la grimace quand Maverick heurte la barrière. Devant moi, Adam et un type du Vermont se percutent et tombent tous les deux, mais pas avant qu'Adam passe le palet à Heath. On dirait du catch sur des patins. Cependant, Heath court aux buts, esquive la défense et marque. Le haut-parleur sonne et nous crions avec le reste de la foule.

Le vent semble tourner pour le gardien et le Vermont est négligent, ne retrouvant pas vraiment son sang-froid. Valley tient bon et gagne en menant d'un point.

Je décide d'attendre Heath devant les vestiaires. Je ne sais pas trop ce que je vais dire, mais l'éviter sans arrêt n'est pas une solution.

Les gars mettent du temps à sortir, je fais les cent pas et me tords les mains quand sa tête sombre passe enfin la porte. Il se fige en me voyant et Maverick le percute. Je m'avance vers lui.

— Salut, dit-il avec hésitation.

— Félicitations.

— Merci.

Malgré nos gestes maladroits, je m'avance et le prends dans mes bras. Il me rend mon étreinte, mais siffle entre ses dents.

— Oh merde ! Pardon.

Je me recule alors qu'il fait la grimace.

— Ils t'ont malmené comme une poupée de chiffon, ce soir.

— Oui, c'était un peu brutal.

— Tu vas au *Repaire* ?

— C'était le plan, à moins...

— Oui, tu devrais y aller. C'était une grande victoire.

— Tu ne viens pas ?

La déception est évidente dans son ton.

— Pas ce soir. Dakota et moi allons voir la pièce de Reagan. C'est la première représentation, ce soir. Mais on pourrait parler demain.

— Vraiment ?

Il paraît si heureux que je ne peux m'empêcher de sourire.

— Oui, vraiment. On devrait discuter. Ce n'est pas comme si on pouvait s'éviter pour toujours.

— Je ne le voudrais pas même si je le pouvais.

Je suis à court de mots, il prend ma main.

— Donne-moi juste une chance de m'expliquer.

Je hoche la tête et fais un pas en arrière, brisant le contact.

— Demain.

Voir Reagan jouer une deuxième fois est aussi incroyable que la première. En plus, je peux observer la réaction de Dakota et du public.

— Elle est si douée ! dit mon amie quand c'est terminé.

Elle essuie une larme sincère dans son œil.

— Je n'aime même pas le théâtre.

— Allons la voir. Elle a dit qu'elle nous retrouverait dans le hall.

Je suis surprise de voir mon frère et Rhett alors que nous sortons dans le hall d'entrée avec tout le monde. Leurs grandes silhouettes musclées font qu'ils sont faciles à trouver, mais les rejoindre prend quelques minutes. Lorsque nous arrivons, je pose la question évidente :

— Qu'est-ce que vous faites là, tous les deux ?

Un coup d'œil rapide m'indique qu'ils portent leur tenue de voyage pour les matchs joués dans les autres universités.

Adam me prend dans ses bras.

— Elle vient toujours nous encourager, alors on s'est dit qu'on allait lui rendre la pareille.

— C'est vraiment gentil à vous. Tu en as pensé quoi ? demandé-je à Rhett.

— Je n'aime pas vraiment le théâtre, mais le rôle de Reagan était sympa.

— Tu pourrais éviter de dire la première partie quand tu la verras ? lui dis-je en l'apercevant. Elle est là-bas. Allons-y.

QUARANTE
HEATH

Après avoir bu une bière avec des gars de l'équipe au *Repaire*, je rentre à l'appartement. Mon dernier colis de la part de Nathan et Chloé m'attend. Je l'ouvre, Chloé a bien préparé celui-là, il est recouvert de papier doré, et j'appelle mon frère.

— Merci, Chloé, pour le colis.

Je m'allonge sur le lit et contemple le plafond.

— Tu pourras la remercier toi-même dans trois semaines. On prend l'avion pour venir te voir jouer avant Noël.

— Sérieusement ? demandé-je en me redressant.

— Oui, maman aussi. Elle ne t'a rien dit ?

— Euh...

— Tu ne l'as pas appelée, pas vrai ?

— Je l'appelle après.

J'éloigne le téléphone de mon oreille et regarde l'heure.

— Ou demain peut-être, il est un peu tard là-bas.

— Elle sera debout. Tu sais que c'est un oiseau de nuit. Appelle-la.

— Oui, oui, promets-je à contrecœur.

— Je comprends. Crois-moi, c'est vrai. J'ai fait la même chose. Je suis allé à Valley et j'ai essayé de faire comme s'il ne s'était rien passé. Je vous ai à peine parlé, à maman et à toi, durant mes deux premières années de fac.

— Je sais, je m'en souviens.

J'avais été triste au début, puis fâché. Papa était mort, Nathan était ensuite parti, l'état de maman avait empiré et, avant même que j'en prenne conscience, tout avait changé sauf moi.

— Elle fait des efforts. Je sais que ça n'excuse pas tout comme par miracle, mais tu ne peux pas lui en vouloir pour toujours si tu veux vraiment avancer.

— Je ne lui en veux pas, dis-je avant de me rectifier. D'accord, peut-être un peu.

— Si ça peut t'aider, plus je lui parle, plus c'est facile et moins je pense au passé.

— Oui, d'accord.

— Bon, je dois aller me coucher. On prend un vol pour New York tôt dans la matinée, mais j'ai vraiment hâte de te voir dans quelques semaines. Aussi, Chloé a commencé à acheter les cadeaux de Noël il y a deux mois, donc prépare-toi... son degré d'excitation est intense.

— J'ai hâte, dis-je sincèrement.

Ça fait longtemps que nous n'avons pas fêté Noël ensemble ou même passé du temps ensemble.

Après avoir raccroché, j'appelle maman, mais elle ne répond pas. Je lui envoie alors un message et enfile des vêtements décontractés.

Elle me rappelle alors que je me rallonge sur le lit.

— Salut. Désolée d'avoir manqué ton appel, j'avais les mains couvertes de pâte à cookies. Je fais de la pâtisserie tard.

— Pas de problème. J'allais partir me coucher.

— Tu as parlé à Nathan ? Il t'a dit qu'on venait à Valley ?

Sa voix est enjouée, je me rends compte qu'elle a hâte, ce qui m'excite encore plus.

— Oui, je viens de l'avoir au téléphone. Je n'arrive pas à croire que vous veniez tous.

— Te voir à la fac, puis passer Thanksgiving avec ton frère et Chloé m'a rappelé à quel point mes garçons me manquent. J'étais tellement concentrée sur moi-même et sur ma santé que trop de temps s'est passé sans qu'on se réunisse.

— Tu t'en sors très bien, maman.

C'est vrai, l'entendre exprimer ses regrets suffit à me faire sentir comme un gros enfoiré qui lui tient rigueur du passé. Je ne lui ai pas miraculeusement pardonné, et je ne sais pas combien de temps ça prendra, mais je sais que Nathan a raison... je dois accepter qui elle est maintenant si je veux avoir une relation avec elle.

Le truc, c'est que ce n'est pas parce que je ne la veux pas dans ma vie que je ne l'appelle pas. J'ai simplement du mal à comprendre à quoi notre relation ressemble à présent, tout en essayant de faire le deuil des années de souffrance, une souffrance dont je ne m'étais pas rendu compte tant qu'elle n'allait pas assez bien pour que je puisse respirer un coup.

— Oui, déclare-t-elle avec assurance. Et toi aussi. Je suis si fière de toi !

Je m'éclaircis la gorge.

— Merci, maman.

— Trois semaines ! J'ai hâte. Je suis en train de tester ma recette de cookies aux raisins et aux flocons d'avoine.

Mon ventre gargouille.

— Ce sont mes préférés.

— Je sais. Ça fait des années que je n'en ai pas fait.

Plus nous faisons des projets, plus je suis enthousiaste, mais prudent également.

— Moi aussi, j'ai hâte, mais si ça ne se fait pas, on se retrouvera tout de même tous ensemble cet été. En supposant qu'ils survivent jusqu'au mariage.

— Bien sûr que oui. Ton frère est fou de Chloé.

— Oui, ce n'est pas elle qui m'inquiète, plaisanté-je.

Honnêtement, je sais que mon frère préférerait s'arracher un bras plutôt que de faire quoi que ce soit qui pourrait gâcher sa relation avec Chloé. De plus, elle est géniale, je le comprends. Je suis heureux pour eux.

— Oh, arrête ! Ton frère est super. Je suis fière de mes deux garçons. Je suis vraiment contente que tu m'aies appelée. La maison est toujours vide sans toi. Surtout la nuit.

Je bâille et elle rit dans mon oreille.

— Va dormir, chéri. Je t'appelle dans la semaine.

— D'accord, ça marche, maman.

— Je t'aime.

J'essaie de ne pas réagir à ces mots, mais mes muscles se contractent, attendant ce qui suit... de la déception à l'époque. Cela ne vient pas, mais ça fait trop d'années de souffrance accumulée. Je ne sais pas si un jour, j'arrêterai de ressentir de la crainte quand elle le dira. Ou si je serai capable de le dire à elle ou à Ginny ou à quelqu'un d'autre.

— Merci, maman.

<hr>

Le dimanche, je suis pratiquement collé à mon téléphone, attendant des nouvelles de Ginny. Je lui ai envoyé un message dès mon réveil, mais maintenant qu'on est au milieu d'après-midi, je commence à craindre qu'elle m'ait posé un lapin.

— Donne-moi ton portable, ordonne Maverick en tendant la main.

— Hors de question !

— Payne, donne-moi ce foutu téléphone avant que tu fasses un truc stupide.

— Pourquoi je ne peux pas lui envoyer un autre message ?

— Parce que c'est pathétique, répond Rauthruss.

— C'est vraiment drôle venant de toi. Tu es constamment au téléphone avec Carrie.

— Oui, mais elle, elle a envie de me parler.

Aïe ! Bon, d'accord, il n'a pas tort. Je pose le téléphone dans la main de Mav et deux secondes plus tard, son nom apparaît sur l'écran. Je le déverrouille, le sourire jusqu'aux oreilles.

— Alors ? demande Mav.

— Elle était au théâtre toute la journée. Apparemment, ils lui ont demandé de maquiller Reagan et d'autres filles pour la représentation d'aujourd'hui.

— Oh, d'accord !

Adam est en train de faire à manger dans la cuisine.

— Oui, je crois que je les ai entendues en parler hier soir. Reagan était aussi sexy que d'habitude, mais j'imagine que c'était trop subtil pour la scène ou l'éclairage ou, putain, je ne sais pas !

— Tu ne me dis ça que maintenant ?

— Je n'y ai pas pensé avant maintenant.

Je pars dans ma chambre et appelle Ginny.

— Salut, répond-elle, l'air essoufflée. Je viens juste d'arriver à ma chambre. Désolée. Je ne m'étais pas rendu compte qu'il fallait que je reste toute la pièce.

— Maquillage de scène, hein ?

— Oui, ils m'ont même proposé un poste pour les prochaines représentations.

— C'est super, Ginny ! Félicitations.

— Merci. Du coup, ça a un peu été la crise, aujourd'hui. Je dois prendre une douche, puis aller à la bibliothèque. Je retrouve un groupe de ma classe pour un cours. Je ne sais pas trop quand on aura fini. On peut parler demain ?

Demain. Merde, ça a l'air d'être dans si longtemps !

— Petit-déj' ?

— Oui, on se retrouve à l'heure habituelle.

———

— Alors ? commence Mav en entrant dans la cafétéria. Tu as décidé de suivre laquelle ?

— De quoi tu parles ?

Je scrute la salle à la recherche de Ginny.

— Quelle grande idée est la prochaine ? Louer un cinéma ? Un dîner ?

— J'ai décidé quelque chose qui est plus… moi.

— Toi ?

Je tape Mav dans le dos.

— Oui, mais ce n'est pas parce que je n'ai pas aimé tes propositions. Garde-les pour quand tu trouveras la fille parfaite et que tu gâcheras tout.

— Bonne chance, mon pote.

Il part faire la queue pour manger.

Je ne vois pas encore Ginny, donc je me dirige vers le fond, où je trouve Brenda. Elle me sourit lorsqu'elle m'aperçoit.

— Comment va ma cantinière préférée ?

Elle ricane. Brenda est la femme pragmatique qui gère la cafétéria. Je l'ai conquise l'année dernière. Ça a commencé avec beaucoup de flatteries. Des flatteries bien méritées. Elle travaille dur pour nous nourrir et j'apprécie cela plus que la plupart des gens. Ensuite, j'ai appris à la connaître un peu et j'ai découvert que c'était une grande fan de hockey.

— Sam et les enfants vont bien ?

Elle se radoucit à la mention de son mari et de ses enfants.

— Matty est en terminale cette année et Sophia ne parle que de garçons, que Dieu nous vienne en aide !

Elle me tend un plateau et arque un sourcil.

— Coach Meyers est d'accord ?

— Ce qu'il ne sait pas ne le gênera pas, dis-je en lui faisant un clin d'œil. Merci, Brenda. Je t'en dois une.

— Mhmm. Et si tu me remboursais en gagnant encore le week-end prochain ? lance-t-elle en s'éloignant.

Le pas léger, je me dirige vers ma table habituelle. Ginny attend, me cherchant des yeux. Lorsqu'elle m'aperçoit, un sourire timide retrousse les commissures de ses lèvres. Voilà, je suis tout à coup stressé.

— Salut, dit-elle avec hésitation.

Elle paraît aussi nerveuse que moi.

J'avais prévu de lui dire plein de choses, mais tant pis. Je pose le plateau sur la table, prends son visage dans mes mains et l'embrasse. Elle lâche un cri de surprise, mais ensuite, son corps fond et elle me rend mon baiser. Elle m'a tellement manqué ! Pas juste ça. *Elle.*

Je n'ai pas envie d'arrêter de l'embrasser, mais le bruit des gens qui s'affairent autour de nous, effectuant leur routine matinale, me fait reculer. Ça et je sais qu'elle a besoin d'entendre certaines choses.

— Tu m'as affreusement manqué, poupée.

— Toi aussi.

— Et je suis vraiment désolé.

— Je sais.

Je m'assieds et l'incite à s'installer à côté de moi.

— J'ai envie de m'expliquer, mais je suis sûr que je vais mal choisir mes mots.

Je souffle. La façon dont elle me regarde, prête à m'écouter alors que je sais que je l'ai blessée, me pousse à parler.

— L'autre soir, c'est six ans de frustration qui sont sortis d'un coup, mais ce n'est pas à toi que j'aurais dû dire tout ça. Durant une grande partie de mon enfance, ma mère avait l'habitude d'utiliser ces mots comme un pansement. Chaque fois que je m'occupais de quelque chose pour elle, payer les factures ou faire à dîner, je recevais en échange une ribambelle de « je t'aime ». Ça a changé ma vision de ces mots. Son amour avait l'air d'être une excuse pour ne pas changer.

Je ferme les yeux.

— Crois-moi, je sais que c'est n'importe quoi. Je sais qu'elle souffrait, je sais qu'elle allait mal, mais ça n'a pas changé le fait que tout ce que je désirais, c'était que ma mère soit comme tout le monde. Je ne voulais pas de je t'aime. Je voulais qu'elle s'occupe de moi.

— Oh, Heath, je suis désolée ! dit-elle en me serrant la main. Je ne vais pas prétendre comprendre ce que tu as dû subir. Je suis sûre qu'elle t'a aimé du mieux qu'elle pouvait. Comme tout le monde le fait. L'amour n'est pas parfait.

— Je sais. Le savoir et l'accepter, ce n'est pas pareil.

Mon cœur tambourine dans ma poitrine.

— L'idée que mes sentiments pour toi soient souillés par le passé... je déteste ça. Je veux qu'il ne t'arrive rien de mal. Tu es la personne que je préfère. Tu es la seule pour qui je raterais un repas ou qui pourrait me convaincre de manger une glace napolitaine ou... un millier d'autres choses. Toi. Seulement toi. Quand je suis arrivé, j'avais prévu de camper sur mes positions et de ne jamais prononcer les mots, de garder la meilleure chose qu'il y a dans ma vie à l'écart de mes pires souvenirs. Mais ensuite, je t'ai vue et j'ai pris conscience que peu importe ce que ça signifiait avant. Si t'aimer veut dire vouloir passer tous les jours avec toi, à rire et à s'amuser, à te soutenir et à te protéger, alors, je le pense. Je t'aime, Ginny. Bien sûr que je t'aime.

— Vraiment ?

— Oui, vraiment. Je t'aime. Je t'aime. Je t'aime plus que tout.

Elle sourit et ferme les yeux, semblant essayer de savourer ce moment. Quand son regard brun croise à nouveau le mien, cela me frappe tellement que je me demande comment j'ai pu mettre si longtemps à m'en rendre compte.

— On n'est pas obligés d'utiliser cette phrase. Pas si ça te gêne. J'ai juste besoin de savoir que tu es aussi fou de moi que je le suis de toi. Que nous ressentons la même chose.

— Ai-je mentionné que je manquerais un repas pour toi ?

Ses lèvres se recourbent en un sourire heureux et ma poitrine se comprime.

— Une dernière chose.

Je grimpe sur la table et me racle la gorge.

— Geneviève Scott, tu veux bien être ma petite amie ?

Les gens nous fixent et ricanent. Les joues de Ginny s'empourprent, gênée, mais elle hoche la tête.

— Bien sûr que oui. Je manquerais moi aussi un repas pour toi.

Je descends en sautant et l'embrasse à nouveau, puis je me recule et pose mon front contre le sien.

— Je pensais que c'était clair que tu étais ma copine. Je t'ai toujours vue comme ma nana. Pardon d'avoir laissé place au doute, mais je ne referai plus cette erreur. Je monterai sur cette table et te le demanderai tous les jours, si tu le souhaites.

— Je vais y réfléchir. Ça pourrait être divertissant.

Elle entrelace ses doigts avec les miens.

— En parlant de nourriture, par contre, c'est pour moi ?

Elle désigne du menton le bol de glace.

Je pousse le plateau vers elle, un grand bol de glace napolitaine, parsemée d'oursons en gélatine.

— Ça fait beaucoup d'oursons. Comment as-tu réussi à avoir de la glace à cette heure-ci ?

— J'ai le bras long.

Son magnifique sourire signera mon arrêt de mort. Elle s'empare de la cuillère et porte une énorme cuillerée à mes lèvres. Je la prends et l'embrasse à nouveau.

Maverick apparaît à la table.

— Oooh, regardez-vous tous les deux, tout sourire !

Il pose son plateau, puis nous prend chacun par une épaule.

— Bravo, les tarés. Je suis tellement content que je pourrais pleurer. Tu as sorti le grand jeu, mon pote.

Il me donne un coup de coude et serre ensuite Ginny contre son corps massif.

— Je vous aime, tous les deux.

Je sais qu'il est sincère. Quoi que ça signifie pour lui, il le pense de tout son cœur. C'est libérateur de savoir que je peux donner à ces mots la signification que je veux, moi aussi.

— On t'aime aussi, Mav, lui dis-je.

Il me sourit de toutes ses dents.

— Foutus hétéros !

QUARANTE-ET-UN
GINNY

*U*ne semaine *plus tard*

— Je dois aller en cours, je vais être en retard, protesté-je sans vraiment bouger pour aller où que ce soit.

Dans les bras de Heath, je me blottis contre son torse, lui volant sa chaleur.

— Il fait si froid !

— Il ne fait pas froid.

— Il fait quoi, quatre degrés dehors ?

— Comme je l'ai dit, il ne fait pas froid. Attends de venir dans le Michigan en hiver. Tu auras besoin de vrais vêtements d'hiver, pas de ces accessoires mignons que tu portes.

Il baisse davantage mon bonnet, celui-ci recouvre mes oreilles.

— Ce serait chouette de voir de la neige. Il ne neige presque jamais ici et quand ça arrive, ça part trop vite pour qu'on en profite.

Une autre bise glacée balaie le campus et je frissonne.

— Allez, poupée. Allons à ton cours, là, tu auras chaud.

Alors que nous traversons la rue vers le bâtiment de lettres, un type se dirigeant vers nous ralentit et nous fait un grand sourire. Heath s'arrête, le gars aussi.

— Heath, salut.

— Wes !

Heath s'avance et l'étreint.

Wes fait quelques centimètres de plus que Heath, il a les cheveux plus courts et est plus mince. Il me semble familier, mais je n'arrive pas à me souvenir d'où je le connais. Jusqu'à ce que Heath se tourne vers moi et me le présente comme étant l'un des coachs de l'équipe de basket et un ancien coéquipier de son frère.

Heath vient se placer à mes côtés.

— Et voici Ginny, ma copine.

Mes entrailles se réveillent chaque fois qu'il m'appelle comme ça.

Wes hoche la tête en guise de salut.

— Ravi de te rencontrer, Ginny.

— Moi aussi.

— Qu'est-ce que tu fais sur le campus, vieil homme ? demande Heath. Tu ne devrais pas être à la salle de sport, à faire courir les gars ou autre ?

— Pas avant une heure.

Son sourire est grand, ses yeux se plissent sur les bords.

— Je retrouve Blair au déjeuner.

Il fait un pas à côté de nous et se tourne.

— Eh, jolie saison, au fait ! J'espère assister à un autre match bientôt.

— Nathan vient dans deux semaines pour celui contre Michigan ouest.

— Ah oui ? Il faudra que je l'appelle et que je l'engueule de ne pas m'avoir prévenu en personne. À plus !

Il part dans la direction opposée, Heath et moi continuons

notre traversée du campus. Je glisse ma main gantée dans la sienne et la serre.

— Tu viens dormir chez moi, ce soir ? demande-t-il en balançant légèrement nos bras.

— Oui, mais je dois faire une lessive d'abord. J'ai à peine dormi dans ma chambre de toute la semaine.

— Je n'y vois pas d'inconvénients. Tu devrais simplement préparer tes affaires et les apporter chez moi.

Je ralentis.

— Tu me prêterais un tiroir ?

— Je t'en donnerais autant que tu veux.

Le cœur léger, je ris en remarquant à quel point c'est facile pour lui de partager sa vie et son espace. Même si ce n'est pas vraiment nouveau. Heath n'a peut-être pas d'expérience en tant que petit ami, mais il a toujours fait tout son possible pour m'offrir tout ce que je pourrais vouloir. Cependant, tout ce que je désire vraiment, c'est lui. Personne ne m'a jamais rendue aussi heureuse et je ne me suis jamais autant amusée que lorsque je suis avec lui.

Ce n'était pas exactement prévu que je tombe amoureuse de quelqu'un au premier semestre, mais j'ai hâte de voir les nouvelles aventures qui nous attendent au prochain.

— Mav, ces burgers sont incroyables, dit Reagan en gémissant de plaisir.

— C'est vrai, ajoute Rhett. Je m'incline devant le roi du barbec'.

Mav agite la main et fait une courbette.

Les garçons ont apporté un chauffage extérieur et nous mangeons sur la terrasse. Heath, Adam, Rhett, Maverick,

Dakota, Reagan et moi ; c'est notre petite famille dysfonctionnelle.

Mon frère est appuyé contre son dossier, une bière à la main et souriant, pendant que tout le monde mange et discute. Il a l'air plus heureux. Je sais que la séparation de nos parents a été violente pour lui, mais au moins, nous nous soutenons l'un l'autre.

C'est tellement bizarre de penser que si j'étais venue à l'université avec Bryan, les choses auraient été si différentes ! Mais la chose pour laquelle je suis le plus reconnaissante, c'est à quel point Adam et moi sommes à nouveau proches.

Heath et moi nous blottissons sous un plaid, mangeant et cognant de temps en temps nos épaules vu que nous avons les mains pleines.

— On devrait jouer aux sardines, ce soir, dit Rhett en roulant sa serviette en boule et en la posant dans son assiette.

— On est en chiffre impair sans Taryn, dit Adam. Allez jouer, je reste là.

— Quoi ? Hors de question, protesté-je. On peut être trois dans une équipe.

— Mav a besoin de deux personnes pour qu'on le mette au pas, de toute façon, plaisante Rhett en lui donnant un coup de coude.

— Qui se met avec Adam ?

— Reagan, dis-je trop rapidement.

Les yeux de mon amie s'agrandissent comme si elle avait peur que je trahisse son secret.

— Mav aidera à contrebalancer les talents d'esquive de Rhett.

C'est parfaitement logique et Adam hoche la tête.

— Oui, c'est logique. T'en penses quoi, Reagan ?

— Bien sûr, je suppose que ça me va, dit-elle en le regardant à peine.

Nous prenons la route pour le campus. Heath et moi sommes plus lents que les autres, nous arrêtant pour nous embrasser tous les deux-trois pas. Nous sommes sommairement l'heureux couple détestable.

— Qui se cache, ce soir ? questionne Dakota.

— Ça aurait dû être Rhett et Reagan, alors prenons Adam et Reagan, dis-je.

Tout le monde acquiesce. Jouer les cupidons est bien trop amusant.

— C'est quoi, la règle ? demandé-je à Reagan et Adam.

Ils se regardent en essayant de décider.

— Choisis, lui dit Adam.

— Une personne doit fermer les yeux et être guidée par son ou ses partenaires, dit-elle en regardant ensuite le groupe de trois.

— D'accord. C'est parti.

La respiration d'Adam forme un nuage dans l'air froid, il tape des mains avant que Reagan et lui partent se cacher.

— Je fais le chrono, lancé-je en nous installant pour attendre.

Le sol est froid, donc nous restons debout et formons un petit cercle pour partager notre chaleur corporelle. Dans mon dos, les bras de Heath sont enroulés autour de moi et je suis appuyée contre son torse.

— Vous deux, vous êtes d'une mignonnerie exaspérante, dit Dakota alors que Heath se penche pour m'embrasser la joue.

Pendant que nos amis se moquent de nous, gentiment bien sûr, il continue à me câliner et je savoure. Lui, nos amis, tout.

— Ne sois pas jalouse, Dakota, dit Heath en parlant près de mon oreille. Tu en as deux. Ginny n'en a qu'un.

Rhett et Maverick s'agrippent à elle des deux côtés et la serrent très fort. Elle pousse un cri et les tape sur le torse, mais elle rit quand ils sautillent sur place en la bousculant.

— D'accord, d'accord, allons chercher Adam et Rea, dit-elle une fois qu'elle est enfin libérée.

— Ferme les yeux, Dakota. On va te guider, déclare Mav.

— Aucune chance.

Elle secoue la tête, faisant valser ses cheveux roux clair sur ses épaules.

Rhett s'avance.

— Mav, ferme les yeux. Dakota et moi, on s'assurera que tu ne fonces dans rien.

Mon amie se place de l'autre côté de Mav.

— Je ne te promets rien, moi, avertit-elle avant qu'ils commencent à le guider.

Heath soulève mes pieds.

— Ferme les yeux, poupée, je te tiens.

J'enroule les bras autour de son cou et le laisse me porter. Je ferme les yeux, jouant le jeu, bien que je ne comprenne pas le but.

— Tu me guides vraiment pour chercher les autres ou tu m'emmènes quelque part pour qu'on se roule des pelles ?

— Cette dernière option a l'air très alléchante, mais plus vite on trouve les autres, plus vite on peut rentrer et s'embrasser dans un lit chaud.

Ses lèvres frôlent les miennes, je me penche en avant pour approfondir le baiser. Il s'arrête, où qu'on soit, sa langue se glisse dans ma bouche, chaude et exigeante.

Il se retire bien trop tôt à mon goût, mais il ne bouge pas.

— Ginny, ouvre les yeux.

Sa voix est pleine d'émerveillement et d'excitation.

La tête en arrière, il contemple le ciel. Un minuscule flocon tombe sur mon nez.

— Il neige !

Les petits flocons blancs tombent autour de nous. Heath me repose et j'écarte les bras.

— J'adore la neige. C'est toujours magique.

Je n'ai qu'à entendre le rire de Dakota et les gars crier pour savoir qu'ils sont aussi ravis que nous. Heath et moi nous dirigeons vers eux dans la neige, les rejoignant en même temps que Reagan et Adam qui ont abandonné leur cachette.

— C'est incroyable ! dis-je en arrivant devant Adam.

— Pas vrai ? Je ne me rappelle pas la dernière fois qu'il a neigé comme ça en décembre.

— Ça ne tiendra pas, dis-je tristement.

Même demain matin, ça aura sûrement disparu.

— Mais c'est là pour l'instant.

Rhett sourit et s'assied par terre.

Un par un, nous nous installons tous dans l'herbe froide, au milieu du campus. Maverick sort une bouteille de Mad Dog de la poche de son manteau.

— Je suis venu préparé.

Je suis frappée d'une prise de conscience. Je suis assise là avec mes amis, des gens que je n'imagine pas ne plus être dans ma vie, j'ai trouvé ce groupe incroyable durant les cinq mois les plus difficiles de toute ma vie, quand j'avais le plus besoin d'eux. Et ce parmi les amis de mon frère. Qui l'aurait cru ?

Cependant, si j'ai bien appris quelque chose en venant à Valley, c'est qu'on est seulement prêt pour les choses insignifiantes. Quoi mettre, quoi apporter en voyage, quelle direction prendre. Le reste est un coup du sort et de la chance. J'ai l'impression d'être la fille la plus chanceuse du monde.

QUARANTE-DEUX

GINNY

JUIN

— J'ai l'air bien ?

Je lisse ma robe et me tourne vers le miroir. Heath est assis sur le lit, m'attendant aussi patiemment que possible pendant que je change cinq fois de tenue.

— Tu es magnifique.

Il se lève et me serre, croisant mon regard dans le reflet.

— Tu n'as pas besoin de stresser. Tu as déjà rencontré ma famille.

— Je sais, mais ce n'est pas que ta famille... Il y a plein de gens qui viennent ce week-end et je ne les connais pas.

— Tu me connais moi. D'autre part, même moi je ne connais que la moitié d'entre eux.

Il me donne un rapide baiser.

— Allez, je promets de rester à tes côtés.

L'hôtel est gigantesque et juste au bord d'une plage californienne, d'où la fiancée de Nathan, Chloé, vient. Plus tard ce soir, nous avons le dîner de répétition et demain, ils se marieront.

En bas, dans le hall, Heath me guide vers une longue table, où son frère, Nathan, est assis avec un groupe de garçons.

Nathan et Heath se ressemblent beaucoup, le même nez et les mêmes yeux. Les cheveux de Heath sont plus sombres et sa carrure plus imposante, bien que Nathan soit un peu plus grand. Ce dernier se lève lorsqu'il nous aperçoit et prend son cadet dans ses bras.

— Vous êtes là, dit-il en me souriant par-dessus l'épaule de son frère.

Quand ils se séparent, Heath revient à mes côtés.

— On est arrivés il y a une heure.

— On va bien s'amuser.

Nathan parcourt tous les gens du regard et sourit.

— Les mariages ont le droit d'être amusants ? questionne Heath, ce qui lui vaut un faux regard noir de la part de son frère. On va aller chercher à boire.

— Bébé Payne ! lance l'un des gars alors que nous nous éloignons. Prends-moi un verre aussi.

Il lève son verre vide.

Il a de magnifiques cheveux bruns et un sourire prétentieux. Il me regarde avec ce sourire et je perds mes moyens.

— C'est qui ? murmuré-je quand nous arrivons au bar.

— Eh, pas de rapprochement avec les amis de mon frère !

— Non, mais putain... C'est un mannequin ?

— Il est marié et heureux en ménage, jeune femme.

— Je me demande si sa femme lui donne carte blanche.

Heath rit.

— Eh bien, ton copain ne te l'autorise pas !

Je réprime un rire tandis qu'il m'attire contre lui avec possessivité. Heath et moi prenons à boire et retournons à la table, où je rencontre les amis de Nathan, Joel, Wes et Zeke.

Voir Nathan avec ses amis me rappelle beaucoup Heath avec les siens. Ils ont cette même nonchalance, avec leurs plaisanteries et leur compétitivité que j'ai appris à aimer. Lorsque leurs femmes et petites amies nous rejoignent, je m'assieds à côté de Heath, sa main sur le dossier de ma chaise. Nos amis me manquent et je me demande à quoi ça ressemblera dans cinq ou dix ans, quand tout le groupe se réunira. J'espère que les retrouvailles seront aussi heureuses, même la moitié de ça m'ira.

Nathan et Chloé sont l'image du bonheur et de l'amour. Elle est assise sur ses genoux et joue d'un air absent avec les cheveux dans la nuque de Nathan. Je ne crois pas qu'elle ait arrêté de sourire depuis qu'elle s'est assise.

Joel, celui qui, j'en suis certaine, pourrait avoir une seconde carrière dans le mannequinat, contemple sa femme, Katrina, comme si elle était le centre du monde. Elle le regarde de la même manière. Chaque fois qu'il me regarde, je rougis, je ne peux pas m'en empêcher, il est si sexy, c'en est énervant.

Zeke et sa femme, Gabby, enceinte jusqu'au cou, sont peut-être le couple le plus mignon que j'aie jamais vu. Blonde, elle est mince à l'exception de son ventre. Zeke fait presque deux fois sa taille et n'arrête pas de se pencher pour lui toucher le ventre. Je crois qu'il ne s'en rend même pas compte.

Wes, que j'ai déjà rencontré, et sa petite amie, Blair, sont sur une banquette. C'est le seul couple qui n'est pas marié et leurs amis insistent pour que Wes passe la seconde. Blair ne semble pas s'en soucier. Elle se penche et l'embrasse, et ils se parlent en chuchotant.

Je réprime un bâillement et Heath le remarque. Il se penche en avant.

— Je crois qu'on va aller faire une sieste avant la répétition. On s'est levés avant le soleil pour venir.

Heath prend ma main et nous nous dirigeons vers notre chambre.

— Ne sois pas en retard, lui lance Nathan.

Heath lève les yeux au ciel et crie :

— Je sais lire l'heure et programmer une alarme.

Je le tire dans l'ascenseur.

— On a combien de temps ? demandé-je en grimpant sur le lit et en attrapant mon téléphone pour prévoir une alarme.

Heath me prend le portable des mains et le pose sur le chevet. Il sort sa chemise de soirée de son pantalon, une lueur malicieuse dans les yeux.

— Je croyais qu'on faisait la sieste, dis-je en déboutonnant son pantalon.

— Oui, mais d'abord...

Il se débarrasse de sa chemise et mes mains remontent sur ses abdominaux, appréciant leurs belles formes. Oui, tout à coup, moi non plus, je ne suis plus fatiguée.

Son corps se plaque contre le mien et il m'embrasse passionnément. Il nous fait rouler et je me retrouve au-dessus. Me déshabillant rapidement, ses mains viennent peloter mes seins avides. Tout mon être est avide. C'est comme ça avec Heath. Une caresse n'est jamais une simple caresse. Il me touche et je le sens dans mon âme. Tout n'est que préliminaires, a-t-il dit un jour, et je crois qu'il avait raison. Mon corps vibre quand il n'est pas loin. Je m'attends à m'en lasser, mais plus on passe de temps ensemble, plus je suis convaincue que ce que nous avons est un amour qui n'arrive qu'une seule fois dans la vie.

Je le guide en moi et nous gémissons tous les deux. Cette... cette sensation. Cette complétude, cette connexion, c'est tout.

Le lendemain matin, je me douche et me prépare pour aller retrouver les filles. Chloé et la mère de Nathan, Lana, m'ont invitée à me joindre à elles pour la coiffure et le maquillage.

— Tu pars maintenant ? Il n'est même pas midi, proteste

Heath, les bras enroulés autour de ma taille tandis que je brosse mes cheveux mouillés.

Le dîner de répétition d'hier a duré tard. Je ne suis pas sûre du nombre de gens qu'ils ont invités, mais avec la famille, les amis et les coéquipiers de Nathan... beaucoup de convives sont venus les voir échanger leurs vœux. Dans le tourbillon de l'excitation et des boissons, j'ai rencontré nombre d'entre eux après le dîner de répétition. Nous avons fait la fermeture du bar de l'hôtel puis avons fini dans le patio jusqu'aux petites heures du matin.

Par conséquent, la seule chose que nous ayons faite ce matin, c'est nous allonger... non pas que je m'en plaigne. Passer la journée au lit avec Heath est l'une de mes activités préférées.

— Oui, je pars maintenant. Ne fais pas cette tête, je ne veux pas être en retard.

— Très bien.

À contrecœur, il me relâche.

— Tu as de la chance que je n'aie pas dit à Chloé que tu étais plus douée que la maquilleuse qu'elle a embauchée.

La mâchoire m'en tombe.

— Je te massacrerai, Heath Payne. C'est le plus beau jour de sa vie !

Ma voix s'élève, paniquée rien qu'à l'imaginer.

— Relax, poupée. Ton secret est à l'abri avec moi.

Il dépose un baiser sur mes lèvres.

— Je suppose que je devrais aller retrouver Nathan et voir en quoi il a besoin de son témoin.

Je l'embrasse à nouveau rapidement et me rends dans la suite de Chloé. C'est intimidant de pénétrer dans ce chaos. Chloé et ses amies discutent en trépignant et se pâment devant la robe qui pend dans un coin.

Gabby m'aperçoit depuis sa chaise et agite la main. Les autres demoiselles d'honneur et elle portent des robes roses du même ton, mais celle de Gabby est plus courte, elle remonte à cause de son ventre.

— Je me lèverais bien, mais plus je reste assise longtemps aujourd'hui, moins je risque d'avoir les jambes gonflées quand je me tiendrai aux côtés de la mariée rougissante.

— Tu es magnifique. Ta grossesse te fait totalement rayonner.

Elle se caresse le ventre.

— Merci.

— Tu sais si c'est un garçon ou une fille ?

— Une fille, répond-elle en faisant la grimace. Et je crois qu'elle fait des dribbles là-dedans.

— Ginny, salut, s'exclame Chloé en me serrant fort. Laisse-moi te présenter à tout le monde et ensuite, tu seras la première à être coiffée et maquillée.

QUARANTE-TROIS
HEATH

LES HOMMES DÉCOMPRESSENT dans la chambre de Nathan, une bouteille de whisky sur la table au milieu.

— T'aurais pas pu acheter quelque chose de meilleur ? demandé-je en m'installant à côté d'eux et en me servant un verre.

— À l'ancienne, Bébé Payne, dit Joel. C'était soit ça, soit de l'Everclear[1]. Je ne crois pas que Chloé apprécie que ton frère s'évanouisse avant la cérémonie.

Nathan arbore un sourire penaud en buvant une autre petite gorgée. Un coup à la porte le fait se lever.

— Linc ! lance Nathan en ouvrant grand la porte.

Mon patron entre.

Je me lève pour le saluer avec une étreinte.

— Salut, je ne savais pas que tu venais.

— Je n'allais pas rater ça.

Il se recule et m'étudie.

— Comment ça va ?

— Ça va. Super.

— Il a rencontré une fille, dit Nathan, comme pour expliquer pourquoi je vais si bien.

J'imagine que ça se voit.

— Mec, j'ai passé la main à Wally pour les réunions hebdomadaires et je rate tous les bons ragots !

Quand j'ai commencé à travailler pour Lincoln et son site de coaching sportif, nous nous parlions toutes les semaines. Je lui faisais directement mon rapport. Cependant, plus il a été occupé, moins nous nous appelions. Je suis également quasiment certain que la seule raison pour laquelle je devais lui faire mes comptes rendus, c'était pour qu'il ait une excuse pour prendre des nouvelles de moi. J'aimerais croire que Nathan et lui se sont enfin dit que je pouvais prendre soin de moi tout seul et qu'ils pouvaient m'accorder plus de crédit.

— Keira est là aussi ? s'enquiert Nathan. Elle a géré au tournoi le week-end dernier.

— Oui.

Il rayonne de fierté en parlant de sa femme, une golfeuse professionnelle.

La pièce s'emplit de questions et de discussions partagées tandis que tout le monde prend des nouvelles. Lorsque Nathan se lève pour aller chercher une autre bouteille d'alcool, je le suis.

— Eh, j'ai quelque chose pour toi !

— Ah bon ?

Il abandonne la bouteille sur le bar et prend la boîte que je lui tends.

— Je l'ai empaqueté moi-même, dis-je.

Il relève les rabats du vieux carton, c'est l'un de ses colis que j'ai recyclé.

Tout sourire, il sort les articles de la boîte. Chewing-gums, bonbons à la menthe, crème solaire, préservatifs, écouteurs.

— C'est quoi, tout ça ? demande-t-il avec un rire en levant les écouteurs.

— Un petit cadeau d'essentiels pour votre lune de miel de

ma part. Ceux-là sont pour Chloé, quand elle en aura marre de tes conneries, elle pourra te mettre en sourdine.

— Merci.

Je sors un paquet plus petit de ma poche.

— Ton vrai cadeau.

Il déchire le papier blanc et l'ombre d'un sourire étire un coin de sa bouche.

— C'est...

— Oui, c'est le même parfum que papa mettait. J'étais dans le magasin et l'odeur m'a simplement frappé. Je ne m'attends pas à ce que tu le portes. J'ai pensé que tu aimerais avoir quelque chose qui te le rappelle... surtout aujourd'hui.

Son câlin est inattendu et ferme. Il me faut un instant pour le lui rendre, mais quand je le fais, j'ai l'impression que papa est réellement là avec nous, ou du moins qu'il nous regarde de là-haut.

Une demi-heure avant le début du mariage, nous enfilons nos costumes et nous préparons à partir.

— Eh, Heath, tu peux me rendre un service ?

Nathan s'approche, l'air plus que jamais tendu.

— Je dois donner à Chloé son cadeau de mariage avant la cérémonie, mais je ne suis pas censé la voir.

Je prends le présent recouvert de papier, mais ce sont des pages d'un cahier d'école avec son écriture dessus. Je le secoue un peu.

— C'est quoi ?

— Ce n'est pas pour toi.

Il rougit et maintenant, j'ai vraiment envie de savoir ce qu'il y a à l'intérieur.

— Tu peux le lui apporter, oui ou non ?

— Oui, bien sûr.

Je trouve la suite des filles et frappe. Quand la porte s'ouvre, mon cœur se serre.

— Putain, bébé !

— Heath, dit Ginny en scrutant les alentours. Qu'est-ce que tu fais ?

Je la contemple toujours, bouche bée. Écoutez, Ginny, un jour ordinaire, elle est canon. Elle porte habituellement un style décontracté, c'est-à-dire pas beaucoup de maquillage, les cheveux raides ou dégagés de son visage grâce à une tresse... Elle n'a pas besoin d'artifices pour être la fille la plus sexy que j'aie jamais vue, mais là... les cheveux ondulés, le regard souligné de noir, portant une robe qui remonte ses seins et des chaussures qui allongent deux fois plus ses jambes...

— Heath ?

Je secoue la tête.

— Putain, tu es... putain !

Elle glousse.

— T'es pas mal non plus. J'attendais ce jour.

Elle passe la main sur le revers de ma veste.

— Toi en costard, c'est quelque chose.

— Ah oui ? dis-je en m'approchant. Je commence à comprendre les intérêts du mariage.

— Et que sont-ils ?

— Alcool gratuit et une nuit déjantée pendant que j'essaie de trouver un moyen de m'échapper avec toi sans que personne le remarque.

— Tu es ridicule.

— Tu es magnifique.

— Plus que cinq minutes ! crie quelqu'un à l'intérieur de la chambre.

— Tu peux donner ça à Chloé ? Je ne veux pas entrer. On dirait qu'une bombe a éclaté, là-dedans.

— Oui, on se voit en bas.

Elle se tourne. Cependant, je l'attrape par le poignet et la ramène vers moi, l'embrassant bien plus rapidement que ce que j'aimerais. Un jour, j'épouserai cette fille, mais aujourd'hui, c'est la journée de Nathan et Chloé.

Les garçons et moi descendons en premier. L'hôtel-restaurant possède un grand patio qui s'étend sur la plage. Il y a des fleurs partout. Dans des pots, accrochées aux portes, longeant les murs. C'est fou.

Les gens sont assis et attendent la cérémonie. Les autres garçons d'honneur se dirigent vers l'autel avec la mère et les grands-parents de Chloé.

— T'en penses quoi ?

Je tends le bras pour ma mère. Ses yeux sont déjà embués. C'est sûr qu'elle va pleurer, sûrement au bout de trente secondes. Elle lâche une expiration et bat des cils plusieurs fois, comme si elle essayait de stopper les larmes.

En arrivant au niveau de Nathan, elle nous regarde tous les deux.

— Je suis si fière de vous deux ! Si votre père était là, il ferait un discours sur le base-ball ou la pêche qui aurait curieusement un lien avec la vie, mais vu qu'il n'est pas là, il faudra vous contenter de la version féminine.

— Qui est ? questionne Nathan, les mains dans les poches.

— Contentez-vous d'être heureux. La vie est trop courte.

Son regard est à nouveau rempli de larmes, mais elle sourit.

— Il vous aimait plus que tout et moi aussi.

Nathan se penche et l'embrasse sur la joue.

— Je t'aime aussi, maman.

Elle me prend le bras et lâche une longue expiration.

— OK, c'est parti.

Nous nous rendons à l'autel et à côté du marié. Ginny est

assise deux rangées derrière la famille. Je lui fais un clin d'œil en passant. Kevin se lève lorsque nous approchons.

Nous nous serrons la main et il sourit à maman. C'est un type bien et j'en viens à apprécier qu'il soit là. En tout cas, je sais qu'il a été bien pour maman.

Aujourd'hui est l'un de ces jours heureux où j'arrive presque à lire les pensées de maman et de Nathan. Nous aimerions tous que papa soit là pour nos propres raisons égoïstes. Ce sont de tels moments qui nous rappellent toujours que notre famille est désormais différente.

Elle me serre le bras, puis s'éloigne pour s'asseoir à côté de Kevin.

— Maman, attends.

Elle hausse les sourcils, les yeux remplis d'espoir.

— Je t'aime.

L'émotion me fait mal à la poitrine. Putain, peut-être que moi aussi, je vais pleurer, aujourd'hui !

Ses yeux se remplissent à nouveau de larmes et cette fois-ci, l'une coule sur sa joue. J'ai attendu trop longtemps pour le lui dire, mais je le pense à présent d'une façon dont je ne le pensais pas avant. L'acceptation, le pardon, ou peut-être qu'il a juste fallu que je mûrisse, putain ! Elle me serre fort. J'avale le nœud dans ma gorge et prends place à l'avant.

Alors que la musique commence et que tout le monde regarde en arrière, moi, je fixe Nathan, ma mère, puis Ginny : ma famille. Je ne pourrais pas m'imaginer vivre sans eux. Si ce n'est pas de l'amour, alors, je ne sais pas ce que c'est. Peut-être que ce n'est pas censé représenter la même chose pour tout le monde ou peut-être que si. Peut-être qu'il s'agit de trouver les personnes qui ont la même vision de l'amour que vous. Je ne prévois pas de trop y réfléchir. C'est comme ça et ça me va.

Ginny me jette un coup d'œil et son regard me frappe, comme chaque fois qu'elle est dans les parages. Notre amour est le même, pur et simple, c'est la meilleure chose qui me soit arrivée.

La vie est courte. Soyez heureux et profitez de chaque instant.

Fin

PLAYLIST

« Forever » par FLETCHER
   « Wow » par Zara Larsson
   « I'm Not Alright » par Loud Luxury et Bryce Vine
   « Savage Remix » par Megan Thee Stallion feat. Beyoncé
   « Break My Heart » par Dua Lipa
   « DNF » par Preme feat. Drake et Future
   « Be Kind » par Marshmello feat. Halsey
   « Sick and Tired » par iann dior feat. Machine Gun Kelly
   « Fantasy » par Mariah Carey
   « Paradise » par Bazzi
   « Say So » par Dojo Cat feat. Nicki Minaj
   « Boyfriend » par Selena Gomez
   « 24 » par Arizona Zervas
   « ROCKSTAR » par DaBaby feat. Roddy Ricch
   « Turn Down for What » par DJ Snake, Lil Jon
   « Emotionally Scarred » par Lil Baby
   « Find My Way » par DaBaby
   « Celebration Station » par Lil Uzi Vert
   « Young & Alive » par Bazzi
   « Kings & Queens » par Ava Max

« X » par Jonas Brothers feat KAROL G

« Teenager in Love » par Madison Beer

« Wishing Well » par Juice WRLD

« Love Somebody » par Lauv

« LMK » par Lil XXEL

« You Be Killin Em » par Fabolous

« The Fix » par Nelly feat. Jeremih

« ily » par Surf Mesa feat. Emilee

« Baby Girl » par Bryce Vine feat. Jeremih

« Fantasy Remix » par Mariah Carey feat. ODB

NOTES

3. Heath

1. NDT Vin fortifié américain.

9. Ginny

1. NDT Ligue Nationale de Hockey.

12. Heath

1. NDT Tournois universitaires de hockey.

43. Heath

1. NDT Alcool très fort à base de maïs.